Best Time

白 马 时 光

十年一品温如言

上册

书海沧生 著

百花洲文艺出版社

## 图书在版编目（CIP）数据

十年一品温如言 / 书海沧生著 . —南昌：百花洲文艺出版社，2022.1
ISBN 978-7-5500-4416-6

Ⅰ.①十… Ⅱ.①书… Ⅲ.①长篇小说－中国－当代 Ⅳ.①I247.5

中国版本图书馆 CIP 数据核字（2021）第 191003 号

## 十年一品温如言
SHI NIAN YI PIN WEN RU YAN

书海沧生 著

| 出 版 人 | 章华荣 |
|---|---|
| 出 品 人 | 李国靖 |
| 责任编辑 | 黄文尹　程昌敏　曲　直 |
| 特约策划 | 王　瑜　大　俊 |
| 特约编辑 | 大　俊 |
| 封面设计 | 白砚川 |
| 版式设计 | 大　飞　童　磊 |
| 封面题字 | 白砚川　Kyrja |
| 插画绘图 | 罗　辙　青山折柳　秋刀鱼　三　乖　张皓熙 |
| 出版发行 | 百花洲文艺出版社 |
| 社　　址 | 南昌市红谷滩区世贸路 898 号博能中心Ⅰ期 A 座 20 楼 |
| 邮　　编 | 330038 |
| 经　　销 | 全国新华书店 |
| 印　　刷 | 三河市金元印装有限公司 |
| 开　　本 | 880mm×1230mm　　1/32 |
| 印　　张 | 32.5 |
| 字　　数 | 830 千字 |
| 版　　次 | 2022 年 1 月第 1 版 |
| 印　　次 | 2022 年 1 月第 1 次印刷 |
| 书　　号 | ISBN 978-7-5500-4416-6 |
| 定　　价 | 128.00 元（全三册） |

赣版权登字：05-2021-348
版权所有，侵权必究
发行电话　0791-86895108　　　网　址　http://www.bhzwy.com
图书若有印装错误，影响阅读，可向承印厂联系调换。

不多不少,刚巧知道;
不深不浅,恰是相知。

目 录
CONTENTS

楔子 001

Chapter 1 一盆水从天而降 004

Chapter 2 这个枝头不留娘 009

Chapter 3 EVE 曾叫辛达尔 015

Chapter 4 有个炸弹唤思尔 020

Chapter 5 桃花梦中桃花少 026

Chapter 6 卤肉京鸟卤肉饭 031

Chapter 7 言少彪悍胎毛时 036

Chapter 8 另一个也是一个 046

Chapter 9 排排球砸过来 052

Chapter 10 雪夜苏东伤耳语 058

Chapter 11 你是谁我不是谁 068

Chapter 12 不愿做奴隶的人 076

Chapter 13 至亲至疏唯坦诚 084

Chapter 14 谁忘云家小女郎 092

Chapter 15 此时糕糕与豆豆 102

Chapter 16 借着过年过个招 112

Chapter 17 妖孽人拍迷糊架 120

Chapter 18 怒火一腔为谁生 131

目录
CONTENTS

Chapter 19 谢谢你很不容易　140

Chapter 20 既非月老空笑谈　148

Chapter 21 高调着游移孤单　155

Chapter 22 有女倾城名肉丝　163

Chapter 23 不咩茅台咩牛奶　173

Chapter 24 谁把倾城洗铅华　183

Chapter 25 河中小虾自在游　191

Chapter 26 过去把现在改变　198

Chapter 27 谁爱大戏八点档　206

Chapter 28 漫随心事两无猜　215

Chapter 29 无相总是有缘人　223

Chapter 30 少年风流总遭嫌　230

Chapter 31 无福无寿真国色　236

Chapter 32 平生不做伤情事　247

Chapter 33 不若朝日吸血鬼　259

Chapter 34 我开始你的开始　270

Chapter 35 镜头下生日快乐　281

Chapter 36 雨后初结一小陌　294

## 楔子

算起来，已经过了好些年头。

那时候，阿衡还不认识她的丈夫；那时候，阿衡还在为她是不是从石头里蹦出来的这个问题悄悄揪心着。

每次搬着竹板凳在镇长老王家，看到电视里每年蹦跶一遍的孙猴儿，她都泪汪汪地惺惺相惜——这厮跟我是一样的。

然后，她低着头，吸着鼻子，从镇长家走回自家。镇上的学校都离她家甚远，她每次放学回家，也是这一条路。

那些时节，千户之镇，船连成屋，巷依着溪，分不清春夏。

那时候，阿衡是不是从石头里蹦出来的暂且不好说，但她总算比猴儿同学幸福一些，她还有一双养父母，外加一个在病床上缠绵的弟弟。

弟弟很乖很好，名唤云在，患有先天性心脏病。

云在是在阿衡的背上长大的。他的药是她一手包办的，而她的出处，则是云在猜的。

儿时，阿衡总是被镇上的孩子欺负，被声声骂着"野种"。回到家，她也总是闷闷不乐。

云在那时病稍好一些,能跟着她识一些字。她教弟弟学字时,一边递药一边悄悄嘀咕:"你是阿妈生的,我不是阿妈生的,那我是从哪儿来的?"

云在唇上长年没什么血色,盯着药碗,想了半天,才用无血色的唇诚恳开口:"姐,你是从石头里蹦出来的。"

阿衡想了想孙悟空,又想想云在在病床上从没见过孙悟空,嗯,勉强接受了这个答案。

但她哪知,云在身体清爽些时,也偷偷在镇长家看过《西游记》,而且是第一集。

镇子太小,好多知识都是上了初中生物课才被普及的。

但其实还不如不知道,因为信念太容易崩塌。

好吧,我不是从石头里来的,那么我亲生父母长什么样?

阿衡如是想着,给自己编造了无数个身世,看到小龙人时,觉得自己或许是神女生的;看到《孽债》,唱着"爸爸一个家,妈妈一个家",心念一动,或许我爸妈是知青?

总之,小孩子很愁人。

后来她忙于应对云在的病情,渐渐长大,渐渐学会把心事放在心里。

父亲是镇子里唯一的医生,医术世代相传。

可是,他救不回自己的儿子。

云在十三岁时,已经病入膏肓,他们却没钱去省里瞧病。

云在发高烧,她把骨瘦如柴的弟弟抱进怀里,笨拙地说:"不要害怕,我把心分给你一半,他们说做手术就好。我把心分给你一半,咱们一起活。"

云在含着笑,唇边第一次有了血色。

快要绝望时,从比省城更远的地方来了一辆比他们全家人加起来还要值钱的车,走下一个西装革履的人,说要接她回家。

他说,可以送云在去省城看病;他说,温小姐,请跟我走。

温小姐是谁?

她分明姓云。

阿衡跌跌撞撞地收拾包袱,父母眼中都是泪。

她没有看云在一眼,那一眼,要好多年以后才来得及看。而此时的她,不是忘了,而是不敢。

其实,她不知道,云在也没有看她离开时的背影。他闭着眼,被角被攥得破了线。

Chapter 1

## 一盆水从天而降

阿衡第一次见到言希时，眼睛几乎被刺痛了。

在来到 B 市之前，有关这座城市的繁华是被圈在家中最宝贝的黑匣子里的。伴着梅雨季节的不定时发作，清晰甜美的女声在含混的电流中异常温暖。

她常常搬着竹凳摇着蒲扇坐在药炉前，不远处撑起的木床上躺着温柔腼腆的在在，瞳仁好似她幼时玩过的玻璃球一般剔透漂亮，忽闪着睫毛，轻轻问她："姐，今天的药不苦，对不对？"

她抓着蒲扇，动作逐渐放缓，鼻中嗅着浓郁的药涩，心中为难，不敢回头，声音糯糯的，张口便是支吾："嗯……不苦……"

"姐，你说不苦，我信。"在在看她看得分明，轻轻微笑，清澈的眸中满是笑意，消瘦的脸庞平添了几分生动。

于是，她把放温的药喂到在在唇边时，眼睛便不大愿意看他。

她不好，遇到解决不了的问题时，往往选择逃避。

而后，她离开家，被带到另一个家中时，连告别，她也是在直觉上轻描淡写地忽略。

## Chapter 1　一盆水从天而降

从南端到北端，从贫瘠到富贵，温衡拒绝了过渡。往好听了说，是"生性温和，随遇而安"；往难听了说，则免不去"冷漠自私，狼心狗肺"。

镇上人不解，说云衡在云家生活了十六年，喊着云爸云妈"爸爸妈妈"那也是真心实意毫无做作的，怎么有了亲生父母便忘了养育恩了呢？

开凉茶铺的镇长儿媳妇眉眼一挑，笑开了几分嘲讽："可惜云家统共一个破药炉、两间露天屋，要是这养爹在机关大院住着，别说家中供个病菩萨，便是养一窝大虫，你们看那个丫头，是走还是钉着！"

这便是了，阿衡的亲阿公、亲爹在 B 市，是住在机关大院，跺一跺脚便能塌了他们这穷水小镇，陷落几层皮骨的大官！

自然，阿衡听不到这些话。彼时，她正咬紧牙根死瞪着车窗，怕一张口便吐个翻江倒海，秽了这名贵的车！

昏昏沉沉的，也不知过了多久，飞驰后退的景物不停地从眼前划过。阿衡脑中一片空白，而后视线定格在逐渐清晰的霓虹灯上，眩晕起来，耳中鼓过猛烈的风声。

而当所有的一切隐去声息，睁开眼的一瞬间，车门缓缓被拉开，微微弯曲的修长指节带着些微夏日阳光的气息，出现在她的眼前。

阿衡承认，当时对那双手是有着难以言明的期许，后来回想起来，她觉得自己兴许有些雏鸟情结。

"欢迎你，云衡。"

"我是温思莞，"那少年咬着"温"字，声音清爽，"爷爷让我接你回去。"

温思莞……思莞……

阿衡默念，她想起去乌水镇接她的李秘书说过，温家有一个男孩儿，是她的亲哥哥。

　　她轻轻抬起头，认真地看了看他的眼睛，而后，察觉到了什么，便不着声色地移开视线，略微狼狈地低下头。

　　思莞淡笑，当她害羞，也就不以为意。挥挥手，思莞颇有礼貌地向爷爷的秘书告别，理所当然地接过了阿衡手中的手提箱。

　　阿衡望着思莞，背影挺拔，与她不远不近，一臂之距。

　　穷乡僻壤的孩子，第一次来到都市，饶是本性稚拙，也总是存着几分出奇的敏锐。她看得出思莞的芥蒂，那么清晰的排斥，全部藏在眼中，令她尴尬得不得不选择忽视。

　　怔忡了片刻，她微不可闻地大口吸入空气，却终究郁在胸中。

　　随着思莞的步伐，她的视线慢慢在这座所谓的"机关大院"中游移。

　　一座座独立的白色洋楼规整错落在平整宽阔的道路两旁，明亮洁净的感觉，并不若她想象中的铺满金银，奢侈而易暴露出人们心中的欲望。

　　恰逢夏日，树木繁茂，几座别墅绰约着隐在翠绿浓淡之间。

　　当思莞走进石子小路，慢慢被大树遮住身影时，阿衡还在愣神，反应过来，已不见他人影。

　　她僵在原地，傻看分岔的石子路，不知左右。

　　还好这孩子生性敦厚温和，并不急躁，心中相信思莞看不到她，自然会按原路返回。再不济，也总能遇到可以问路的人。温慕新，阿公的名字，李秘书确凿地告诉过她。

　　黄昏时分，树后漂亮的白色建筑，映在云衡的侧面上，有些烫人。

　　下意识地，她抬起了面庞，眯眯被夕阳刺痛的眼，沿着半是凉爽的树隙，看到了一扇韶染成金色的窗。

窗内，有一道身影。

他的手很漂亮，他的小提琴也很漂亮，小提琴的声音很尖锐。

他的眼睛很大，他的目光很高傲。

目光所及，并没有她。

这是她第一次看到一个人，心跳如鼓。

明明只是隐约的人影，眼睛却无法移开。她宛若被蛊惑了一般，只能以仰视的姿势滞在原地，从树缝中以微妙而紧张的心情凝视着。

有匪君子，静静站在窗内，站在她以后不灭的记忆中，此刻，却只是一道剪影。

而后，她常常思索，以他为起点，经历的这十年，到底算什么？大半的时间，是她在暗恋。苦涩，甜蜜，是他把时光定格，可那些时光，却与他无关。

阳光洒在辫子上，阿衡仰着头，微微笑了。

她原本能听到琴声，可是，耳中却只剩下一片寂静，只剩下自己的呼吸声，缓缓的，好像被人溺在水中，消失了知觉，再无力周旋。

思莞不知道什么时候已经回到她的身边，手鼓成喇叭，对着窗，喊了一声："阿希，怎么又摧残人的耳朵，起调错了！"

云衡被思莞吓了一跳，再抬起头，那人影已消失，仅余下空澄的窗。

未及她反应，刹那，窗纱被拉开了一半。再眨眼，一盆水已经干脆利落地泼在思莞身上，精准无误，无一滴浪费。

接着，那白皙的手快速收回粉色的塑料盆，砰的一声，重重关紧窗，拉上窗帘，驱鬼一般，一气呵成。

这一年，是 1998 年。

阿衡逃不过命运的恩赐，在十五岁这年，终究遇上了言希。

许久之后，有人问她："阿衡，你丫老实招，是不是当时就看上了大美人儿？"阿衡微微笑开："怎么可能？"

当时吧，人小，傻得冒泡，没别的想法，就是觉得，首都的人民就是与众不同，连泼水的姿势都特别嚣张，特别大爷，特别……好看……

## Chapter 2
## 这个枝头不留娘

  阿衡想过见到至亲的一千种场景，不外是鼻酸、流泪、百感交集，如同原来家中母亲爱看的黄梅戏文一般，掏人肺腑、感人至深的；也兴许是尴尬、不习惯，彼此都是小心翼翼的，因着时间的距离而产生暂时无法消弭的生疏。

  每一种都想过，但都没有眼前的场景来得真实。而这种真实之所以真实，是因为它否决了所有的假设。

  "思莞，你是怎么回事？"神态威严的老人把目光从阿衡身上缓缓扫过，定格在满身水渍宛若落汤鸡一般的少年身上。

  "爷爷，我和言希刚才闹着玩儿，不小心……"思莞并不介怀，笑得随和。

  老人微微颔首，随即目光转到阿衡身上。

  阿衡心跳得很快，觉得时间仿佛停止在这一刻。被称作"爷爷"的老人凝视着，让她无处躲藏。

  "你以前叫什么？"

  "云，衡。"阿衡自幼在南方长大，普通话虽学过，但说起来极是别扭拗口。因此一个字一个字说来，显得口舌笨拙。

"按照思莞的辈分，你母亲有你时我给你取过一个名字，叫思尔，只是这个名字被人占了。你还是按原名吧，以后就叫温衡。"老人沉吟，看着眼前的孙女，半晌后开口。

被人占了？阿衡有些迷惑，眼睛不自觉小心翼翼地看向思莞，最终定格在他的手上。少年指间胀得脉络分明，袖口的水滴沿着手背，一滴滴滑落。

"张嫂，带温衡去休息。"老人叮嘱站在一旁的中年女人，而后看向思莞，"去收拾干净。这么大人，不像话。"

爱之深，责之切。

阿衡随着张嫂踏上曲形木质楼梯时，想起老人教训思莞的样子，这句话从脑海中闪过。

很小的时候，养父告诉过她，亲情是不可以用加减计算的，有便是全然地不图回报地付出，没有则是零，并不存在中间斤斤计较的地带。

那不爱呢，所以就会是冷漠吗？

正反对比，便是小镇上的老师，也教过。

"到了，就是这里。"张嫂走到二楼的拐角处，打开卧室的门。

"谢谢您。"阿衡声音温和，带着吴音的糯糯的普通话腔调有些滑稽。

张嫂脸色并不自然，端详了阿衡许久，最终叹了口气，转身离去。

阿衡把手提箱拖进卧室，却一瞬间迷糊起来。

满眼的暖蓝色，精致而温馨的设计，处处透露生活的气息。精致的蓝色贝壳风铃，软软的足以塞满四个她的大床，透露着温暖气息的被褥。

这里，以前住过其他的人吗？恍若闯入了别人隐私的空间，阿衡有些不知所措，为难地放下手提箱，轻轻坐在玻璃圆桌旁的转椅上。

方低头，就看到圆桌上东倒西歪着几个精致的稻草娃娃。有头发花白翘着胡子威严的爷爷，眉毛弯弯笑眯眯戴着十字挂坠的奶奶，很神气穿着海军服叼着烟卷的爸爸，梳着漂亮发髻的温柔妈妈，眉毛上挑眼睛很大酒窝很深的男孩。这是……温家一家人吗？

阿衡看着那些娃娃憨态可掬，紧张的心情竟奇异地放松了。她伸出手，指尖小心翼翼地抚摸着它们的轮廓。

"不要碰尔尔的东西！"

阿衡被吓了一跳，手颤抖，瞬间，娃娃掉落在地毯上。她转身，木木地看着眼前突然出现的女子，鼻子竟奇怪地酸了起来。

小的时候，她就知道自己和父亲、母亲、弟弟云在，统统长得不像。她这样问过母亲："阿妈，我怎么长得不像你？"

"阿衡这样便好看。"母亲慈爱地看着她笑，"远山眉比柳叶眉贵气。"

云母长着典型的柳叶眉，江南女子娇美的风情；而阿衡长着远山眉，眼睛清秀温柔，看起来有些明净山水的味道。

眼前的中年女子，恰巧长着极是标致的远山眉。

阿衡站起身，僵直着身体，目不转睛地看着她，看她走到自己的身旁，轻轻蹲下身；看她怜惜地捡起掉落的娃娃，而后站起身。

她不问她叫什么，不问她多大了，不问她好不好，不问她任何妈妈会问的话，只是浅浅望她一眼，目光先是闪亮，而后黯然，冷漠地开了口："这屋子里的东西，不要乱动。"

继而，离去。

阿衡看着女子的背影，蓦地，一种深刻的自卑情绪缓缓从心底释放。

她是谁呢？这个孩子恨不得把自己揉碎在空气中，变成触及不到的尘埃。

无视，原来比抛弃更加残忍。

妈妈，那么温柔、柔软的词。

阿衡的妈妈。

妈妈，妈妈。

阿衡抱着自己的行李箱，几乎感到羞辱一般地哭了出来。

那日晚餐，不出阿衡所料，出席的只有一家之主的爷爷。没有爸爸，也没有妈妈，甚至连见过的温思莞也不在。

老人问了她许多问题，阿衡每每紧张得语无伦次，直至他皱起浓眉。

"我和学校那边打好招呼了，你明天就和思莞一起去上学，有什么不懂的问他。"

清晨，阿衡再次见到了接她到 B 市的秘书。

思莞坐在副驾驶座上，阿衡坐在与思莞同侧的后方。

阿衡从小到大，第一次来到北方，对一切自然是感到新奇的。熙攘的人群，带着浓重生活气息的俏皮京话，高耸整齐的楼层，四方精妙的四合院……同一座城市，不同的风情，却又如此奇妙地水乳交融着。

"思莞，前面堵车堵得厉害。"文质彬彬的李秘书扭脸对着思莞微笑，带着询问的语气。

"这里离学校很近，我和温衡先下车吧，李叔叔？"思莞沉吟半晌，看着堵在路口已经接近二十分钟的长龙，有礼貌地笑答。

阿衡背着书包，跟在思莞身后，不远不近，恰恰一臂之距。

许久之后，阿衡站在思莞身旁，也总是一臂之距，显得有些拘谨。

思莞起先不注意，后来发现，一群朋友，唯有对他，才如此，饶是少年绅士风度，也不禁烦闷起来。

"丫头，我是哥哥，哥哥呀！"思莞把手轻轻搁在阿衡的头顶，如是半开玩笑。

"我知道呀。"阿衡如是坦诚作答。

正因为是哥哥，才清楚地记得他不喜欢她靠近他的。

这样谨小慎微的珍惜，思莞是不会明白的，正如他不明白自己为什么会一而再地放弃阿衡。

思莞选了小路，穿过一条弯弯窄窄的巷子。阿衡低头默默地记路，直至走到街角的出口，望见满眼的忙碌的人群。

命运之所以强大，是因为它可以站在终点看它为你沿途设下的偶遇惊艳。而那些偶遇，虽然每每令你在心中盛赞它的无可取代，但回首看来，却又是那样自然且理所当然的存在，好像拼图上细微得近乎被忽略的一块，终究存在了才是完整。

阿衡第二次看到喜爱终生的人时，他正坐在街角，混在一群老人中间，低头专心致志地啜着粗瓷碗盛着的豆汁。

修长白皙的指扶着碗的边缘，黑发柔软地沿着额角自然垂落，恰恰遮住了侧颜，只露出高耸秀气的鼻梁。明明清楚得可以看到每一根微微上翘的细发，深蓝校服外套第一颗纽扣旁的乱线，他的面容却完全是一片空白。

当时，七点五十八分。

"言希，要迟到了，你快一点儿！"思莞习惯了一般，拍了拍他的肩，长腿仍不停地向前迈去。

阿衡默默看着那个少年，看着他懒散地对着思莞的方向扬了扬纤细的指，却始终未抬起头。

言希。好像女孩子的名字。

看到少年发丝上不小心扫到的豆渍,阿衡淡淡微笑,轻轻从口袋中取出一方白色手帕,默默地放在积了一层尘垢的木桌上,而后,离去。

那少年并没有抬头,这时的他,对任何陌生人,似乎都冷漠得可怕。

Chapter 3
# EVE 曾叫辛达夷

在水乡小镇时，阿衡除了弟弟云在，还有许多一起青梅竹马捉鱼戏水长大的玩伴，只是没升到高中，都纷纷离开了家乡，到北方一些繁华的都市寻梦。临行时无一例外，她们抱住她，对她说："阿衡阿衡，离开你会很舍不得，我们一定要每天都给对方写信。"

可从最初的互通信件至完全失去联络，也不过是几个月的时光而已。只是为难了阿衡，每日抽出许多时间写信，可却只能对着"查无此人"的一堆退信发愁。

阿衡要上的学校，是初中和高中连在一起的 B 市名校——西林。在那就读的学生，要么成绩优异，要么有钱，要么有权，三者至少占一项。

思莞把阿衡托付给教务处的陈主任，便匆匆离去。听着陈主任话中称赞的语气，思莞想必是各项成绩都极出挑的学生。

陈主任对温家的权势很清楚，知道阿衡身份的敏感，便把她排入了高一最好的班级——三班。

阿衡站在三班门口，有些迟疑，攥着书包的手汗津津的，听到教室中的授课声，尴尬地想从后门走进去。转身时，却感觉一阵风冲来，随即，天旋地转，结结实实地撞在了轻轻掩住的门上，摔了个七荤八素。

"靠！奶奶的，怎么有人堵在门口！"瞬间，教室里静得只能听到一声洪亮粗口的回音。

阿衡头昏眼花，被那一声"靠"吼得魂魄俱散，仰起头时，看到了对方龇着八颗大白牙的血盆大口，不禁惊悚。好像蹭出血了，阿衡看着手心渗出的血痕，终于有了真实感。

而本来凝固的气氛开始和缓，震耳的爆笑声传来，大胆得甚至开始起哄："大姨妈，年纪大了，保重身体！"

那人揉着一头黑色乱发，回头怒骂："滚蛋！你才大姨妈！你们全家都大姨妈！"

"辛达夷！"讲台上的女老师脸涨得像番茄，气得直哆嗦。

"啊，是郭老师，对不起哈，我错了。您别生气，您长得这么漂亮，配着猪腰子的脸色儿多不搭调，是不是？笑一笑，十年少！"少年嬉皮笑脸，半是调侃半是挖苦。

"你！！你给我回到座位上去！！！"

"是！"少年歪打了个军礼，露出白晃晃的牙，然后把手突兀地伸到阿衡面前。

阿衡愣神，随即开始冒冷汗。

"愣什么呢！"少年咧开嘴，攥住阿衡的腕，把她从地上拉了起来。

而后，阿衡在来不及自我介绍的情况下，莫名其妙浑浑噩噩地融入了新的班级。

班上的学生不动声色地打量着阿衡，南方的转学生，长得一般清秀，家里有点关系，知道这些，也就够了。大家拼命挤进三班，是为了考上名牌大学，有那闲心管别人的祖宗十八代，还不如多做两道题。

然而，有些孽缘终究还是埋下了。

辛达夷，在之后长达十年的时光中，不定期抽风兼悲愤交加，揉着一头乱发，手指颤抖地指着阿衡和言希，恨不得吐出一缸血："我辛达夷活了小半辈子哈，交过的朋友如过江之鲫、黄河鲤鱼，怎么就偏偏碰到你们这两个费治的？！"

阿衡微笑，眉眼温柔："是吗？"

言希冷笑，唇角微挑："护舒宝，可真是难为你了？！"

达夷怒："言希，你丫不准叫老子护舒宝！！！"

言希睁大凤眼，天真烂漫："那月月舒好不好？"

达夷泪流满面："有差别吗？"

阿衡思索片刻，认真回答："月月舒没有护舒宝好用。"

达夷口吐白沫。

对辛达夷而言，阿衡、言希在一起是绝对能让他短寿五十年的主，但若是不在一起，又大抵能让他短寿一百年。所以，每每众人痛呼"俩小丫的，谁要是再管他们，出门我丫的让豆腐磕傻"，达夷却誓牵红线，即使做地下党任敌方蹂躏也在所不惜，被一帮朋友连踢带打，直骂"受虐狂"。

他一把鼻涕一把眼泪："你们这帮兔崽子不要以为咱容易，要不是为了多活五十年，老子宁愿天天拿月月舒当尿片使也不管那一对小不要脸的！！！"

咳咳，总的来说，在名校西林流传颇久的辛氏达夷"一撞温衡误终身"，基本上不是野史。

那日之后，阿衡在班上，见人便带着三分温和的笑，半点不惹人讨厌，总是安安静静地坐在座位上，半个隐形人的模样。

巧的是，撞了她的辛达夷正巧坐在斜后方，人也不大爱说话，但贫起来绝对能把人噎个半死。偏偏女生们又爱找他贫，被他气得小脸红紫各半，却也不发火，只是拐着弯儿地把话题往"言希、温思莞"上绕。

"老子什么时候成了他俩的保姆？"少年说话爽利，带着讽刺。

"你不是和言希、温思莞发小吗？"探话的女孩脸憋得通红。

阿衡吃惊，手中的原子笔在练习册上画出一道乱线。

"就丫的那点儿破事儿，老子说出来怕你们偶像幻灭！姐姐们，爱哪儿哪儿去哈，咱不当狗仔很多年。"少年不给面子，边挥手赶人边翻白眼。

阿衡想起泼到思莞身上的那盆水，扑哧笑了出来。

"姐姐，您这又是乐啥呢？"少年莫名其妙，看着前面微微抖动的背。

"没事儿。"阿衡小声开口，声音糯糯的。

"这姑娘声音怎么听着这么别扭呢？"辛达夷小声嘀咕。

阿衡淡淡一哂，闭了口，继续算题。

"呀！老子怎么把这茬儿给忘了！"少年像是想起了什么，拍了乱糟糟的脑门一下，有神的大眼睛直直看着前方有些清瘦的背影，而后拿起铅笔，轻轻戳了戳女孩，"你姓什么？"

"温衡，我。"阿衡转身，静静地看着少年的眼睛，口音依旧奇怪，却带了些别的意味。

"果然姓温。"辛达夷不知怎的，想起另一个女孩，声音竟冷了八度，慢慢地，拿着铅笔的手松了下来。

辛达夷虽自幼鲁莽，做事不计后果，可却从不屑做那些排挤别人的小人行径。就算是为了思尔要破例，也断然不会朝一个老实巴交、土里土气、连话都说不囫囵的小姑娘撒气。是男人，总得顾及自己的面子，不然在言希那厮面前，他辛大爷可抬不起头做人！！！

他心里烦躁，憋了一肚子火，于是把书摔得"梆梆"作响。

阿衡心中隐约觉得同她有关，听着清晰的粗鲁的响声，心中竟奇异地变得平静，眉梢依旧是远山般温和的线，却带了些淡淡的倦意。

那日傍晚，放学时，秘书小李照例在附近的停车场等着阿衡和思莞。思莞比阿衡高一个年级，放学晚一些。

思莞出来时，模样波澜不惊，可蓦地，像是发现了什么，不可置信地朝着石柱的方向大喊了一声，眸中瞬间积聚了波澜："尔尔！"

阿衡心口发紧，转头望去，看到一个瘦弱的长发女孩愣在石柱旁的侧影。她听到思莞的喊声，却慌乱离去。

而这时，阿衡还不曾想过，一声"尔尔"究竟代表什么，只是心里生出一种陌生的感觉，好像时刻追寻着的答案就在眼前，却突然失去了所有渴知的欲望一般。

"尔尔，不走，不行吗？"空荡荡的校门口，清晰地包裹着带着丝丝痛意的声音。思莞修长的指缓缓蜷缩，冰蓝色的衬衫贴在皮肤上，衣角被攥得有些变形，那般的委屈郁结于心，像个孩子一般表达了出来。

可是，那个被亲密地称作"尔尔"的女孩却恍若未闻地径直朝前走去，一步步，慢慢挺直背，生生变得白天鹅般的高贵优雅。

温思莞失了温柔和礼貌，却没有追上去。他走到了远处，靠在石柱上，过了许久才回来，眼眶是红着的，看着阿衡，更加礼貌，也更加冷淡。

阿衡心中仿佛漫过一阵雾，模模糊糊的，看不清楚最初这世界本真的模样。他们——思莞和他口中的"尔尔"，都迷路了吗？背道而驰，走得那么坚持，却失去了方向。

而她，存在着，即使未曾做过什么，只要姓温，便意味着一种摧毁吗？

Chapter 4
# 有个炸弹唤思尔

阿衡有时在想,生活真像一场闹剧,在还未弄明白自己为什么姓云之前,便又被冠了温姓。

据张嫂的说法,妈妈坐月子的时候,在婴儿房的她却突然失踪,爸爸妈妈急得快疯了。而爷爷却在半个月之后,抱回了一个女婴,说思尔找回来了。

当云衡在乌水镇过着简单贫穷的生活,时刻在弟弟心脏病发的阴影下胆战心惊地活着时,那个女孩,代替了她,成了温思尔。

姓温,代表什么呢?阿衡的爸爸是声名赫赫的海军军官,妈妈是有名的钢琴家,爷爷又是政要。这样人家的女儿,毫无疑问,是有娇生惯养的资格的。

而温思尔,那个占去阿衡名字的姑娘,正是这样一个集万千宠爱于一身的女孩。

这个思尔,优秀得过分。她会跳芭蕾,能弹一手流利的钢琴,长得漂亮,更难得的是,性格又极为俏皮可爱,温家全家人,包括去世的温家奶奶,无不珍若明珠。即使是爷爷,生性刚硬,在外人面前提起她,也是笑得合不拢嘴的,更别提把女儿从小捧在掌心的温母。

## Chapter 4　有个炸弹唤思尔

"可惜,这么好的孩子……"张嫂谈起时,总是一脸的难过。

在温家,阿衡唯一能说上话的人,大概只有张嫂了。这个老人寡居多年,温老太太嫁入温家没多久便一直在老家帮佣,种种变迁之后,又随着温家一同搬到了这个园子中。这一生素来勤恳规矩,因而极受温家老少尊重。

说起来,阿衡能同张嫂相处融洽,要归功于厨房。

云母在镇上是出了名心灵手巧的女子,烧得一手好菜,煲得一手好汤。阿衡自幼耳濡目染,颇得几分真传。

偶然,张嫂忙着烧菜,做煳了米饭,阿衡一时心急,看到一旁桌上的半个橙子,便挤了汁到米饭中,而后把青葱叶插在饭里,用小火蒸了起来。

张嫂感到莫名其妙,半晌后,竟闻到清醇的米香,心中方对眼前的小姑娘改了观,闲了便拉着阿衡切磋厨艺,悉心教导阿衡做北方菜。

"翻三下,小心点。"张嫂颇有权威地指挥阿衡。

阿衡动作轻松地用木铲翻了两下。

"错了,是三下。"老人较真,握着女孩的手,又翻了一次。

"两下,行不?四下呢,行不?"阿衡笑。

"当然不行,起锅烧菜时都是翻三下的。"老人一脸理所当然的表情。

"两下不热,四下会焦。"阿衡低声嘀咕。

"小丫头!"张嫂扭头笑骂,顺手抹掉阿衡额上的汗。

"阿婆。"阿衡眼睛温柔明净,声音糯糯的,纯正的南方口音。

张嫂一愣,像是没听明白,转身翻炒鸡丝。

"奶……奶。"阿衡带着认真,唇畔溢出温暖、别扭的普通话。

老人继续炒热鸡丝,停了片刻,轻叹了一口气。

"你这个孩子,要是坏一点该有多好。"

阿衡不语，吸吸鼻子，笑了。

每日吃晚餐的时候，餐厅都很安静，连咀嚼东西的声音都听不到。阿衡小口小口地吃饭，虽然奇怪，但她自幼喜静，也并无别扭之处。

温家家教甚严，极是忌讳餐桌上交谈。但思莞和思尔两个素日里吃饭时极爱说笑，老人虽训斥过几次，可并无成效，思尔一撒娇，也就由他们去了。

现下，阿衡来了，不爱说话，倒是个清静的孩子，老人却反而有些不习惯。

"爸……"温母轻轻放下汤勺，欲言又止。

"蕴宜，怎么了？"老人皱眉，看着儿媳。

"能不能……能不能把尔尔接回家？"温母气度高雅大方，此时却有些小心翼翼。

"思尔现在住的房子里，我找了人专门照顾她，你不用担心。"老人有些不悦，目光却扫过阿衡。

思莞依旧礼貌周正地咀嚼着饭粒，眉头却有些发紧。

"爸，您以前不是最疼尔尔的吗？"温母迟疑着，把目光投向公公。

"够了！"老人把汤勺重重地摔在桌上。

思莞抬眸，有些受伤地看着老人。温母不再说话，温婉的眉却皱成团，郁结在心。

四周静悄悄的，阿衡一口汤含在口中，尴尬地咽不下。

"蕴宜，你有时间，还不如给阿衡添些衣服。"老人叹了一口气，又重新拿起汤勺。

阿衡看着自己穿着的有些脏了的校服，顿时窘迫不安起来。

衣柜中不是没有衣服，只是那些衣服终归是别人的，大多看上去又很名贵，自己穿起来总觉得别扭。而从家中带来的那些衣服又都渐渐过了季，穿起来不合时宜，于是，只得两套校服换着穿。恰恰今日上了体育课，弄脏了衣服，被温老看在了眼中。

"我知道了。"温母的目光投向阿衡，看不出一丝情绪。阿衡低下头，慢慢一点点咽下汤，却仿佛卡了鱼刺在喉中。

其实，校服就很好。阿衡想开口，但又觉得不妥，悄悄看了思莞一眼，见他并无什么特别的表情，悬着的心稍稍放下。思莞对思尔的好，那日在校门口她是看在眼中的。

"阿衡，学校的课程，还跟得上吗？"温老放缓语气，看着眼前平凡无奇的亲孙女，心中有些遗憾。他，终究还是耽误了这个孩子。

"嗯。"阿衡有些惊讶，随即老老实实地点头。

"有不会的地方，让……你哥哥教你。"老人说到"哥哥"二字时，咬重了音。

瞬间，温母和思莞的脸色变得有些苍白。

哥哥。

阿衡喉头有些发痒，张口，却发不出音，只是轻轻点头。

思莞握着筷子的手却微不可见地颤抖起来，片刻后站起身，礼貌地移开椅子："我吃饱了。"他转身离开，心脏极痛，像是被人掐住一般，自然无暇顾及旁人的感受。

"言希。"思莞走回自己的房间，把话筒放在耳边，沉默片刻后方开口。

"嗯？"对方有些迷糊的鼻音，带着一丝懒散。

"我想尔尔了。"思莞握住话筒的指尖慢慢收紧。

"噢。"对方懒得过分，一字作答。

"阿希,我说我想尔尔!"思莞声音变大,一股闷气控制不住,眼圈慢慢红了起来。

"这么大声干什么?你个屁小孩,疯了?"少年声线清晰,言语凌厉。

"阿希……"思莞委屈。

"叫魂儿呢!"少年冷笑,极是不耐。

"你每次跟我说话非得那么凶吗?"思莞声音变弱,语气中带着一丝孩子气和无奈。

"老子长那么大还没对谁温柔过!"少年声音清澈,粗鲁的话语绕在唇畔却别有一番风味。

"那……陆流呢?"思莞顿了顿,小心翼翼。

啪,对方把电话摔了。

思莞这边听到嘟嘟的忙音,便知道自己踩了猫尾巴,不由得苦笑起来。

阿希,还是……没有放下吗?

不知道为什么,在思念着尔尔的时候,思莞脑中的言希益发地骄傲冷漠,连精致的容貌都成了一张假面。

自然,多年之后,看着结局的这般走向,除了苦笑,还有四个字如同箭头一般,正中眉心——造化弄人。

而阿衡,自那日停车场匆匆一瞥后,便再没见过思尔。

在班中,大家渐渐从阿衡过于朴素的穿着隐约察觉出什么。再加上阿衡的普通话确实不讨喜,一句话听起来支离破碎得可笑,班上一些势利的学生开始看她不顺眼,听到阿衡说话,唇边的笑意每每带着怜悯的嘲弄,装作不知道一般地和身边的同学对视,用眼神交流,带着了然而高人一等的优越感。

因为没有体面的穿着,因为穷,所以,是值得可怜的;因为普通话说得囫囵不通，因为音调的乡土之气，所以，是可耻的。

阿衡起初还愿意和大家交流，到后来，完全地沉默，只挂着温和的眉眼看别人说笑。

辛达夷，虽知晓众人的势利眼，可心中却又因思尔的事而莫名抵触阿衡。两相权衡，索性不理会，完全把温衡当成陌生人，心中却希望温衡会因为众人的排挤而哭鼻子或者破口大骂，这样自己便有了心安理得替思尔恨她的资格。

可惜，自始至终，温衡一次都未吝惜过笑容，温柔坚韧地包容了所有。

Chapter 5
## 桃花梦中桃花少

秋日到来,天气也渐渐转凉,温母虽为阿衡买过几次衣服,但温老见她一次也未穿过,心中不免有些介意。

"阿衡,你怎么还是穿着校服?"老人皱着浓眉审视孙女。

"学校新发的,很好。"阿衡结结巴巴的,声音有些小。

"你现在是在温家,不是云家。"老人的眉越蹙越紧,慢慢有了怒气。

这个孩子,是在以这种方式,同他们对抗吗?温家的女儿,既是姓温,又几时被亏待过?她又何苦自甘下作!

阿衡攥着衣角,轻轻低下头:"知道了。"

老人听到女孩依旧明显的江南口音,惊觉自己说了狠话,思及过往种种,心中有了愧疚:"既然你喜欢校服,也就算了。"他轻叹一口气,"只是,穿着合身吗?"

"很暖和的。"阿衡飞速用乌水话回答了,继而不好意思地用不甚标准的普通话重新说了一遍,手轻轻翻过外套的内里,厚厚的,看起来很扎实。

"暖和就好。"老人舒缓眉头,本如鹰隼一般锐利的眼睛也浸入一丝温暖,"乌水话我能听懂的,你不用改口。"

阿衡诧异，随即微笑，眼睛亮亮的，带着温柔清恬的色泽。

"十八九岁的时候，我在乌水镇带过几个月的兵。"老人声音不复平日的严厉，有了些许温软，看着阿衡，严肃的眉眼也带了丝丝烟雨缠绕一般的柔缓。

"阿衡，你的眼睛，同你奶奶很像。"

渐渐地，阿衡清楚了到学校的路，也就习惯了一个人步行或者坐公车上下学。

说来也巧，明明是一家人，阿衡却总是碰不到思莞，只有吃晚饭的时候才见得到。

她虽想同思莞说几句话，但思及自己嘴拙，也就作罢。至于温母，一直忙于钢琴演奏会的事宜，也鲜少见得到。

阿衡在班上，老好人的脾气，即使面对面听到嘲讽也不生气，只是一径微笑。对方渐觉无趣，也就慢慢不再戏弄她。

日子久了，大家反倒发现阿衡这般的脾气带来不少的好处。不想做值日，只要叫一声温衡，得到的答案永远是"知道了"，而后，整个教室被清理得干干净净，整理得妥妥帖帖。

这个世界，最可怕的就是习惯，而最习惯的就是便利。

阿衡便是这习惯下惊人的便利。换作别人，即使泥菩萨大概也要憋屈得爆发了，阿衡却觉得，有时候吃亏是福，大事不错，小事过去也就算了。

这一日，打扫完教室，天已经黑了，末班公车仍需等半个小时，阿衡便选择了步行。

她习惯了走那条窄窄的巷子，橘黄色的路灯昏暗却奇异地带着静谧和温暖。那条路是用石子铺就的,踩上去有一种细微的磨砺的感觉。

阿衡走至巷子深处时停住了脚步。她看到两道清晰暧昧地交叠在一起的身影。

明的、暗的、缠绵的、艳烈的、火热的。

那个少年,穿着紫红色的低领粗织线衣,左肩是黑色暗线勾出的花簇,漫过细琢的肩线,流畅辗转至背,明艳中的黑暗妖娆怒放。

他站在灯色中,背脊伶仃瘦弱却带着桀骜难折的孤傲倔强,颈微弯,双臂紧紧拥着灯下面容模糊的长发女孩,唇齿与怀中的人纠缠。从耳畔掠过的发墨色生艳,缓缓无意识地扫过白皙的颈,那一抹玉色,浸润在光影中,藏了香,馥饶,撩了人心。

若是依阿衡素日的做派,看到这般景象,定是觉得难堪尴尬。可是,此时此刻,她却连躲藏都忘记,背着书包,磊落细致地看着那个少年。

言希。

阿衡唇微弯,无声呼出,心中确定至极,连自己都觉得荒谬。

她明明没有一次真正看清楚那个少年的相貌,没有同他说过一句话,心中却有了那么清晰的烙印。

恍然间,少年仿佛觉察到了身后的目光,放开了环在女孩腰身的手,转身,静静地看着无意闯入的偷窥者。

阿衡惊觉自己的无礼,怔忡地看着少年的眼睛。

可蓦然间,耳中轰鸣,只余下一种声音,那样的熟悉,像极了幼时夜晚贪玩不小心溺入水中的那一刻,什么都消失时听到的呼吸声。

那种恐惧、绝望,不甘心却又发觉自己正走向另一种解脱的真实感,翻滚而来。

阿衡又望了他一眼,少年眸中的那般墨色,卷过桃花的绯艳纷飞,添了铺陈于水色之中的寒星点点,直直映在她的瞳中,漠然、高傲而漫不经心。

低头,长辫子打在了脸颊上,她慌不择路,匆忙离去。

浑浑噩噩回到家时,天已经黑透,张嫂一直在等她。

她跑了一路,心神恍惚,只是觉得口中极渴,捧起桌上的茶水就往口中灌,却洇过鼻,猛烈地咳了起来。

思莞刚巧下楼,看到阿衡脸色通红,大咳不止,便帮她拍背,顺了顺气。半晌,阿衡才缓过气,转眼看到思莞。

"呛着了?"思莞温声询问,淡笑。

阿衡点点头,她面对温家人,一向不擅开口,便是一定要说,也是用最简单、自己说得清楚的字音。

思莞心知阿衡见到自己不自在,并不介意,客套几句,也就想要离去。

"等等……"阿衡这几天一直存着心事,虽然尴尬,还是叫住了思莞。

"嗯?"思莞转身,有些迷惑。

阿衡点点头,转身上了楼,不多时,便拖了一个手提箱走了下来。

"这是什么?"思莞疑惑。

"她的衣服……这里。"阿衡指着手提箱,轻轻解释。

"她?"思莞脸上的微笑慢慢收敛,眉眼有了些冷意。

"衣服,要穿。"阿衡知晓他误会了自己的意思,但一时嘴拙,不知如何解释。

"你不必如此。"思莞知晓阿衡说的是尔尔,神色复杂起来。

他同阿衡虽是亲兄妹,但是因为尔尔,心中终归对她存了猜忌,但见她从未提过尔尔,也就渐渐放了心。

可如今,她却把尔尔摆到了明面,并且当着他的面谈论尔尔的衣服,对思莞而言,好像是对尔尔恶意的嘲弄和再一次难堪的驱逐。

阿衡把手提箱提到他的面前，温和地看着思莞，示意他打开。

思莞却愤怒起来，脸上结了寒冰，挥开她的手，手提箱被打翻在地。

张嫂本在厨房热粥，听到巨响，戴着围裙，急急忙忙走到客厅，看到散落了一地的衣服，大部分都是还未开封的秋装。

"怎么了？阿衡，你把你妈给你买的新衣服都拿下来干吗？"张嫂稀里糊涂，瞅着前些日子蕴宜买给阿衡的那些衣服。这个孩子当时虽未说话，但看起来却极是高兴，可奇怪的是，后来竟一次都没穿过。

思莞诧异，愣在原地。片刻后轻轻从地上拾起一件衣服，翻到商标处，果然是思尔的尺码，抬头看到阿衡过于平静的面孔，极是难堪。

"妈妈她……"思莞试图说些什么，却在目光触及到阿衡过于简朴、袖口有些磨破了的校服时，说不出话来。

妈妈她，不会不清楚，阿衡比尔尔高许多。

她是故意的，以这种方式发泄对爷爷的不满。

思莞第一次，惊觉自己和妈妈的不公平。

妈妈将自己的痛有意无意地返还在阿衡身上。

而他，微笑着，推波助澜。

这女孩，全都看出，却平静笑纳。

*Chapter 6*
## 卤肉京鸟卤肉饭

自那日之后,思莞便刻意同阿衡保持了距离,不同于之前的不温不火,现在带了些逃避的味道。

几日之后,张嫂带着阿衡买了秋装,说是思莞的意思。

阿衡皱眉,对张嫂说:"阿婆,我……"

张嫂活了大半辈子,又有什么看不通透的,拍拍阿衡的手安慰她:"我知道你对思尔没有敌意,只是你不明白,那个孩子的好。"

阿衡看着张嫂有些无奈的面孔,只得沉默。

思尔,想必很好很好。

阿衡想了想,心中沉甸甸的,像是坠入了石块,压在了心口,堵得慌。

她同这个世界,被隔在一扇叫"温思尔"的门外。

可是,日子总归是要过下去的。谁规定,错误的开始,就必然走至错误的结局呢?

阿衡吸了一口气,将心中叫嚣膨胀着的难过慢慢压下。

在她的眼中,乌水镇外的世界是另一番人世,带着己身的期待,却因被现实挤压,错落成另一番滑稽的模样。有些孤独,有些寂寞,可必须拥有一个融入希望的理由。

往往，追寻的过程，恰恰被称作"生存"。

秋日的第一场雨随着红叶绵绵降落，打湿了一座座白色洋楼。初晴，透过窗，微凉的空气带着泥土被冲刷过的清新扑面而来。

阿衡在屋中不停地做物理题，头脑昏昏沉沉的，便走至窗前，向外探去。四周静悄悄的，只有秋风卷着树叶的干涩，晃得枫树沙沙作响。

阿衡支肘远眺，却被头顶尖锐嘹亮的啾啾声吓了一跳。

抬眼，白色砾石的屋顶上，有一只毛色绿蓝相间的鹦鹉，微勾的小爪子，上面有着斑斑血迹，黑亮的小眼睛，可怜巴巴地望着窗，望着阿衡。

阿衡看着小鹦鹉，知晓它定是受了伤被困在了屋檐之上。于是，她左手扶着窗，踮起脚，伸出右臂，却发现相差一掌之距。

"乖乖，等我。"阿衡心下有些歉意，暗想 B 市的鸟是不是也只会说京片儿，自己的半拉子普通话不知道它能不能听懂。

结果小鹦鹉突然尖叫起来："卤肉！卤肉！"

卤肉？

阿衡诧异，也不晓得鸟儿能否看懂，她努力地对着它亮晶晶的小眼睛笑了笑，转身跑开。

思莞听到了急切的敲门声，揉着眼，开了门。看到了阿衡，先是尴尬，复而红了脸庞，温和开口："怎么了？"

阿衡张口便是："卤肉受伤，屋檐下不来。"

思莞带着庞大的精神力，再加上八分的歉疚，瞠目稚言："哦，卤肉受了伤，困在屋顶上，下不来了是吧？"

阿衡本来脑门子冒汗，但看到思莞迷茫着附和她的样子，呵呵笑了起来，本来心中藏着的气闷也散了。她拉了思莞的衣角，快步把他带到了自己的房间，探出窗外，指着屋檐上哆哆嗦嗦、可怜巴巴的小鸟。

"卤肉！卤肉！"小鹦鹉看到思莞，尖叫起来，亮亮的小眼睛泪汪汪委屈得很。

"啊！卤肉饭！"思莞脱口而出。少年本来带了三分迟疑，却在看到小鹦鹉之后，一瞬间，脱了鞋，爬上了窗沿。

"阿衡，搭把手。"思莞皱眉，弓下身子，小心翼翼地沿着窗边靠近小鹦鹉，但是，姿势实在累人，伸出手去渡小鹦鹉，身子便没了着落。

阿衡赶紧上前，双臂环住了思莞的小腿，仰着头，看着少年，眼睛不眨一下，心中生出莫名的紧张。

小鹦鹉倒也乖觉，不错一步地缓缓蹦到思莞手心。

少年转过身，诧异地看到了阿衡环着的双臂，那姿势认真得倒像要接着他。他看看，愣了愣，觉着有趣，笑了起来，轻轻松松蹦下。

阿衡也笑，接了小鹦鹉，平日沉静的眸中倒流露出了几分稚气。

"你认识它？"阿衡找了纱棉，帮小东西蘸去血渍，看它神态可怜，弱声叫唤，倒像是在撒娇。

"认识。"思莞颔首，掏出手机正要拨号，却听到楼下催命一般的门铃声。

"嚆，这不，主人来了。"思莞笑，露了牙，洁白整齐。

阿衡轻轻顺了顺小鸟的毛，怜爱地看着它，心想小东西真可怜，这主人想必粗心至极，才让它出了笼子受了伤。

少年出了房间迎接客人。半分钟，阿衡便听到哐哐当当的上楼梯声和不安分的打闹嬉笑声。

一阵清风吹过，她抬了头，竟看到了那个美貌的少年。

"你？"她开了口，有些鲁莽。

"你是?"少年的声音是懒散的,带着浓浓的化不开的男孩的硬质。

他不记得阿衡了。

"阿衡。"思莞舔舔嘴唇,开口。

"哦。"言希点了头,平平淡淡地扫了温衡一眼,可有可无地笑了笑。

他低头,看到了阿衡手中的小鸟,眼神霎时变得明媚,细长白皙的指狠狠地戳了小东西的小脑袋:"丫乱跑,遭了罪吧。啧啧,还伤了爪子,活该!"

那小鹦鹉极通灵性,看着少年,委委屈屈的表情,小翅膀抱着小脑袋,乌亮的小眼睛汪着泪。

言希笑了,秀气的眉微微上挑着,霸道不讲理却有了生动,张口便骂:"少在少爷面前装可怜,就这点出息,还敢离家出走,翅膀硬了哈卤肉饭!"随即,漂亮的手揪着小鹦鹉的翅膀,想要把它揪起来。

阿衡看了心疼,就抱着小鹦鹉后退了一步,少年的手扑了个空。

"疼!"阿衡抬头,看着纤细瘦高的少年,搂着小鹦鹉护犊子一般开了口。

言希愣了,也后退一步,点了点头,大爷地踢了踢身旁的温思莞。

思莞委屈地摸了摸鼻子,温和地对着阿衡说:"这鸟是言希养的,他一向最疼它,不会伤害它的。"

言希冷笑,踹了思莞的屁股:"少爷我才不疼这个死东西!等养肥了,就炖了丫当十全大补汤!"

小鸟一听,躺在阿衡怀中,毛支棱了起来,硬了爪子,绝望地抹泪装死。

阿衡听懂了思莞的言语之意,知道自己狗拿耗子逾了界,有些尴尬,便松了手,把鸟儿捧给言希。

少年接过小鹦鹉,笑得得意,牙龈的小红肉露了出来:"死东西,回家少爷家法伺候!"

阿衡挪到思莞身边,小声问:"家法?"

思莞要笑不笑,压低了声音:"大概就是言希塞上自己的耳朵,对着小东西拉小提琴!"

阿衡"哦"了一声,看着思莞,笑意浓重。

思莞知道她想起了什么,脸皮撑不住红了起来,轻咳一声,转移了话题:"阿希,你什么时候买个鸟笼?卤肉饭老是乱跑,伤了碰了也不是个办法。"

阿衡有些疑惑,怎么B市人民养小鸟都不买鸟笼的吗?

"不买。"少年黑发细碎,在耳畔划过优雅慵懒的弧度。

"它是它,我是我,人有自由,鸟也有自由。老子除了给它几顿温饱,又没干过别的什么,凭什么剥夺它的自由?"

思莞瞠目结舌。

言希淡淡扫了他一眼,理所当然,理直气壮。

阿衡微笑,她发现思莞在言希面前极容易变得软弱,第一次相见是这样,今日也是如此。

后来她知道了,这个世界有一个词叫作"气场"。

而这词,生来为言希所造。

Chapter 7
## 言少彪悍胎毛时

自从那只叫"卤肉饭"的小鸟被言希带走之后,阿衡和思莞相处起来轻松了许多。偶尔思莞会揉揉她的长发,开开玩笑,温和地笑一笑。

这是……哥哥的感觉吗?

阿衡不确定,但这不确定又确实贴心,她就不愿意再计较下去了。钻牛角尖很累。

她想要认真地活着,像样地活着,慢慢地付出,慢慢地得到回报。

这是一种野心,战战兢兢的野心。

日子像流水一样,淌过了名叫光阴的小河。这秋叶落了尽,以萧索的姿态迎接了冬天。

再也没有人在她面前提过尔尔,温家的人达成了默契,他们在尝试着接受阿衡。可是阿衡却觉得他们在隐忍,隐忍得很辛苦,总有一天会爆发的。

所以,在那个叫作"尔尔"的气球爆炸之前,她只能平静地等待,等待着生活赐予一些珍贵的转机或者欣喜。

尔尔是客观的存在,温衡却是主观的姓名。

客观主观，辩证唯物，这是政治老师教给她的东西。

当然，读书上学很累，这是客观主观都否定不了的真理。

不过才高一而已，每一科的老师都像斗鸡一般地红着眼抢夺他们的人民币，是谁说的来着，时间就是金钱。

阿衡虽然不会抱怨，但听到老师在课间无休止地"再讲两分钟"时，也会觉得肚子非常非常的饿，咕咕叫个不停。

下课时，大家一起冲向小卖部。

"老子拿错面包了！草莓的，要腻死人了！"辛达夷揉着一头鸟窝似的乱发叫嚣，楼梯在颤抖。

"小变，跟老子换换，我只吃肉松的！"他笑着凑到一个瘦瘦小小的少年身旁。

阿衡闷着声，笑了起来。

被辛达夷唤作小变的男生叫卫旭，长得清清秀秀，声音细细小小，爱和女孩子一起跳皮筋踢毽子。辛同学闲着无事，给他起了外号——小变态，简称"小变"。

卫旭虽然个性柔柔弱弱像极女孩儿，但毕竟是男孩子，听到罪魁祸首辛达夷号的一嗓子，面色发青，"哼"了一声，摇曳着杨柳腰，携着肉松面包款款离去。

"哟哟，大姨妈，把小变惹恼了，小心今天他带全体女生讨伐你！"旁边其他的男孩儿笑得东倒西歪。

"滚滚！谁怕那帮丫头片子！"辛达夷撇嘴，满不在乎，"你们谁有肉松面包，跟老子换换！"

男生都不喜欢吃甜东西，听了他的话，作鸟兽散。

阿衡看着手中的肉松面包，犹豫了片刻，跑到他的身旁，笑着伸出手上的面包,对辛达夷说:"换!"

少年的眼睛在乱发中很是明亮,可看到阿衡时,眼神却变得有些复杂,抓住手中的草莓面包,有些别扭地开口:"我不饿了!"

随即,漂亮的抛物线,把草莓面包扔进了垃圾箱,然后,转身离去。

阿衡有些呆怔,看着垃圾桶里孤零零的面包,叹了口气,捡了回来,拍拍上面沾到的尘土,小声用吴音开口:"一块五一个的。"

"阿衡?"有些疑惑的声音。

阿衡转身,看到了思莞,虽知他听不大懂乌水话,但还是有些不好意思。

"你买了两个面包?正好,给我一个吧,快饿死了!"少年笑着伸出手,那双手干净修长,他看着阿衡,轻声抱怨着,"今天学生会开会,忙活到现在才散会。刚刚肚子有些饿,去了小卖部,面包已经卖完了。"

阿衡有些感动,把手上的肉松面包递给了思莞。

"我想吃草莓的。"思莞嘴角的酒窝很扎眼,楼梯上来来往往的女生看得脸红心跳。

阿衡笑了笑,摇了摇头:"脏了。"

思莞微笑着表示不介意,阿衡却背过了手,笑得山明水净。

她抱着草莓面包,到了教室所在楼层的回廊上,打开纸袋,小口地咬了起来。

阿衡说不准草莓面包和肉松面包的差别在哪里,只是觉得草莓酱甜味掩过酸味,并不是她尝过的草莓的味道,但是叫作草莓面包又名副其实,着实奇怪。

不过,很好吃。

立冬的那一天,下了雨。张嫂千叮咛万嘱咐,让她放学去言家,说是

## Chapter 7 言少彪悍胎毛时

言老爷子请温家全家吃饺子。

言老爷子是阿衡爷爷的老朋友，一起上过战场流过血换过生死帖的好兄弟。以前两人未上位时，一个是团长，一个是政委，一武一文，好得能穿一条裤子。本来说是要当儿女亲家，结果生的都是带把儿的，也就作了罢。

思莞本来说放学要同阿衡一起走的，结果被学生会的事绊住了。阿衡在办公室外等了半个小时，思莞过意不去，便假公济私，推说有事，拿了办公室储用的伞走了出来。

"冷吗？"思莞撑着伞问阿衡，星眸温和。

阿衡戴上了连衣帽，摇摇头。

两人安静地走在伞下，一左一右，一臂之距。

冬日的风有些刺骨，雨一直下着，年久失修的小胡同有些难走，脚下都是稀泥。

两人躲着泥走，却不想什么来什么，被骑自行车经过的下班族溅了一身泥。

少年少女掏出手帕，手忙脚乱，顾此失彼，被雨淋湿了大半。

"跑吧！"思莞笑了，"反正衣服都湿了。"

阿衡在水乡长大，小时候淘气，凫水、摸鱼，更有梅子黄时雨佐伴年华，因此，并不习惯打伞。现下，思莞提议，倒合了她的心意，冲思莞点了点头，便冲进了雨中。

阿衡在雨中小跑，却感到这里的雨和乌水镇的完全两种模样。

远方的温柔沾衣，眼前的刚硬刺骨。

两种不同的感觉，天和地，勾起了心中那根叫作思乡的心弦。

思莞慢步走在雨中，静静温和地看着阿衡的背影。

他的脸上有冰凉如丝的雨滴滑过，眼睛一点点，被雨水打湿，回忆的旧胶片在雨中模糊而后清晰起来。

他见过的,一幕一幕,黑白的电影。有个女孩曾经调皮地扔了他手中的雨伞,握着他的手,在雨中奔跑。他习惯于勉勉强强跟在那个女孩的身后奔跑,习惯于有一双小手塞进他的手中,习惯于在雨中看着那个女孩比之以往长大的身影,习惯于唤她一声"尔尔"。

他的尔尔,那片笑声在冬雨中,却像极了燕子呢喃人间四月天。

他是尔尔的哥哥,曾经以为的亲哥哥,可是莫名的一夜之间,和最亲的妹妹,成了陌路之人。

有时候,他恼着爷爷。既然明知真相,明知尔尔不是他的亲妹妹,为什么放纵着他们如此亲密?由着他们把血液混到彼此的身体内,才告诉他那个朝夕相处的最亲的人与他毫无关系。

前方的阿衡摇着手对他微笑,他却无法对她微笑,连假装都无力。

人间四月芳菲早已落尽,一束桃花悄悄盛开,却不是原来的那般明艳。

回到家以后,家中已空无一人,温爷爷留了一张纸条,说是先去言家,让他们放学后尽快赶到。

阿衡和思莞匆匆换掉湿衣服,便离开了家门。

这时,雨已经停了。

"言家,在哪里?"阿衡好奇。

"你见过的。"思莞笑了,引着阿衡绕过花园,顺着弯弯的石子路,走到参天大树后的白色洋楼。

"到了,这就是言希家。"思莞揶揄一笑,修长的指指向洋楼。

"可巧,言爷爷,姓言。"阿衡恍然。

思莞不若平日的举止有度,大笑起来,眼睛明亮。

巧在哪里?言爷爷不姓言,难道还要跟着他们姓温?

"温老三,你家的小姑娘有意思!"爽朗的笑声,粗大嗓门儿,震耳欲聋。

阿衡定睛,才发现门已经打开,站着言希和一群大人,脸顿时红了起来。

爷爷看着她,笑意满眼,左边站着温妈妈,右边是一位十分魁梧高大的老人,微微发福,头发斑白,眉毛粗浓,眼睛炯炯有神,不怒自威。

言希美貌惊人,与老人的相貌南辕北辙,但眼中的神采,却像极了他,同样的骄傲,同样的神气。

"言爷爷好。"思莞有礼貌地鞠了躬,笑嘻嘻地站到了言希身旁,两个少年开始嘀咕。

"阿衡,打招呼呀,这是你言爷爷。"温妈妈看着阿衡,脸上也带了难得的笑意,想是也被女儿逗乐了。

自从阿衡来到温家,今天是温母第一次打正眼看着女儿。

她是个长情的女子,在养女身上的满腔爱意既然收不回,那就继续爱下去。至于眼前的女孩,她的心微微颤抖着,却不敢亲近。

"言爷爷。"阿衡的普通话依旧笨得无可救药,但是弯着腰的姿势,却规规矩矩。

"阿衡,温衡,好!好名字!"老人笑了,看着阿衡,益发怜惜。当年的事,是他一手促成,他对这女孩儿,满心的愧疚和心疼。

"言帅,你倒说说,这名字好在哪里?"温爷爷笑眯眯。

"好就是好,我说好就好!"言帅横了温老一眼,浓眉皱了起来,带着些微的孩子气。

"没天地王法了!"温老嘲笑。

"三儿,你别给我整这些弯弯绕绕的。老子是粗人,扛了一辈子枪,可没扛过笔杆子!"言帅眼睛瞪得极大,语气粗俗。

"衡,取《韩非子·扬权》书中一句'衡不同于轻重'。世界万千,纷扰沉浮，是是非非，取轻取重，全靠一杆秤。我家的小丫头，正是有衡之人。"温老看着孙女，眸中闪着睿智。

言帅捧腹大笑："三儿，你个老迷瞪，谁把自家丫头比成秤的啊？"

温老摇头，直叹气。

阿衡的眼睛却亮了。

幼时养父为其取名"恒"，意指恒心，与弟弟的名字"在"一起，恰好"恒在"，是希望他们二人长寿，承欢膝下。只是后来，上户口时，户籍警写错了字，这才用了"衡"字，其实并不若温老所言，借了古籍取的名儿。

但，这番雕琢过的温和言语，却几乎让她折叠了心中所有的委屈，连望着爷爷的眼睛，都欢喜起来。

"老头儿，什么时候吃饺子，我饿了我饿了！"言希之前听大人说话，并不插嘴，这时得了空，水灵灵的大眼望着言帅，模样十分乖巧，话却十分不乖巧。

"奶奶个熊！你喊我啥？！"言帅恼了，粗话蹦了出来，弯腰脱了棉拖鞋，就要抽少年。

少年却机灵地躲到了温妈妈身后，对着言帅做鬼脸、吐舌头，一脸天真烂漫。

阿衡看着他不同于平时的高傲、目空一切的模样，小声呵呵笑了起来。

"你看，妹妹都笑话你了，真不懂事！"温母笑着拍了拍少年纤细的手，转眼看着言帅，"言伯伯，您别恼，小希就是小孩子脾气，淘了点儿，您还真舍得打他呀？"

"看在你妹妹的面子上，今天饶了你！"言帅眼睛瞪得溜圆。

"老言你也就逗逗嘴上威风！"温老笑骂。

老言宠孙子，在他们一帮老家伙中是出了名的。

言希小时候就皮，他恼得狠了，抬手就要打人。可巴掌还没抡圆，那孩子就哭得跟狼嚎似的，边哭边唱"小白菜，地里黄，三岁没了爹，五岁没了娘……"左邻右舍齐齐抹泪，指着老言的鼻子骂他狠心，孩子长成这样基本都是老言家烧了高香，有个三长两短，你怎么对得起祖宗八辈儿！

老言瞅着孩子大眼睛泪汪汪忽闪忽闪的，越看越飘飘然，张口就说："那是，也不看看谁的孙子，哪家孩子有我孙子好看？老温家的、老陆家的、老辛家的加到一起统统不够瞧！"

哪知，这话传了出去，老辛不乐意了。首长们老爱拿两人比较，两个人互相瞅对方都不顺眼，军衔越大，梁子越多。娶媳妇比，生孩子比，生孙子更是要比。

老辛抱着孙子辛达夷就找老言理论："你奶奶个熊！凭啥说俺家达夷没你家言希好看！你瞅瞅你家言希，那嘴小的，吃面条儿都吸不动，跟个丫头一样，没点子男人气！你还真有脸说，我都替你害臊！"

老言大手一拍，也恼了："你奶奶的奶奶个熊！你家辛达夷就好看了？一头乱毛，不知道的还以为你抱个猴儿呢！猴崽子就猴崽子吧，还是个哑巴娃，一场朋友我都不好意思说你！"

当时，达夷都快三岁了，还不会说话。而言希，两岁的时候就会满大街地"叔叔帅帅，阿姨美美"地骗糖吃了；三岁的时候飙高音基本接近高音家水准，虽然没一句在调上。

这深深刺痛了老辛那颗孱弱的老心脏，天天抱着辛达夷痛骂言氏祖孙，辛达夷听得津津有味。

终于，辛达夷三岁零三个月又零三天时开了尊口，张口第一句话就是："言希，你奶奶个熊！"

一句话逗得全院老老少少笑了几个月。

言希娃娃幼幼小的自尊心却受了伤害，满院子地逮辛达夷，抓住就骂："辛达夷你爸爸个熊你妈妈个熊你爷爷个熊你奶奶个熊你们全家都是熊还黑瞎子熊！"

于是，又成经典，久唱不衰。

言希这孩子嘛，无法无天，自小便睚眦必报。别人欺负他一分，他一定要向别人讨回十分，便是今天少了一分，来日也一定补上。

为此，温老并不喜欢言希，但是看着老朋友的面子，还是当成自家孩子对待。他最担心的是，思莞和言希走得太近，被言希教坏。

"还是阿姨疼我。"这厢，言希像演舞台剧一般，夸张深情地单膝跪地，抓住温妈妈的手，红唇飞扬，笑得不怀好意，"阿姨，你对我这么好是不是喜欢上我了呀？哎呀，我都不好意思了。那阿姨你就干脆甩了温叔叔，改嫁给我吧，啊！"

"多大的孩子了，没一点正经，让你温叔叔听见了，等着他又抽你！"温母啼笑皆非，点着少年白皙的额，语气温柔亲昵。

"他不是不在嘛！"言希满不在乎，漂亮的眸子益发促狭，瞅着思莞。

思莞哭笑不得。言希只比自己大了半岁，小时候就吵着要自己喊他哥哥，他不肯，不知被言小霸王暴打了多少回。

最后言小霸王撂了狠话："你不喊老子哥哥，老子还不稀罕呢！等我娶了蕴宜姨，让你喊我爸爸！"

于是，他肖想当思莞的后爸，肖想了十几年。

阿衡动动唇，呆呆看着言希，傻了眼。这人怎么一天一副嘴脸？好没定性！

"臭小子，别闹了！"言帅脸气得通红，提着言希的红色毛衣领子到阿衡面前，咬牙切齿，"跟你阿衡妹妹说说，你叫什么？"

言帅并不知，阿衡与言希已有数面之缘。

言希的"言"，言希的"希"。这二字，已刻在心中，诚惶诚恐，再无忘记。

"言希。"他淡淡打量她，黑眸黑发，唇畔生花。

"温衡。"她笑了，眉目清澈，言语无害。


那时，她终于有了确凿的名目喊他的名字。

那时，他与她经历了数次无心的相遇，终于相识。

这相知，她不曾预期，他不曾费心。

一个十五，一个十七，正当年少。

恰恰，狭路相逢，一场好戏。

Chapter 8
## 另一个也是一个

十二月份,已经供了暖气,屋内暖洋洋的,跟门外是两个天地。阿衡一进门,顿时觉得手脚涌进一股热流。

言家的装饰特色明显在墙上的照片上,一幅幅,画卷一般,很是清晰明媚。但奇怪的是,那些人与物铺陈在墙上,像是被赋予了新的灵魂,源源不断绵延着温暖和……冷漠。

"言希拍的。"思莞看她目不转睛,笑了,顺着她的目光看向那些作品,眼睛很亮,"阿希他很有艺术天赋,有空的时候常常乱跑,写生、拍照,样样拿得出手。"

"墙角的那幅,是去年我们一块儿出去玩时拍的。"思莞指着墙角的照片问她,"你猜,是在哪儿拍的?"

阿衡凝神看着那幅照片,越看越迷惑。明明水烟缭绕,像是在云端,却无端生出几颗褐石,奇形怪状,天然形成。

她摇了摇头。

言希没好气地拍了思莞一下,随即向厨房走去。

"温泉水下,他蹲在那里拍的。"思莞看着照片,漾着笑,"那家伙总能想出一些稀奇古怪的东西。"

## Chapter 8　另一个也是一个

阿衡也笑，她望着那幅照片，有些不由自主地走近，伸出手，摸了摸那云烟、褐石。平和的眼神，却生出一种渴望和羡慕。

"下次，带我一起，好不好？"她看着思莞，糯糯开口。

父亲教过她，读万卷书，不如行万里路，少年时，当立少年志。她渴慕着温暖，更渴慕着流浪。这流浪，是大胆的念想，但却不是青春期的叛逆。

无论是做云衡，还是做温衡，她都会中规中矩。但是，自由是少年的天性，她想要偶尔行走，改变一成不变。

当然，看着思莞的眼睛，她知道自己的要求为难了他。

"好。"身后传来含混不清的声音。

阿衡转身，看到言希蹲在一旁，乖巧地捧着一个白瓷碗，嘴中塞满一个个饺子，眉眼在黑色的碎发中，看不清晰，但那唇，红得娇嫩好看。

"谢谢。"她的手心出了汗，如释重负。

"嗯。"言希没空搭理她，看着白白胖胖的饺子，心满意足。

思莞有些诧异，却还是笑了。既然是言希决定的，他无权置喙。

"吃饺子了，孩子们！"厨房里一个矮矮胖胖系着围裙的中年男子端着饺子走了出来，笑眯眯地看着眼前的少年少女。

"小希，到餐厅去吃，蹲在这里成什么样子！"男子笑骂，看着言希，踢了踢他。

"啊，李伯伯，让您端出来了，怎么过意得去。"思莞大步上前，有礼貌地接过去。

"这是阿衡吧？"男子端详着阿衡。

"阿衡，这是李伯伯，言爷爷的警卫官。"思莞对着阿衡，低声说。

"李伯伯。"阿衡低眉小声开口。

"好，好！"男子点头，面色欣慰，眼泪几乎出来。而后，他走到阿衡面前,轻轻摸摸她的头发,温言开口:"好孩子,回家就好,你受苦了。"

阿衡有些怔忡,思莞也呆了,只有言希继续埋在那里塞饺子。

"李警卫!"餐厅传来言帅的大嗓门儿。

"到!"李叔叔打了个军礼,声音嘹亮。

"呀,你们两个,还让不让老子好好吃饭!"言希吓了一跳,大咳起来,被饺子呛得直掉眼泪,面色绯红像桃花。

李警卫上前使劲拍言希的背,直到他把卡在喉咙的饺子吐了出来。

"阿希,你一天八遍地听,怎么还不习惯呀?!"思莞递水喂他,笑着开口。

"奶奶的!"言希一口水喷到思莞脸上。

"阿衡,多吃些,天冷了要冻耳朵的。"张嫂看着身旁的女孩,唠唠叨叨,"我和你李伯伯一起包的,香着呢!"

阿衡猛点头,在氤氲弥漫的水汽中小口咬着饺子。

"大家能吃出来是什么馅儿吗?"李警卫笑眯眯地看着围着餐桌的老老少少,他一向擅长调节气氛。

"嗯,有虾仁、猪肉、海参。"思莞琢磨着舌尖肉馅的韧性,酒窝有些醉人。

"冬瓜、笋子。"温老开口。

"姜粉、葱末、料酒、鸡精、高汤。"温妈妈品了品汤水,开口。

"差了差了。"李警卫笑。

大家细细品味再三,交换了眼神,都颇是疑惑。还能有什么?眼前坐着的,吃东西个顶个的刁钻,一个猜不出倒算了,难倒一桌,李警卫也算有本事。

"李妈,你忒不厚道,那么刁钻的东西,谁猜得出来?"言希打了个饱嗝，拿餐巾纸抹了抹嘴，漂亮的大眼睛弯了弯，水色流转。他提前钻过厨房，知道馅儿里还放了什么。

"哪里刁钻了？大家常常见到的东西。"李警卫听到少年的称呼，并不恼，已经习惯了自家孩子的毒舌。

他养大的娃儿，什么德行，自己能不清楚？

"丫头，你说说。"言帅瞅了阿衡半晌，看她一直默默地，想要逗她开口。

阿衡抬了头，声音有些小，糯糯的音调："橘子皮。"然后，又把头缩回氤氲的水汽中，小口小口地咬饺子。

大家愣了，齐刷刷地看向李警卫。

李警卫笑得益发慈祥，眼角的皱纹挤到了一起："阿衡说中了。今天买的猪肉有些肥腻，不是四肥六瘦，我怕小希挑嘴，就剁了橘子皮进去，既去腻，又去腥，刚刚好。"

"呀！李妈，你明知道我不吃肥肉的呀，还虐待我！少爷我要扣你工资！立刻扣！马上扣！上诉无效！"言希撇了嘴，细长漂亮的手不停地玩转着电视遥控器。

"哟，不劳言少您费心，咱的工资不归您管。"李警卫乐了。

他因战时立了一等功享受国务院津贴，在言家当言希这厮的保姆，完全是看在老上司的面子上义务劳动。

别人为无数人民服务，他只为一个人民服务。这一个，不巧是一个一脚踏进精神病院，一脚踏进火星的臭小子！

言希觉着孝顺自家老保姆是中华民族的传统美德，便闭了口，懒洋洋地把头埋在沙发中。

阿衡吃得很撑，但是言爷爷劝得殷勤，只好学思莞的模样，小口吸着饺子茶，既有礼貌又磨蹭了时间。

偶尔透过雾气,朦朦胧胧的,看到那个少年,歪在沙发上看电视,黑发覆额,红衣茸软,好看得厉害。

在言家做客时,阿衡一直未见言希的父母。起初以为是工作忙碌,后来听到爷爷和母亲的零碎对话,揣测了,才渐渐清楚。

原来言希的父母是驻美外交官,在他不到一岁时便出了国。

爷爷对母亲的原话是这样的:"小希野是野了点儿,但是父母不在身边,言帅又不是个会养孩子的,能拉扯大都算那孩子命好。咱们思莞和他玩归玩,好是好,但是言希的那些脾性可是学不得的。"

阿衡听了,心中有些不舒服,但是又不知道为什么不舒服。她默默上了楼,不停歇地做英语题。

说来好笑,阿衡学普通话没有天分,但英语却念得流利,照思莞的话,就是相当有卖国的潜质。

思莞有个一块儿长大的朋友,姓陆,在维也纳留学,两人通电话时,常用英语聊,趁机锻炼口语。

有一回,电话响时,思莞恰好在忙别的事,没空接电话,便让阿衡代接。阿衡普通话憋了半天,"你好"没憋出来,对方却来了一句:"Hi, Siwan?"

"No, Siwan has something at hand, this is his sisiter, please wait a minute."

阿衡有些激动,心中暗想,来到 B 市自己第一次说话这么利索。

思莞手忙着,眼睛却闲着,瞄到阿衡的表情以后,笑得肚子抽筋。

"尔尔?"电话另一边,清越而带着磁性的标准普通话。

阿衡沉默了,半响,特别严肃认真地对对方说:"Another, another..."

Chapter 8　另一个也是一个

思莞听了，愣了。

片刻后，笑了，看着阿衡，笑得特别真诚好看。

嗯，另一个吗？

好像……也不是完全不能接受嘛。

Chapter 9
## 排排排球砸过来

教育部倡导素质教育，B 市是皇城，响应中央号召，怎么着还是要应应景的。

于是，每个星期唯一的一次体育课，在阿衡的学校里，风风火火，喜气洋洋，运动服给学生定做了好几套。不过西林出品，绝对一水儿的仿冒，什么耐克、阿迪、背靠背，仿得惟妙惟肖、炉火纯青。

校长先生笑着说了一句话："同学们，你们不好好学习，对得起给你们赶做名牌运动服的师傅吗？"

众深以为然，膜拜之，觉得有这么一句，校长这么多年说的话完全可以冲进马桶了。

是呀，不为素质，咱也得为那几个让人风中凌乱的商标，什么adidos、NEKI，多知名多销魂的品牌呀……

可惜，冬天，天气不怎么好，冷风刮得飕飕的，树丫光秃秃的。阿衡浮想联翩，如果叶子是树的衣服，那么它也够奇怪，夏天绿袄，冬天裸奔……呵呵。

"裸奔"这个词，当时开始在学校流行，男孩子们吹牛皮说狂话，×××，老子要是不怎么怎么样，咱就去裸奔。

阿衡觉得有趣，心中一直惦记着用这个名词，可是找不到机会。

于是，看到枯树，天时地利，触景生情。心中很是满足。

体育老师照常的一句话——自由活动，男孩子窝了堆，在篮球场上厮杀起来。

十六七岁的女孩子们，抱着排球叽叽喳喳，对着篮球场，颇有笑傲江湖指点江山的气势：这个长胡子的穿着耐克阿迪达斯以为自己是乔丹，其实是流氓；那个头发油了不知道几天没洗了"没人品没素质没家教""三没"代表。舍你其谁，两个词：惨不忍睹、惨绝人寰！

阿衡对篮球懂得不多，但听到女孩子们的点评，憋笑憋得厉害。可不一会儿，女孩子们消了音。无一例外，矜持而高雅。

阿衡从缝里瞄了眼，看到了一帮高二的学生，正商量着和他们班打比赛，带头儿的恰好是思莞。他们这节课也是体育。

辛达夷看到思莞，笑得白牙明晃晃的，和少年勾肩搭背，倒也不辜负"发小儿"这词儿，竹马成双。可惜运球凌厉，篮筐砸得哐哐响，女孩子们听得心疼，嘶嘶怪叫："大姨妈你轻一点，伤着温思莞你不用活着进班了！"

思莞表面温温和和，对着女孩子们有礼貌地点了点头，但是听到发小儿辛同学牙咬得咯咯吱吱，心下好笑，不晓得什么时候得罪了眼前的愣头青。不过自家兄弟不用给脸，抢了球，三步上篮，轻轻松松，正中篮板。

思莞身若游龙，回眸一笑百媚生，惊动了身旁的一群小母鸡。女生们心中羞涩得不得了，嘴上却骂辛达夷不争气，给他们三班丢人。

辛达夷横眉，大眼睛跟灯泡子似的瞪向女生，一句"靠"，感天动地，体育场颤悠悠的。

女孩子们知道辛达夷的脾气，便讪讪作鸟兽散，到一旁三三两两结伴打排球。

阿衡落了单，静静蹲在角落里。手臂伸直，双腕并拢，用腕力接球，她……也会的。

左边，篮球场，身姿矫健，挥洒汗水；右边，手势优美，笑语嫣然。

她在中间，不左不右。

于是，有些寂寞。

蹲了一会儿，脚有些麻，站起身，跺了跺脚；站了一会儿，站累了，再蹲下。

来回重复了好几次，阿衡觉得自己在瞎折腾，还不如回教室做几道物理题。

哪知她刚起身，一个白色的球就迎面飞来。

"嘭！"一张脸结结实实、热热忱忱地撞上了排球。

阿衡捂着鼻子蹲在地上，眼泪唰地出来了。

一个女孩跑了过来，拍了拍她的肩，有些粗鲁："哎，温衡，你没事吧？"

"没……没……没事。"阿衡头有些蒙，鼻子疼得厉害，声音瓮瓮的。

"你说什么？"

"没事。"她头晕晕的，星星绕着脑袋转。

"你能不能大声一点！"北方女孩子爽朗，见不得别人扭捏。阿衡声音很小，那女孩便提了音，有些不耐烦。

阿衡有些急了，真想吼一声"你丫试试被排球撞了脸还说不说得出话"，可惜，京话还处于婴儿水准，便闭了口，心里催眠着不疼不疼。

人，不在沉默中爆发，就在沉默中更加沉默。

未过几秒，一股热热的东西从鼻孔中顺着指缝流下。

吧嗒，吧嗒。

鲜红鲜红的血。

阿衡本来就有点晕，身旁又围着一群人，越看越觉得模糊，头一歪，不省人事。

她做了一个梦，梦里白茫茫的一片，浓郁的，是寒冷的味道。

醒来时，却发现自己身上盖着被子，与梦境不同的温暖气息。睁开眼，看到了一张熟悉的面孔——思莞。

"你醒了？"少年笑。

"嗯。"阿衡微笑，黑色的眸，温和清恬。

"还疼不疼？"思莞声音益发温柔，眼睛盯着她，眸中有了一丝怜惜。阿衡看着思莞，也笑了，嘴角暖暖的，眉弯弯的。

"不疼。"她摇了摇头。

阿衡觉得自己不娇气，穷人家的孩子还娇气的话，简直要命。

在云家养成的习惯，不管是磕在树上还是石头上，即使磕傻了，父亲母亲问起来，一定是"不疼"。

云在，才有疼的资格。

思莞轻轻触了触阿衡刚被校医止了血的鼻子。

她朝后缩得迅速，倒吸了一口冷气，看着思莞，有些委屈。

思莞笑了，酒窝深深的，揉了揉阿衡的黑发，温声开口："看吧看吧，还是疼的，疼了就不要忍着，嗯？"

阿衡眼圈泛红，本来自我感觉不怎么疼的鼻子，这会儿酸疼得厉害。可是，心中却好像烧着一个火炉，暖融融的。

从医务室回了班，每个人望她的眼神都怪怪的，尤其是女生。体育课的下一节课是自习,阿衡暗自庆幸,回到座位准备做题。

"哟,小可怜儿回来了!"

阿衡抬头,前排的女生正阴阳怪气地看着她。

她愣在那里。

其他的女生嗤笑起来,看她的眼神带着不屑。男生们倒无所谓,坐在那里,只是觉得女生小家子气,但是生活如此无聊,有好戏看,此时不八卦更待何时?于是,他们皱着眉貌似做题,耳朵却伸出老长。

阿衡苦苦思索,人类的祖先除了猿猴那厮莫非还有驴子?

"温衡,你教教大家呗,时间怎么计算得这么准,温思莞刚走过来,你就晕倒了?"用球砸到她的那个女生,隔着几排座位,朝着阿衡喊了起来,嘴角挂着笑,眼神却很冰冷。

阿衡的手顿了一下,低了头,继续算题。

"装什么呢,你恶不恶心?"

阿衡觉得全身的血气都涌了出来,想要开口说"思莞是我哥哥"。可是,思莞是那么耀眼的人,大家那么喜欢他,她不能给他抹了黑。

有个说话结结巴巴的妹妹,不是什么光彩的事。她没有多瞧不起自己,但是在这种环境下,高看自己显然比瞧不起自己更加愚蠢。

当然,她长这么大,有过许多老师,却从未有哪一个教过她,受了侮辱还要忍着的。

所有的人在望着她。他们的眼中有戏弄、看好戏、嘲笑、得意、咄咄逼人的神色,却独独没有正直。

她静静地从教室后的储物柜中抱出一个排球,用适度的力气朝着那女孩的肩膀砸了过去。

"啊!"一声痛呼。

阿衡淡淡看着那女孩龇牙咧嘴,温和的眼中没有一丝情绪,轻轻开口:"疼吗?"

那女孩脸涨得通红,肩膀火辣辣的,心中十分恼怒,瞪着阿衡:"你干什么?"

"你,在装吗?"

阿衡笑了。

人若不身临其境,怎么会体会到别人的痛?

别人待她十分,她只回别人三分。但这三分,恰恰存着她的自尊、宽容和冷静。

可,若这十分是善意和温暖,她会加了倍,周全回礼,好到心腑。

只可惜,这些人不知,连日后成了极为要好的朋友的辛达夷,此时也只是不发一语。

阿衡从不记仇,但这事,她要记他个祖宗八辈千秋万代永垂不朽。

因为,那种被人侮辱的难过,即使生性宽厚的她也不曾真正忘记过。

真的,好难过,一个人。

那年那天。

## Chapter 10
## 雪夜苏东伤耳语

北方的天，冷得迅速，十二月的中旬，雪已经落下。

1998年的第一场雪悠悠飘落时，B市里的人们正在酣眠。

阿衡自小生活在南方，见过雪的次数五个手指数得过来。况且，每次下雪，还未等她反应过来，就已经悄悄停止，了无痕迹。所以，她对雪的概念很是模糊，白色的、软软的、凉凉的，还有，吃了会闹肚子的。

这样的形容词虽有些好笑，但当思莞兴奋地敲开她的门，对她说"阿衡阿衡快看雪"时，她的头脑中确实只有这样匮乏而生硬的想象。因此，推开窗的一瞬间，那种震撼难以言喻。

她险些因无知，亵渎了这天成的美丽。

天空，苍茫一片，这色泽，不是蓝色，不是白色，不是世间任何的一种颜色，而是凝重地包容了所有鲜美或灰暗，它出人意表却理应存在，以强大而柔软的姿态。

苍茫中，是纷扬的雪花，一朵朵，开出了纯洁。

阿衡蓦地想起了蒲公英。

那还是她年幼的时候。母亲攒了好久的布，给她做了一件棉布裙子，却被石榴汁染了污渍。邻居黄婆婆对她说，用蒲公英的籽洗洗就干净了。

## Chapter 10　雪夜苏东伤耳语

她盼了很久，好不容易等到春天，去采蒲公英籽，漫山遍野，却都是飞扬的白白软软的小伞，独独未见籽。

那样的美丽，也是生平少见。只可惜，与此刻看雪的心境不同。当时，她怀着别样的心思望见了那一片蒲公英海，错失了一段美好，至今留在心中的，还是未寻到蒲公英籽的遗憾。

绵延千里，漫漫雪海。

下了一夜大雪，路上积雪已经很厚，踩上去松松软软的。街上的环卫工人已经开始扫雪，阿衡有些失望。

"放心吧，会一直下的，不会这么快就停。"思莞知晓阿衡的心思。

阿衡眯眯眼，望了望天，一片雪花刚好飘到她的眼中，眼睛顿时凉丝丝的。

"思莞！"隔得老远，震天的喊声。

思莞回头，笑了。呵，这组合难得，大姨妈和阿希凑到了一起。

他们仨连同在维也纳留学的陆流，四个人一块儿长大，但只有这两个是万万不能碰到一块儿的。两个人在一起，没有一日不打架。打得恼了，思莞去劝架，苦口婆心，两个人倒好，勾着肩晃着白牙一起踹他，声声奸笑："亲爱的思莞，你不知道打是亲骂是爱，爱得不够用脚踹吗？"

他抹着眼泪向陆流呼救，那人看都不看他一眼，语气温柔若水："谁让你管的？打死倒好，世界一片清静。"

"达夷，阿希。"思莞用力挥挥手。

阿衡看着远处的两人渐渐走近。

两人一个白衣，一个蓝袄，个头不差什么。只是辛达夷比言希结实得多，在辛达夷面前，言希益发显得伶仃清冷。

"我刚刚还跟言希说呢，前面看着那么傻帽的人肯定是温思莞，就试着喊了一嗓子,结果真是你!"辛达夷嘿嘿直笑,一头乱糟糟的发很是张扬。

"滚!"思莞笑骂,但亲密地搭上少年的肩,笑看言希,"阿希,你今天怎么和达夷一起上学?你一向不是不到七点五十不出门的吗?"

言希淡淡扫了思莞一眼,并不说话。

他穿着白色的鸭绒外套站在雪中,那雪色映了人面,少年黑发红唇,肤白若玉,煞是好看,只是神色冷淡。

阿衡看着他,感觉有些奇怪。

言希好像有两个样子,那一日在他家,是霸道调皮无法无天的模样;今天,却是她与他不认识之时数面之缘的模样,冰冷而懒散,什么都放不到眼里去。

"丫感冒了,心情不好,别跟他说话。"辛达夷觑着言希,小声说。

"噢。"思莞点点头,便不再和言希搭话。

言希心情不好的时候,绝对、千万、一定不要和他说话,更不要惹着他,否则,会死得很惨。

这是温思莞做他发小儿做了十七年的经验之谈。

可惜,辛达夷是典型的人来疯,人一多便嘚瑟。

"言希,不是老子说你,大老爷们什么不好学,偏偏学人小姑娘生理期,一个月非得闹几天别扭,臭德行!"辛达夷见言希一直默默无害的样子,开始蹬鼻子上脸。

思莞脸黑了,拉着阿衡躲到了一边。

说时迟那时快,只见白衣少年轻飘飘地靠近那不知死活,笑得天真满足的蓝袄少年,修长的腿瞬间踢出,兼顾快、狠、准三字要诀,白色的运动鞋在某人臀部印下了清晰的四十一码鞋印。

某人一个趔趄,摔了个狗啃雪。

众人叫好,好,很好,非常之好!

这个姿势,这个角度,不是一般人能够踢出来的。

"言希,武术?"阿衡小声问思莞。

"阿希不会武术,只练人肉沙包。"思莞颇是同情地看了看屁股撅上天的辛达夷,意有所指。

辛达夷泪流满面:"言希,老子跟你不共戴天!你就会突然袭击!"

言希冷笑:"我貌似跟你说过,今天不准惹我!少爷我心情不好,做出什么事来也不是自己能控制的。你丫别跟我说你忘了,刚刚喝豆腐脑的时候我重复了三遍!"

辛达夷理屈,憋了半天,憋出一句话,咬牙切齿:"言希,你丫不要以为自己长得有三分姿色就可以踢老子!"

思莞绝倒。

言希微微一笑,十分无奈:"爹妈生的,少爷我也不想这么人见人爱的。"

思莞爬起来继续绝倒。

阿衡则呵呵笑着。


阿衡对奶奶了解得很少,思莞只言片语,但她能感受到他对奶奶的怀念。

奶奶是阿衡回到温家的前一年冬天去世的,爷爷虽是无神论的共产党员,奶奶却是个十分虔诚的天主教徒。她常常教导思莞要心存善念,宽仁对待人和物,因为万物平等,不可以撒谎,做人应当诚实,对待别人一定要真诚礼貌。

思莞在奶奶的影响之下,也是忠实的信主者。

阿衡知道时,倒并不感到意外。因为思莞就是这样的人,始终温柔礼貌、待人宽厚。在他眼中，没有美丑之分，只有善恶，他能够平静大度地对待每一个人。

可是，就是这样一个未曾冲动过的少年，却在圣诞节前三天，失了踪影。

准确算来，从那一天清晨起，阿衡就没有见到思莞。温家人起初只当他有事，先去了学校。

结果直至第二天，少年还未回家，打给言希、辛达夷，都说没见过他。而思尔住的地方传来消息，说她也已经两天没回去了。家人这才慌了神报了警，央了院子里的邻居一起去找。

阿衡被留在家中看家。她想着，觉得这件事实在毫无预兆，思莞失踪的前一天还在说说笑笑，没有丝毫异常，怎么说不见就不见了呢？

阿衡进了思莞的房间，一向干净的房间一片凌乱。刚刚，家人已经把他的房间角角落落翻了一遍，却未找到丝毫的蛛丝马迹。思莞一向干净，他回来看到房间这样，会不高兴的。

阿衡想到思莞看到房间乱成这样，眉皱成一团的样子，摇头笑了。她开始帮少年整理房间。

拉开窗帘，窗外依旧白雪皑皑，不过，辨得出是夜晚。

今天晚上是平安夜，阿衡对洋节没有什么概念，只是思莞讲得多了，便记住了。

平安夜要吃苹果，平平安安。

思莞在外面，吹着冷风，有没有苹果吃呢？这么冷的天不回家，冻病了怎么办？多傻呀，有什么事不能好好商量。如果和她不能说，总还有妈妈和爷爷的。

## Chapter 10　雪夜苏东伤耳语

想着思莞也许马上就会回来，阿衡收拾干净了房间就去削苹果。

可削完一个，想着爷爷妈妈也一起跟着回来呢，又多削了两个。

端到思莞房间里时，阿衡的目光不经意扫到了墙上的挂历。十二月份，用黑笔画了一道又一道，最后停在二十二日。

十二月二十二日，是奶奶下葬的日子。

思莞曾经告诉过她，奶奶被爷爷葬在 B 市最大的教堂，但是，奶奶并不喜欢那个教堂，她最爱做祷告的，是一家小教堂，他说奶奶的灵魂一定会在那里。

苏……苏东教堂！

阿衡眼前一亮，穿上外套，便跑了出去。

出了院子，招了出租车。司机一听去苏东教堂，摆摆手，为难了："小姑娘，苏东那边结了冰，路滑，难走得很。"

"叔叔，钱，我有！"阿衡从衣兜中掏出所有的零用钱。

"哎，我说小姑娘，我这把岁数还贪你一点儿钱吗？"司机是个耿直的皇城人，有些恼了。

"叔叔，别气。"阿衡急了，"我哥哥，在苏东，两天，没回家！"

"噢。小姑娘，那这样吧，我把你送到 G 村，那里离苏东大概还有两里路，路滑了些，车过不去，但走着还是能过去的，你看成吗？"司机也是个好心人，皱着眉，向阿衡提议。

阿衡十分感激，猛点头，上了车。

可惜，平安夜，市区人特别多，车走不快。

"叔叔，快，再快！"阿衡心中焦急。

"再快，就开到人身上了！"司机乐了，觉得小姑娘说话有意思。

"我哥哥,在苏东冷!"阿衡越急,嘴越笨。

司机有些感动,看了阿衡一眼,温和开口:"成,咱再快一点儿,不能让你哥哥冻着!"

等到了G村时已经是半个小时之后,阿衡交了钱,便匆忙向前走。

司机从车窗探出头,对阿衡大声说:"小姑娘,一直向前走,看到柏子坡的路标,往右走三百米就到了!"

阿衡挥手,笑着点点头。

"姑娘,路上慢着点儿。"司机热心肠,遥遥挥手。

她已走远,并没有听到,只是在雪中遥望着陌生的好心人,微笑着。

阿衡本来对司机所说的路滑有了心理准备,可是,在狠狠栽了几个跟头之后,还是有些吃不消,但是心中一直胡思乱想,也就顾不得疼痛了。

万一,思莞不在苏东教堂怎么办?

万一,思莞不跟她一起回去怎么办?

万一,思莞和尔尔在一起,看到她尴尬了怎么办?

阿衡一路扶着树,终于找到柏子坡的路标。等在夜路中摸到苏东时,她全身已经被汗水和雪水浸透,黏在身上,很难受。

苏东教堂,设计很独特,干净温暖的样子,像是阿衡在照片里见到的奶奶的感觉。但是,这个教堂几乎快要荒废了,毕竟这里离市区有些远,而且不如其他教堂的规模大。

教堂的灯亮着,噢,不是灯,闪闪烁烁,应该是烛光。

阿衡想要推门走进去,却听到熟悉的声音,是思莞。

她笑了,放松下来。

"尔尔,你说奶奶能听到我们说话吗?"

往日的温和清爽语气中,有着对对方的信赖。

"会的,奶奶的灵魂在这里,她一直看着我们。"

听起来温暖舒服的嗓音。

尔尔……吗?

阿衡想要推门的手又缩了回来。现在进去,太冒昧,让他们再多说会儿话吧。

"嗯,奶奶生前最喜欢这里,每年的平安夜,她都会带我们来这里。"

少年笑了。

阿衡有些遗憾,她也想见奶奶一面。在乌水,孩子们喊奶奶都是喊"阿婆"的,不晓得奶奶听到她喊她"阿婆",会不会高兴?

爷爷告诉过她,奶奶的祖籍就是乌水。

阿衡无声地笑了,眸子变得愈加温柔。如果,她也有奶奶疼着就好了,她会做一个很孝顺的孙女的,她会给奶奶捶背、洗脚,做好吃的东西。

啊,对了,就做乌水的菜,奶奶一定很高兴。奶奶也许会给她做好看的香包;会对她笑得很慈祥;会在别人欺负她的时候用扫帚把坏人打跑;会给她讲很久以前的神话故事……呵呵。

"哥,如果奶奶活着,她也会不要我吗?"教堂里温柔的女声有些难过。

那么,如果奶奶活着,她会喜欢她的到来吗?

少年的声音有些发颤,轻轻开口:"不会的,没有人不要你!奶奶最疼你,你忘了吗?以前我和你拌嘴,奶奶总是先哄你的,对不对?"

"可是,爷爷以前也很疼我,他现在还是不要我了。"

思莞声音有些激动:"尔尔,奶奶临终前跟我说过,她跟爷爷一样,是知道真相的。她明知道你不是她的亲孙女,她在我们很小的时候就偷偷调查过阿衡的下落,但是她却没有把她接回来,一直到去世都没有,也没有去看她一眼,不是吗?"

"啪",她听到胸中什么碎裂的声音,那么冷的夜,那么炙热的伤口……

她静静从墙角滑落到冰凉的雪地,全身冰凉透骨。

阿衡,阿衡,她念着自己的名字,眼角一片潮湿。

好难受,心里好难受。

为什么,为什么每一个人都不想要她呢?

为什么呢……

她认真地当着云衡,被别人在背后指指点点骂着野种的时候,却没有办法反驳,因为他们没有错,他们说的是实话。

她认真地当着温衡,被所有爱着温思尔的人遗忘着、痛恨着,却没有办法吵闹,因为他们没有错,温衡抢了温思尔的所有。

这个世界,毕竟,先有温思尔,后有温衡。

她从来没有像今天这样痛恨过自己。

为什么要存在?……

为什么要明目张胆地存在?!

她有人生,有人养,却……没人要。

他们可以喜欢着她,可以善待着她,可除了她,他们永远都有更喜欢、更想要厚待的人。

为了那些人,顺理成章地把她随手丢进角落里。

那么难堪,像是垃圾一样,扔掉了也不会想起吗……

"温衡?"一双冰凉的手放在了她的头上,声音带着鼻音。

阿衡抬起头,看到了言希。

少年穿得鼓鼓囊囊的,帽子、围巾、手套、口罩,一应俱全。

## Chapter 10 雪夜苏东伤耳语

阿衡看到他，有些尴尬，垂了眉眼，收敛神色。

"思莞他们在里面？"少年指着教堂。

阿衡点了点头。

"哦。"少年可有可无地点点头，帽子上的绒穗一晃一晃的，映着黑黑亮亮的大眼睛，在雪中十分可爱。

"那咱们走吧。"言希的声音，透过口罩传了出来，有些含混。

"去哪里？"阿衡愣了。

"回家。"少年简洁地回答，伸出手，轻轻地把阿衡从地上拉了起来。

"思莞呢，尔尔呢？"阿衡糯糯开口。

"我给温爷爷打个电话，一会儿派司机来接他们。你先跟我走。"言希伸了伸懒腰，有些懒散地把双手交叠背在后脑勺。

阿衡点点头，转身看了看教堂，轻轻开口："阿婆，再见。"

言希淡淡开口："她听不到的。"

"为什么？"阿衡声音干涩，全身有些虚脱。

这告别费尽她所有的力气。

"她已经不在这个世界。"

"她在，上帝身边？"阿衡轻轻仰头，满眼的苍茫。

少年笑了，带着点哈气："如果上帝存在，那她一定在你身边。"

阿衡愣愣地看着他。

少年却不再开口，走在雪中，身姿冷漠散漫。

阿衡看着他的背影，觉得此刻，这少年比她还寂寞。

言希忽然停了脚步，他穿得很厚，有些费劲地脱掉棉手套递给阿衡，微微笑道："上帝从不救人，人却会救人。就好像男人在这种情况下，天经地义地维持风度。"

Chapter 11
## 你是谁我不是谁

思莞和思尔回到温家时,阿衡已经睡着。她以为自己会失眠,结果,那一天是她来到温家,睡得最安稳的一天。

没有做梦,没有烦恼,没有恐惧。

大概是平安夜的作用,平平安安。

清晨时,她起来得最早。下了楼,张嫂依旧在辛勤地做早餐,厨房里很温暖,飘来阵阵白粥的甜香。

阿衡吸了一口香气,耳畔传来张嫂哼着《沙家浜》的熟悉调子。她笑了,看来思尔也随着思莞回来了,要不然,张嫂不会这么高兴。

门铃叮叮地响了起来。

张嫂一进入厨房,基本上属于非诚勿扰的状态,自是不会听到门铃声。

阿衡小跑着去开门,是邮递员。

有人寄来贺卡,收件人是:云衡。

再简朴不过的卡片,粗糙的纸质,粗糙的印刷,小镇的风格,温馨得可怕。

一笔一画,干净仔细。

云在的字,一向写得不好。他常年在病床上,没有几日能练字,就连上学,也是听听便罢。

眼前的字,依云在的病情,也不过勉力才写成如此深刻。万幸,与阿衡不同——他十分聪慧。

"云衡,我十分之恨你。"

她眨眨泛红的眼睛,鼻子发酸。

"可是,抵不过想念。"

合上卡片,眼泪掉了出来。

这么巧,千山万水,卡片在圣诞节送到了她的手中,上面却印着:新年快乐。

应了谁的景,又应了谁的心情?

她的在在,和她一般土气,一般傻。不晓得洋节日,却估摸着时间,在很久以前寄出,期冀着1999年开始之前,那个固执地被他写作"云衡"的姐姐能收到他的新年祝福。

一张卡片,乌水至B市,又经历了多少风尘细雨,大雪云梦,才成这般珍贵?

有个少年,缠绵病榻,闭目思量,多久,才成这两行字!

思莞拉着思尔的手下楼时,阿衡正在吃早饭,低着头,沉默的样子。他的心有些难受,不晓得说什么。

"阿衡。"思尔小声略带怯怯地开了口,她在刻意讨好阿衡。

思莞心疼思尔,嘴角有些苦涩。

阿衡抬起头,看着那个女孩白皙小巧的面庞,微微笑了笑,点了点头:"思尔,吃早饭。"

思莞松了一口气。

"思莞,也吃。"阿衡弯了弯眉,面色沉静温和。

思莞想起自己在教堂说过的话,当时头脑发热,为了安抚思尔,但却在潜意识中伤害了阿衡。

万幸,她听不到。

只是,回来时,书桌上削好的苹果让他措手不及,益发愧疚。

"阿衡,昨天的苹果,我吃了。"思莞脱口而出。

阿衡笑了,点点头,拿起身后的书包,轻轻开口:"我今天,值日,先走。"

思莞想说些什么,嘴张了又合,生出了无力感。

高一的下学期,阿衡在转来的头一次的期末考中一鸣惊人,拿了年级第三,班级第二。

在西林考了年级前三是什么概念,傻子都知道,B 大没跑的。至于思莞,照常的年级第五,从高一到高二,挪都没挪过位置。

温家全家,都被阿衡的好成绩吓了一跳。不过,终究欢喜。家中有个这么争气的孩子,谁不高兴?况且还是之前基本上被盖了"废柴"印章的傻孩子。

温老笑得合不拢嘴,逢人就夸,看着孙女,怎么看怎么顺眼;温妈妈也会在寒假带着阿衡转转 B 市,买些零食衣服,算是奖励;思莞虽然惊讶,但是想到阿衡平时学习用功的样子,也就明白了。

思尔自圣诞节后一直都住在温家,温老一直含含糊糊,没有表态,温妈妈和思莞乐得装糊涂。

只是阿衡有些尴尬,她的房间本就是思尔的,思尔回来了,她是搬还是不搬?

思尔从小身体底子就差,她睡在临时收拾好的客房,没多久就因为室

## Chapter 11 你是谁我不是谁

内空气湿度不够，暖气强度差了些，生了病。送医院打了几针，回来之前，医生嘱咐要静养。

而后，思莞在阿衡房间外转悠了将近半个小时。

阿衡一早知道门外有人，听着脚步声更确定是思莞。等了许久，也没等到他敲门，阿衡便开了门。

思莞止了脚步，轻咳一声，走到她面前："阿衡，你住在这个房间，还习惯吗？"少年小心着措辞，不经意的样子，眉却蹙成一团。

"房间，太大，不习惯。"阿衡微笑，摇了摇头。

"那……给你换个小点的房间，成吗？"思莞舔了舔干燥的嘴唇，小心翼翼地问。

"好。"阿衡笑开。

思莞眼睛亮了，嘘了一口气，酒窝汪了陈年佳酿。

"思尔，什么时候，回来？"她的声音糯糯的，唇虽很薄，笑起来却不尖刻。

"今天下午。"思莞开口，却惊觉自己说错了话。

"现在，能搬吗？"阿衡把半掩的房门完全推开。

那里面，几乎没有她存在过的痕迹，依旧是思尔在时的模样。床脚，整整齐齐地放着两个行李包。

她早已把所有的东西都准备好，佯装不知地静静等待。

思莞的眸子却渐渐变凉，他所有的铺垫，所有的话，所有的忐忑不安，此刻显得凉薄可笑。

他一向不敢如家人一般，错判阿衡的笨拙或聪慧，可是显然，她聪明得超出了自己的想象，善解人意得让人心寒。

他在她的房前，徘徊了这么长的时间，这样的愧疚和担心，却被一瞬间抹杀。

思莞心中有了怒气,面色如冰,淡淡开口:"你想要什么,我以后会补偿给你。"

阿衡愣了,随即苦笑,手脚不知要往哪里摆。

知道阿衡搬到了客房,温老却恼怒了:"温思莞,阿衡是谁?你跟我说说!"老人脸色冰硬,看着思莞。

"爷爷,您别生气,是我不好,哥他只是……"思尔在一旁,急得快哭了。

"我不是你爷爷,你如果真有心,喊我一声'温爷爷'就行了!"老人拉下脸,并不看思尔,眸子狠厉地瞪着思莞。

思莞的手攥得死紧,看着温老,一字一顿:"爷爷,您既然不是尔尔的爷爷,自然也不是我的爷爷!"

温老怒极,伸出手,一巴掌打在少年的脸上。

思莞并不躲闪,扬着脸,生生接下。瞬间,五个指印浮现在少年的脸上。

温老对待孙子虽然严厉,却从未舍得动他一个指头,如今打了他,又气又心疼。

"阿衡她是你亲妹妹,你知不知道!"老人心痛至极,拉过阿衡的手,让她站到他跟前。

"爷爷,尔尔算什么?"思莞一字一顿,声音变得哽咽。

温老声音苍老而心酸,拉着思尔的手,轻轻开口:"好孩子,算我们温家欠了你。你有你的好造化,不要再纠缠了。"

阿衡看着思尔。

思尔的脸色瞬间苍白,望着温老,眼中蓄满了泪水。她笑了起来,张口,话未说出,眼泪却流了出来,猛地攥着阿衡的手,带着哭腔问她:"你是我,那我是谁?"

阿衡的眼睛被女孩的眸子刺痛,转眼却看到她闭上了眼睛,身体如同枯叶一般萧索坠落,直至整个人毫无意识地躺在地板上。

思莞大喊一声,抱起思尔就往外跑。

医生的诊断是尔因为气急攻心,再加上之前生病尚未好透才会昏倒。恢复起来也不算难,只要不再生气,静静调养就会康复。

阿衡赶到医院的时候,思莞正坐在病房中愣愣地看着睡梦中的思尔。

她在门外,趴在窗户上,站了许久,看了许久,脚酸了,鼻子酸了,思莞却连头都没有抬。

而后温母也听闻了消息,从钢琴演奏会现场赶到了病房。

"阿衡,你先回家,思尔这会儿不能看到你。"妈妈扫了她一眼,再一次把她推到门外。

阿衡静静地站在回廊,映在她眼中的是来来往往的被病魔折磨的人们,他们的眼睛空荡荡的。

回……家吗?

她的家在哪里……

谁用寂寞给她盖了一座迷宫,让她那么久,都找不到,回家的路。

她走了很久,停了的雪又开始飘落,萦绕在发间,直至伴她重新站立到温家门前。

可,这里并不是她的家。

阿衡待了很久,却始终提不起勇气打开那一扇门。

她笑了笑,坐在了白楼前的台阶上。

这会儿,要是有人能把她带走就好了,阿衡静静想着,吸了吸鼻子。

也是这般的雪天,这般的冰冷……卖火柴的小女孩擦亮火柴,见到了一切想要的东西,包括最爱她的奶奶,那么,她擦亮火柴会看到什么呢?

阿衡存了固执的念头,无法压下心头叫嚣的蔓延的希冀,摸着空空如也的口袋,却发现,自己并没有幸福的道具。

火柴,好吧,社会主义社会没有资本主义的万恶,火柴现在很稀少,有钱都难买,扮卖火柴的小女孩不现实。

那么,海的女儿呢? 噢,没鱼尾。

那么,莴苣姑娘? 咳,莴苣是什么?

那么,白雪公主? 好吧,她当后妈,喂温思莞吃毒苹果……

阿衡想着想着,呵呵笑了起来,心情竟奇异地转晴。

她不爱说话,看起来很老实,却总是偷偷地在心底把自己变得很坏。这样的人,大概才能千秋万代一统江湖东方不败,是不?

"你笑什么?"好奇的声音,粉色的口罩。

阿衡抬头,又看到言希。

他满身的粉色,粉色的帽子,粉色的外套,粉色的裤子,粉色的鞋,粉色的口罩,另外,背着粉色的大背包。

粉衣清淡,容颜安好,暖色三分,艳色三分。

"言希。"她看着他,眼睛温暖。

"嗯。"他应了一声。

"你又来,救我?"她笑了,牙齿整齐,很是腼腆。

他看着她的笑,眼中闪过什么,但却摇头,只是眯了眯黑黑亮亮的大眼睛,问她:"那天,你说的话,还算不算话?"

"什么?"阿衡莫名。

"让我带你去玩儿。"少年细长晶莹的指插进口袋,开口。

## Chapter 11　你是谁我不是谁

"你要，带我走？"阿衡小心翼翼地问他，大气不敢出。

少年点了点头，粉色的绒帽中垂出一缕黑发。

阿衡很是感动，看着少年，眼睛亮晶晶的。

"帮我拿行李。"少年从肩上卸下粉色双肩包，挂到阿衡身上，揉着胳膊，晃了晃脑袋，轻轻开口，"累死老子了。"

阿衡"哦"了一声，满腔感动化作满头黑线。

Chapter 12
## 不愿做奴隶的人

当阿衡手中攥着火车票时,才有了真实的感觉。

她马上要离开这里了,阿衡如释重负,欢喜地唱起歌:"起来,不愿做奴隶的人们……"

她小声哼着,身旁的少年支着下巴,像看怪物一样地看着她。

阿衡脸红了。

"你跑调了。"少年平淡一笑,深深吸了一口气,酝酿了,呼出,"起来!不愿做奴隶的人们!这样才对。"

你……才跑调了……

阿衡吸吸鼻子,却不敢反驳,她记着思莞无数次说过言希的坏脾气。

夜晚十点的车票,还差半个小时。

现在是春运期间,候车室里人多得可怕。言希怕被人踩到,就带着阿衡蹲到了角落里,两人静静地等着检票。

"我们要去,S城?"阿衡小声问少年。

少年蹲在那里,忽闪着大眼睛,点了点头。

"为什么?"阿衡心中着实有些窃喜,S城离乌水镇很近,只有两个小时的车程。

"我昨天晚上做梦，梦见了S城。"少年轻轻开口，声音慵懒。

"你，去过，S城？"阿衡问他。

"没有。"少年摇头。

"那，怎么梦到？"阿衡瞠目。

"梦里有人对我说，那里有很多像我一样漂亮的美人，很多好吃的，很多好玩儿的。"少年口罩半退，嫣然一笑，唇色红润，如同涂了蜂蜜一般。

阿衡扑哧一声笑了。

"313次列车的旅客注意了，313次列车的旅客注意了……"甜美的女声。

"开始检票了。"少年站起来，厚厚的手套拍了拍背包上的浮灰，挎在肩上。

那个背包阿衡之前掂过，不知道里面放了什么，很沉。

她跟在少年身后，有些稀罕地东张西望。她坐过的唯一的交通工具就是汽车，火车则是大姑娘上花轿——头一次。

"不要东张西望，有拐小孩的。"少年掩在口罩下的声音听起来有些闷。

阿衡收回目光，看着言希，有些窘迫。

她……不是小孩子。

穿着制服的工作人员戴着白色手套，站在检票口。阿衡乐呵呵地把两张票递给工作人员，工作人员笑眯眯地检了票，热心肠地对言希说："你们姐妹俩第一次出远门吧，做姐姐的，出门要带好妹妹呀！"

言希露在口罩外的半张脸黑了起来，拿过票，不作声，大步流星地向站台走去。

阿衡边向工作人员赔笑脸,边跌跌撞撞地跟在言希身后。

也难怪,言希长得这么漂亮,又穿了一身粉衣,不认识的人大抵会把他认成女孩子。但显然,言希并不高兴。

但她哪知,言希何止是不高兴,简直是肝火上升。他从小到大,最恼的,就是别人把他认成女孩儿。

出了检票口,阿衡有些冒冷汗,她长这么大,还从没见过这么多人。站台上闹哄哄的,形形色色的人几乎将她淹没。

好不容易在人潮中挤上了车,但是大多数人堵在车厢口,想等别人找到座位,不挤的时候自己再走。结果,人同此心,越堵越多,乱成了一团。

这厢,阿衡的眼泪快出来了,身旁高高壮壮的男子踩到了她的脚却浑然不觉。她试着喊了几声,但车厢闹哄哄的,对方根本听不到。

言希靠着窗,多少有些空隙,看着阿衡被挤得眼泪快出来了,大喊了一声:"喂,我说那位叔叔,你脚硌不硌得慌!"

少年嗓门儿挺高,高胖男子听到了却没反应过来,只看着言希黑黑亮亮的大眼睛发愣。

"妈的!"言希恼了,咒骂一声,扯着阿衡的胳膊可着劲儿把她扯到了自己的胸前,双手扶着窗户两侧,微微弓身,给阿衡留下空隙,让她待在自己的怀里。

阿衡猛地浑身放松起来,低头一看棉鞋,上面果然有一个清晰的皮鞋印,抬头,是少年白皙若刻的下巴。

火车晃晃荡荡的,言希粉色的外套有时会轻轻摩擦到她的鼻翼,是淡淡的牛奶清香,干净而冷冽,她脸皮撑不住红了起来,有些难为情。

大约过了十分钟,旅客们才渐渐散去,阿衡嘘了一口气。

## Chapter 12　不愿做奴隶的人

言希淡淡地扫了她一眼,开始按着车票上的号码寻找座位。

"23、24号……"

阿衡拉了拉言希的衣角,指着左侧的两个座位,她感觉言希明显松了一口气。

少年把背包安放好,坐在了靠窗的位子上。

阿衡坐在了言希身旁,看了腕表,时针距离零点,差了一格。车厢,也渐渐变得安静。

火车哐当哐当地响着,阿衡听着呼啸而过的风声,觉得自己很累很累……

再睁开眼时,她已经坐在云家屋外。

她看到了熟悉的药炉子,看到了自己手上的旧蒲扇,那橘色的火光微微渺渺的,不灼人,不温暖,却似乎绵绵续续引起了她的期翼。

分不清时光的格度,家中的大狗阿黄乖乖地躺在她的脚旁,同她一样,停住了这世间所有的轮次转换。她眼中仅余下这药炉,等着自己慢慢地被药香淹没。

这样过一辈子,也没什么不妥。

恒常与永久,不过一个药炉,一把蒲扇,没有欲望,也就没有痛苦和伤心。

在这样庞大的带着惯性的真实中,她确定自己做着梦。可是,究竟她的药炉、她的阿黄、她的在在是梦,还是坐在火车窗前的这少年,或者远处病房中伤心的思莞是梦?

这现实比梦境虚幻,这梦境比现实真实。可,无论她怎样地在梦中惶恐着,在言希眼中,这女孩却确凿已经睡熟,切断了现实的思绪。

这女孩睡时，依旧安安静静平凡的模样，不惹人烦，也不讨人喜欢。言希却睁大了眼睛，保持着完全的自我。

他睡觉时有个坏毛病，要求四周绝对的安静，如果有一丝吵闹，宁愿睁着眼到天亮，也不愿尝试着入睡。

他无法容忍在自己思绪中断毫无防备的情况之下，别人却还在思考，还依旧以清醒的方式存在自己身旁，这会让他感到不舒服。

少年坐在那里，悠闲地望着窗外，望着那一片白茫茫翻滚而来。在火车中看雪便是这样的，小小的方块，好像万花筒，飞驰而过的景色中，雪花做了背景。

蓦地，一个软软的东西，轻轻栽倒在他的肩上。

言希皱了眉，他厌恶带着亲昵暧昧意味的接触，并非洁癖，只是心中无条件地排斥。于是，郑重地，少年将女孩的头，重新扳正。

所幸阿衡睡觉十分老实，依着言希固定的姿势，规规矩矩，再无变动。

阿衡醒来时，已经是第二日的清晨，她揉揉眼看着言希。

言希依旧是昨天的模样，只是眼中有了淡淡的血丝。

"你，没睡？"阿衡声音带着刚睡醒的浓重鼻音。

少年看了她一眼，平淡一笑："你醒了？"

阿衡点点头。

"我饿了。"他轻轻起身，伸了个懒腰，"你喜欢排骨面还是牛肉面？"

阿衡愣了，她对食物没有特别的偏好，有些迷惑地随便开口："排骨面。"

言希看着阿衡，大眼睛却突然变得和善起来，隐了之前固定的犀利。

阿衡不明所以。

少年离开座位，回来时一手托了一个纸碗。

阿衡慌忙伸手接过，起身给言希让座。

言希哧哧溜溜地大口吃面，嘴角沾了汤汁，像长了胡子。阿衡小口吃着，边吃边瞄言希。少年吸溜面的声音更大了，带了恶劣的玩笑意味。

四处的旅客纷纷好奇地望着他们，阿衡的脸唰地红了起来。

"好吃吧？我最喜欢排骨面了！"言希装作没看到，笑着开口，因为热汤的温暖，脸色红润起来。

阿衡老实地点了点头。

言希一向认为，人和人相处时，共同语言最重要。他之前一直没有找到阿衡和自己的共同点，心中自觉生了隔膜。如今，她也喜欢排骨面，于是心中生出了同是天涯饕餮人，相逢何必曾相识之感。

而阿衡自然不知，言希望向她的和善，仅仅是因为一碗排骨面。

"阿嚏！"少年揉了揉鼻子，他好像又感冒了。

他一向畏冷，冬天都是使劲儿往身上穿衣服，捂得严严实实，最好是与空气零接触。即使这样，还是经常感冒，而且每次不拖个十几天是不会罢休的。

距离 S 城，还有半日的车程。

"你，睡一会儿。"阿衡看着少年。

言希微微摇头，平平淡淡，却固执得让人咬牙。

"我，看着包，没事。"阿衡以为少年担心安全问题。

少年并不理会，拉上口罩，微微偏头靠向窗，闭了目养神。

阿衡看着少年轻轻合上的花蕊一般纤细的睫毛，有些尴尬。终究还是掏出手帕，折叠了，呈着依偎的姿态窝在他左手的外侧。

比起放在硬邦邦的座位上，这样，手会舒服很多。

少年的指尖轻轻颤动了一下，但逐渐，手指还是以着安放的状态缓缓放松,陷入那一片柔软中。他像是真的睡着了。

阿衡低眸望着那方米色手帕中白皙如玉的指,微微一笑。

下午四点钟的时候,到了站。

下火车的时候,阿衡本以为又是一场硬仗,但所幸,言希眼大,瞪人时颇有些冷气压,于是一路绿灯,顺利出了火车站。

南方同北方,截然不同的温暖气息。

阿衡轻轻合上眼,深吸一口气,是熟悉的湿润和清甜。再睁开眼时,江南的曼妙风情已经定格在眼中。

如果B市里的人每日里匆忙得无暇顾及飞雪,那么S城里的人,悠闲得可以研究出怎样走路姿势最好看。

"现在,去哪里?"她歪过头,看着言希。

"跟我走。"他开口,神情有些疲惫。

阿衡不作声地跟上,无条件地信任。

言希买了地图,指着上面清晰的S湖开口:"这上面有船吗?"

阿衡好笑,点点头。

"船上提供民宿吗?"

"有的。"

少年眼睛瞬间亮了,兴致勃勃地开口:"真的有?我还以为只在电视中出现。我们去吧。"

阿衡蹙眉,有些犹豫:"可是,你没坐过,会晕船。"

"船上有好吃的吗?"

阿衡点头。

"有美景吗?"

再点。

"有美人吗?"

三点。

"晕死也去。"少年笑了。

所谓言希,平生有三大好:一爱美食;二爱美景;三爱美人。而这三爱中,美人尤为重要。

可惜,人生不如意事常八九。这厮八年抗战,心仪的美人没有到手,只娶了一个会做美食但毫不起眼的媳妇儿,在满是狗屎的香榭丽舍大道上勉强赏了美景。

当然,这是后话。

## Chapter 13
## 至亲至疏唯坦诚

"美人在哪里？！"言希在船坞上吐了个天翻地覆。他青着脸，攥住阿衡衣角死也不放，决定讨厌她个至死方休，做鬼也不放过温家八辈祖宗。

阿衡看着少年冒着寒光的大眼睛，摸了摸鼻子。

她是无辜的。

船上确实有很多"美人"，只不过不是真正的美人，而是一种小黑鱼，长得小小胖胖，极是丑陋，但是味道却很鲜美，被渔人戏称"美人"，因此，她算不得撒谎。

但是，言希看到上了饭桌的"美人"，如同霜打过的茄子，闭了口，死死地用漂亮的大眼睛瞪着温衡。

"小妹，让你阿哥尝尝鱼，我刚打上来的，鲜着呢。"撑船的是一位老渔夫，皮肤黧黑，抽着旱烟，坐在一旁，热情开口。

"阿公，我晓得。"阿衡笑呵呵地点头，把老人的话对着言希重复了一次。

言希看着盛满铝盆的小黑鱼，用筷子戳了戳，脸色阴沉，食欲不大。他刚刚晕船，吐过一阵子，胃中极是不舒服。

阿衡叹了口气，问老人："阿公，你有没有薄荷叶？"她知道，渔人有习惯，采了薄荷叶含在口中，以便提神。

老人走向船头，捧了个小罐子，笑着递给了言希。

少年拔开塞子，薄荷的凉甜扑鼻而来，罐中，是一颗颗暗红色的梅子，看起来极是诱人。

"是杨梅。"阿衡弯起了眉。

"用薄荷叶泡的，让你阿哥吃几个就好啦。"老人操着浓浓的水乡语调，使劲儿嚓了口旱烟，烟斗中星星点点，明明灭灭。

言希默默嚼了几颗，起初觉得味道极是怪异，又辣又涩，毫无甜味，但吃过几个之后，觉得舌中味道虽然不够细腻，但是别有风味，胃中的不舒服也渐渐被压了下去。

阿衡淡哂，夹了一块鱼，剔了刺，放入言希碗中。

言希在家中一向享受皇帝待遇，李警卫帮他拾掇得舒舒服服，吃饭一向没有操过心。

这会儿阿衡给他夹了鱼，费心剔了鱼刺，他因为惯性，理所当然地吃了起来，却还未意识到其中的不妥之处；而阿衡，心中并未想太多，只是想做便做了，压根儿没有警觉，这番行为，其中蕴含着宠溺和亲密的意味。

当两人都当作稀松平常时，这事，又确实算不上什么大事。吃完饭，嘴一抹，你做你的言希，我做我的温衡，桥是桥，路是路。

小黑鱼是老人取了湖水用红椒炖的，绝对天然，味道鲜香嫩滑。言希吃得心满意足，眼中的阴郁渐渐化了去，辣得出了汗，感冒似乎也去了好几分。

夜色渐渐深了，湖面映了月色，波光粼粼，银色荡漾。

老渔人帮二人收拾床铺，言希、阿衡坐在船头，有些无意识地看着这一片山山水水。

南方的冬天，没有北方的冷意，只带了若有似无的凉。风轻轻吹过，水波沿着一个方向缓缓渡着，圆圆的漩儿，一个接着一个，交叠了时间的流逝，随意而温和的方式，却容易让人沉溺其中无法自拔。

言希修长的腿盘在一起，坐姿舒服带了些微的孩子气。

蓦地，少年嘴角挂了笑。

他轻轻地哼起了一个小调。

阿衡以前从未听过，曲中带了淡淡的慵懒，淡淡的舒适，完全的言希式风格。

不过，意外的好听。

后来，偶然间，她才知道，这曲子是 G.L. 的经典情歌《心甘情愿》。

爱就是一份心甘情愿。

那歌词写得言之凿凿，言希随意哼哼，未应了当时的景，可巧，却应了多年之后的她的情。

言希起了身，折回船舱，出来时，抱了画板和一盏油灯。

"你要画画？"阿衡歪头问他。

少年点点头，黑发被风轻轻撩起，露出了光洁的额头。

"画什么？"她笑了。

少年指了指湖岸环绕的青山。他坐在船板上，屈起膝盖，把画板放在了腿上，白皙的手旁，放着一整盒的油彩。

阿衡自船舱中帮忙寻了一个乌色的粗瓷碟子。言希用湖水洗了，而后魔术师一般，暗黄的灯光下，抽出几管颜料，缓缓用手调了黛色。

他拿起了画笔，不是往日漫不经心的表情，而是带了专注，所有的心神都凝注在眼前的画纸上。他食指和中指夹着画笔，轻轻地丈量着笔的位置，唇抿了起来，黑眸没有一丝情绪，看起来，冷峻而认真。

## Chapter 13　至亲至疏唯坦诚

阿衡看着他将湖光山色缓慢而笃定地印在纯白的画纸上时，除了惊诧，更多的是感动。

自然造就了太多美好，而这美好往往被冷却忽略，孤寂淡薄地存在着。人们兴许怀着赞欣赏的心情望着它，却总是由这美好兀自生长而无能为力，任渴望拥有的欲望折磨了心灵。

可当她望见了它生命的延续张扬——仅仅一张薄薄的画纸，一切衡量于它孤寂的岁月不过一瞬的时光，心中对这美好的渴望已经彻底止住，惊诧的是少年的才华，感动却为了一方山水有了合音之弦。

时间一分一秒地过去，他停不下笔，她停不下目光，带了放肆的疯狂。

不知道过了多久，少年终于用拇指抹匀了最后一笔，丢了笔。

"好看。"阿衡望着画，虽然知道自己形容得拙劣，可依旧弯了眉，呵呵笑了。

言希也笑了，他从画板上取出映着山水的画纸，一只手拉着一角，随着风，缓缓晾干。

"送给你。"少年轻轻将画递给她，秀气的眉飞扬着，黑亮的眸中带了狡黠，"不过，你要帮我一个忙。"

阿衡珍而重之地双手捧了画纸，认真地点了点头，抬头时，却发现少年脸上有些不正常的红晕。

阿衡心一紧，伸手探向少年的额头，却发现滚烫得吓人。

糟了，发烧了！

少年伸手，推掉她覆在自己额上的手，眸中有一丝不易察觉的不悦，平淡开口："我没事。"然后起身，进了船舱。

阿衡跟着走进船舱时，言希已经蒙上被子，侧着身子，一动不动地蜷缩在床上。她提着油灯站在少年床边，终究不放心，搬来小竹凳坐在床脚，吹熄了灯。

船舱外是水浪的声音，哗哗地流过，拍打，而后，静止，流淌。

月色下，她望着床上那个蜷缩的背影，这身影勾勒了模糊，不真实的感觉愈加强烈。

阿衡心里空荡荡的，她知道言希知道她在这里；她知道有她在，这少年不会放下戒备，好好休息。

但她却抱着熏了烟的油灯，不肯放手，手中满是刚刚触碰时指腹被烫得吓人的温度。

她想做些什么，却发现自己的存在毫无意义。

阿衡一向觉得自己笨，可是这少年的心思，她一眼望去，竟清楚得再也不能。言希在固执地坚持自我的尊严，他宁愿发着烧也不愿意一个陌生人随意走近自己。

于是，她叹了口气，静静地扭头欲往外走。

这时，少年却在被中闷闷地发出了一声呻吟。阿衡心口发紧，仓促转身，想要走出船舱，去唤渔夫。

"等一等。"沙哑而略带隐忍的声音。

阿衡回头，那少年双手撑着身子坐了起来，月光下，双唇发白，映得脸色益发嫣红。半响，他才虚弱地开口："温衡，你陪我说会儿话吧。"

"你病了。"阿衡轻轻开口。

言希有些烦躁地低头，语气稍显不安："我不喜欢陌生人靠近我。"

复又攥了指下的被褥，半响，他才虚弱地开口："温衡，你陪我说会儿话吧。"

"你需要，休息。"阿衡摇头。

言希淡淡笑了笑，并不理会阿衡，兀自开了口："温衡，你多大时学会说话的？"

阿衡静静看着他，不语。

"我是一岁的时候。李警卫当时抱着我，让我摸着他的喉咙听他发音。他教我说的第一个词是'妈妈'，我学会了，于是对着他，高兴地喊'妈妈'。可惜，他却没有夸我聪明。"

言希微微一笑，呼吸有些粗重："真是的，对这么小的孩子，不是应该鼓励的吗？"

他的声音强装着轻快，可听着，却像浸到水中的海绵，缓缓沉落。

"一岁半，学走路的时候，我家老头儿蹲在地上等着我靠近。那个时候，太小，感觉路太长，走着很累，可是又很想得到他手里的糖。那是思莞和……都没有的美国糖，是那两个人——抱歉，我不太习惯喊他们'爸爸妈妈'——寄回来的。我想，如果拿到的话，就可以炫耀给思莞了。"言希语速有些快，说完后，自己伏在被子上笑出声来。

阿衡嘴唇有些干涩，她靠近少年，抬起手，而后无力地放下，轻轻笑道："然后呢？"

言希笑得不止，半天才抬起头，额角已经渗出一层薄汗："我闹着让李警卫抱我去思莞家，手里拿着糖，沾沾自喜地准备给他看。然后，张嫂告诉我，温叔叔和阿姨带思莞去儿童公园了，晚上才能回来。"

她看着他的眼睛，细碎的缓缓流动的光，像潮水，拍打过，流逝去。

"我一直等到晚上，才看到思莞。可是，那小子还敢对我笑。于是我把他打哭了……"少年微微合上眼，睫毛有着轻轻的颤动。

阿衡嘴角干涩，她不知道该说些什么。那时候的她尚在襁褓，每日只会躲在妈妈的怀中抓着她的手睡觉。虽然妈妈不是亲妈妈，但却是所有希望和热爱的源头。

"言希……"她迟疑着喊他，语气抱歉。虽然不知抱歉些什么。

少年却没有答话,他靠在床上,已经睡着,双手一直蜷缩紧握着,婴儿的姿态。

阿衡叹气,把自己床上的被挟了过来,盖到了言希身上。确认他在熟睡,她才轻轻地把他安置平躺在床上,看着他的头缓缓沉入软软的枕头中。

半夜,阿衡烧了热水,拿毛巾敷了几次。所幸只是低烧,出了一层汗,快天明时,少年的体温已经恢复正常。

她一直在思索着言希对她说的这些话,又有几分是愿意让她知道的。

生病的人太过脆弱,脆弱到无法掩藏自己。可不加掩饰的那个人,不在尚算熟悉的她应当看到的范围之内。

她不确定,言希清醒的时候,是否依然期待她得知这个事实。

多年以后,尘埃落定,问及此,言希笑了:"只是发烧,又不是喝醉了。"

那些话,确实是真切地想告诉她的。

阿衡摇头,她不觉得言希是乐于倾诉的人。事实上,很多时候,因为埋得太深,让她颇费思量。

言希犹豫了,半晌才开口:"阿衡,虽然我从不曾说过,但当时,确实是把你当作未来的妻子看待的,即使你并不知晓内情。因为,我始终认为,夫妻之间,应当坦诚。"

阿衡苦笑。

言希恢复意识时已经是清晨,湖面起了一层淡淡的雾色。

他轻轻动了动指,想要起身却觉得身上很重。

一层被,两层被,还有……一个人。

言希挑了眉,恶作剧地想要推开女孩,却发现女孩的手紧紧抓着自己的左手,瞬间,静默在原地。

## Chapter 13　至亲至疏唯坦诚

他皱了眉，半晌，散了眉间的不悦，笑了笑，轻轻推开女孩的手，小心翼翼地下了床。

他伸了懒腰，觉得自己一夜好眠，可惜，身上黏黏湿湿的满是汗气。

言希厌恶地嗅了嗅衬衣，鼻子恨不得离自己八丈远，无奈不现实，于是长腿迈出船舱，对着船头喊了出来："啊啊啊，我要上岸，少爷要洗澡！"

戴着稻草帽的老渔人笑了，朝他招了招手。

阿衡也笑了。她刚刚就醒了，但是怕言希尴尬，便佯装熟睡。

可是，这会儿，是真困了。

Chapter 14
## 谁忘云家小女郎

终于上了岸，湖中的雾也渐渐散了。

言希说："我送给了你那幅画，你给我当背景模特好不好？"

阿衡点头说："好呀好呀。"她脸红紧张地想着，哎呀呀，自己原来漂亮得可以当言希的模特。

结果言希说："一会儿给景物当背景，你不用紧张，装成路人甲就好。"

"哦。"阿衡满头黑线。

她照着言希的吩咐走到梅树旁，其实是很尴尬的。可是，拿人东西，手自然容易软。

"再向前走两步，离树远一点。"少年拿着黑色的相机，半眯眼看着镜头。

"哦。"阿衡吸吸鼻子，往旁边移了两步。

"再向前走两步。"

盘曲逶迤的树干，娇艳冰清的花瓣，看着旁边那株刚开了的梅树，阿衡向前走了两步。

她在为一棵树做背景。

## Chapter 14　谁忘云家小女郎

"再向前走两大步。"少年捧着相机,继续下令。

一大步,两大步,阿衡数着向前跨过,有些像小时候玩的跳房子。

"继续走。"少年的声音已经有些远。

她埋头向前走。

"行了行了,停!"他的声音在风中微微鼓动,却听不清楚。

"不要回头。"他开口。

"你说什么?"她转身回头,迷茫地看着远处少年嚅动的嘴。

那少年,站在风中,黑发红唇,笑颜明艳。

"咔。"

时间定格。

1999年1月13日。

多年后,一幅照片摆在展览大厅最不起眼的角落。

朴实无华的少女,灰色的大衣,黑色的眸,温柔专注地凝视。她做了满室华丽高贵色调的背景。

许多慕名前来的年轻摄影师看到这幅作品,大叹败笔。言希一生天纵之才,却留了这么一幅完全没有美感的作品。

言希那时,已老,微笑着倾听小辈们诚恳的建议。他们要他撤去这败笔,他只是摇了头。

"为什么呢?"他们很年轻,所以有许多时光问为什么。

"她望着的人,是我。"言希笑,眉眼苍老到无法辨出前尘。只是,那眸光,深邃了,黯淡了,"我可以否定全世界,却无法否认她眼中的自己。"

"你要不要去乌水?"当言希漫不经心地开口问阿衡时,她正抱着矿泉水瓶子往肚子里灌水。

当模特很累,尤其像她这样的路人甲。梅花的背景,纸伞的背景,天空的背景,船坞的背景……

阿衡心不在焉,反应过来时,一口水喷了出来。

言希眯起黑黑亮亮的大眼睛,笑了:"你不想去?"

阿衡咽了口口水,小心翼翼地问少年:"可以去吗?"

言希淡淡回答:"温衡,你的'温'的确是温家的'温',可'衡'却是云家的'衡'。"

从来没有人对她说过这样的话。他们让她穿着什么样的衣服,扮演着什么样的人,却没有人在乎她什么样的过去和什么样的将来。

阿衡眼角有些潮湿,望着远方,有些怅然。

一团粉色轻轻挡住了她的视线,少年懒洋洋地开口:"你能看到什么?"

她哑然。

言希笑:"不向前走又怎么会清楚!"他不再转身,一直向前走,背着大大的旅行包,背脊挺直,像一个真正的旅者走进了她生命的细枝末梢。

她和言希再次坐了车,好像他们这次的旅行,三分之二的时光都在车上耗着。中国人旅游的良好传统——上车睡觉下车尿尿,阿衡履行了上半部,言希履行了下半部。

阿衡睡了一路,言希下了车,拉着阿衡找厕所找得急切。什么粉墙黛瓦,小桥流水,杨柳依依王孙家,全是文人闲时嗑牙的屁话!对言希来说,这会儿,西湖二十四桥明月夜加在一起,也不抵厕所的吸引力大。

"言希,乌水镇这里,没有,公共厕所。"她言辞恳切,深表同情。

"那怎么办?!"少年张牙舞爪,像极狰狞的小兽。

## Chapter 14　谁忘云家小女郎

"到我家上吧,我家有。"阿衡很认真、很严肃,像是讨论学术性的论题。

"你家在哪儿?"言希大眼睛瞪得哀怨。

阿衡吸吸鼻子,抓住言希的手,猛跑起来。

言希跑得脸都绿了,那啥,快……出来了……

小镇很小,阿衡和言希上气不接下气跑回云家时,云母正在和邻居黄婆婆聊天。

"阿妈,快拿手纸!"阿衡一阵旋风,急匆匆地把言希推进自家茅厕。

云母愣了:"黄婆婆,刚才是我家丫头吗?"

"作孽哟,我还以为只有我出现幻觉了!"黄婆婆抽出手帕擦拭不存在的泪水。

"阿妈,手纸!"阿衡吼了。

言希看着满桌精致的饭菜,笑得心满意足:"云妈妈,您真厉害!"

"家常的东西,上不了台面。"云母温和开口,"言希……是吧?你多吃些。"

阿衡抓了筷子想要夹菜,却被云母训斥:"女儿家,没有规矩!客人没有吃你怎么能动筷子?"

阿衡吸吸鼻子,委屈地放了手。

就这样,在言希的搅和之下,她的回来一点也不感人肺腑、赚人热泪,反倒像是串了门子后回到家的感觉。

"云妈妈,您喊我阿希或者小希都可以。"言希极有礼貌,笑得可爱,他自小被称作"妈妈杀手"可不是浪得虚名。

"你,听得懂?"阿衡有些好奇,言希怎么会听懂这些乡土方言。

"我爷爷教过我。"言希一语带过。

阿衡纠结了,她之前还自作聪明地做言希的翻译,言希当时在心里不知道怎么偷笑呢,肯定觉得荒唐。

只是,言爷爷怎么也同乌水镇有瓜葛?

云母凝视了言希许久,想起了什么,眼神变得晦涩,看着阿衡,淡淡开口:"阿衡,去喊你阿爸回来吃饭。"

言希可有可无地笑了笑。他来之前大概就猜到了,温衡的养父母是知道当年的那个约定的。

阿衡不明所以,点点头,起了身,轻车熟路地到了镇上的药庐。"阿爸!"阿衡望着在给病人称药的鬓发斑白的和蔼男子,笑得喜悦。

云父愣了,回头看到阿衡,眼睛里有着淡淡的惊讶。

阿衡跑到男子的面前,仰头看着父亲:"阿爸。"她的声音,像极了幼时。

"阿衡,你几时回来的?"云父放下手中的药材,和蔼问她,"你爷爷也来了吗?"

阿衡眼睛垂了下来,摇摇头,不敢看父亲的脸。

"你偷跑回来的?"云父皱了眉,声调上扬。

阿衡不吭声,杵在药庐前。旁边的行人窃窃私语,她尴尬得手脚不知往哪里摆。

起初是心中难受,她才不顾一切跟着言希回到了乌水镇。如今,想到B市的温家,心中暗暗觉得自己这件事做得太不懂事,他们说不定已经像思莞失踪那天一样,报了警呢?

"你这个丫头!"云父气得脸色发青,抓起台上的药杵就要打阿衡。

阿衡呆了,心想阿爸怎么还用这一招呀,她都变了皇城人镶了金边回了家,他怎么还是不给她留点面子呢?可药杵不留情地挥舞了过来,阿衡

## Chapter 14　谁忘云家小女郎

咽了口水，吓得拔腿就跑。

"你给我站住，夭寿的小东西！"云父追。

"阿爸，你别恼我，阿妈说让你回家吃饭！"阿衡吓得快哭了，边跑边喊。

"啨，我就说，人家住机关大院的，怎么着也瞧不上这傻不愣登的丫头。瞅瞅，这不被人退了货！"开凉茶铺的镇长媳妇冬天开热茶铺，边嗑瓜子边看戏说风凉话。

你才被退了货！阿衡吸了鼻子，心里委屈，眼看大药杵马上上身，脚下生风跑得飞快。

一个追，一个逃，乌水镇许久没有这么热闹了。

大人小孩都笑开了。

瞧，云家丫头又挨打了。

从小便是这样，阿爸打她从来不留面子，满镇地追着她打，别的人追着看笑话。撒着脚丫，阿衡终于跑回了家，冲回堂屋，带着哭腔："阿妈，阿爸又打我！"

"我让你跑！"身后传来了气喘吁吁的声音。

阿妈望着她笑，拍了拍她的手，对着云父开口："她爸，孩子一片孝心，刚回来，别恼她了，啊？"

云父"哼"了一声，转眼看到了言希。

这孩子正津津有味地托着下巴看戏，大眼睛弯弯的。

"这位是？"云父搁了药杵，细细端视言希。

云母淡淡开口，语气颇有深意："言将军的孙子，言希。"

空气有些凝滞，云父的脸愈加肃穆，看着言希开口："就是你？"

言希纤细的手握着筷子，笑意盈盈："应该是我。我弟弟在美国，比温衡小太多。"

阿衡有些迷怔，他们在说什么？

云父沉吟半天，对着云母招手："佩云，你跟我到里屋一趟。"随即淡淡看着阿衡说，"丫头，你好好招呼客人，饭菜冷了的话到厨房热热。"

言希拿起筷子轻轻夹起一块肉放在口中，嚼了嚼，眉上扬，对着云父笑道："不用了，饭菜刚刚好。"

云父脸色有些不豫，但也没说什么，大步走进了里屋。云母深深地看了言希一眼，随之跟着走了进去。

阿衡呆呆地，用手遮了嘴小声对着言希开口："发生什么了？"

言希嘴中嚼着一根棍的排骨，腮帮鼓鼓的，漫不经心地开口："大概，你阿爸看我不顺眼。"

阿衡悄悄地觑了少年一眼，小声说："我阿爸，看我，也不顺眼的。你别生气。他是医生，只看病人，顺眼。"

少年轻飘飘地吐出骨头，幽幽开口："人傻是福。"

"哦。"阿衡稀里糊涂地点头赞成。


晚上，阿衡黏着云母要同她睡一间，云母拗不过她，便应了。

言希睡到了旧时阿衡的房间。云父则是睡到了云在的房间，云在正在南方军区医院治病。

"阿妈，你想我不？"黑暗中，阿衡缩在被窝中，眼神带着渴盼。

"不想。"云母手轻轻摩挲着阿衡的头，温柔开口。

阿衡难受了，失望地望着母亲："可是，阿妈，我想你。"她在被窝中轻轻缩进母亲的怀抱，那个怀抱，温暖而安宁。

"在温家，又躲在被窝里哭了，是不？"云母叹了一口气。

"没有。"阿衡把头抵在母亲怀中，闷闷开口。

## Chapter 14　谁忘云家小女郎

她没有撒谎,在温家,除了到的那一天哭了,之后,再也没有哭过。

云母有一下没一下地拍着她的背,声音带着温暖和感伤:"阿衡,阿妈对不起你。"

阿衡背脊僵了一下,随即紧紧搂住母亲:"阿妈,不是你的错。"

云母有些心酸:"阿妈为了在在把你还给了温家,你不怨阿妈吗?"

阿衡狠狠地摇了摇头,她无法自私地看着云在走向死亡。

云家,是她一生中最温暖美丽的缘分。

幼时,父亲教她识字念书。别的女孩子早早去打工,她也想去挣钱给在在看病。同阿爸说了,阿爸却狠狠地打了她一顿,告诉她就是自己累死操劳死,也不让自己的女儿做人下人。

阿妈最是温柔,每次都会给她梳漂亮的发辫,做漂亮的裙子,讲好听的故事。每次阿爸追着打她的时候,都是阿妈护着她。打疼了她,阿妈比她哭得还凶。

至于在在,同她感情更是好,有什么好吃的东西总要等着她放学一起吃。她有时随阿爸上山采药留在山上过夜,在在总是通宵不睡觉等着她回来。

过年时,是在在一年中唯一被允许同她一起出去玩的时候。他跟着她赶集,看到什么喜欢的东西总是舍不得买,可却花了攒了许久的压岁钱,买了纸糊的兔儿灯给她。只是因为,她喜欢兔子。

她要云家好好的,她要在在健健康康的,姓云姓温又有什么所谓?

"阿妈,温家的人很喜欢我,你放心。"阿衡抬眼望着母亲,呵呵笑了,"那里的爷爷会为了我骂哥哥,那里的妈妈会弹很好听的钢琴曲,那里的哥哥可疼可疼我了。"

云母也笑了,只是眼睛中,终究泛了泪:"好,好!我养的丫头,这么乖,这么好,有谁不喜欢……"

"阿妈，等我长大了，回来看你的时候，你不要赶我，好不好？"阿衡小心翼翼地开口。

"好。我等着我家丫头挣钱孝顺我，阿妈等着。"

"阿妈阿妈，我们拉钩钩，我不想你，你也不要想我，好不好？"阿衡吸了吸鼻子，眼圈红了。

云母哽咽，轻轻开口："阿妈不想你，一定不想你。"

这厢，言希睡得也不安稳。

乌水镇的人习惯睡竹床，土生土长的北方人言希可不习惯，总觉得硌得慌，翻来覆去睡不着。

黑暗中，眼睛渐渐适应了这房间，小小的房间，除了一张干净的书桌和几本书，一无所有。

他难以想象，这么多年，温衡就是在这种极度穷困的情况下长大的。相比起来，温思尔的命好得过了点。

言希嘴角微扬，无声笑出来，嘲讽的意味极浓。

蓦地，有微弱的灯光传入房间，堂屋中，有人焦躁不安反复走动的声音。

言希觉得自己反正睡不着，便下了床走出房门。

不出所料，是云父。

"云伯父，您怎么还没有睡？"言希背轻轻倚在门框上，右腿随意交叠在左腿之上，黑发垂额，月光下，只看得到少年白净的下巴。

云父同大多数江南男子一般抽水烟，吧嗒吧嗒的声音，在满室寂静中十分清晰。

"言希，我们阿衡的事，你准备怎么办？"男子皱着眉，认真地望着少年。

## Chapter 14　谁忘云家小女郎

"自然是该怎么办就怎么办。"少年轻轻一笑，温衡虽然过得清苦，但是比他强，还有养父母护着。

"你会……"男子迟疑，咬了牙，最终开了口，"你会喜欢阿衡吗？"

少年愣了，半晌，啼笑皆非："伯父，您想多了。"

云父有些恼，开口道："当初，是你爷爷同我说的，言家欠了阿衡，以后让自己的孙子八抬大轿娶阿衡入门。"

少年的声音有些冷，但是语气却带了认真："云伯父，将来的事没有人能做保证。但是至少，有我言希在的一天，便不会有人欺负温衡。在她确定心意前，我会把她当成亲妹妹的，您放宽心。"

"我们阿衡如果真是喜欢你了呢？"云父表情严肃。

少年想了想，平静地笑了。

"那我就娶她。"

Chapter 15
## 此时糕糕与豆豆

乌水镇算得上典型的水乡小镇。经历了上千年历史的冲刷,流水依旧,碧幽生色。河流两侧的房子古朴至极,黛瓦青砖,窗棂镂空。屋檐下垂落的一串串红灯笼在风中绰约,像极撑着油纸伞走进小巷的江南女子发间的流苏,美得空灵而不经雕琢。

阿衡对这一切司空见惯,言希却像刚出生的婴孩,第一眼望见这尘世般感到新奇。

云父塞给阿衡一些钱,笑得很是慈蔼,嘱咐她带言希到集市好好逛逛。阿衡接了钱,虽不知阿爸对言希的态度为什么变得如此之快,但还是乖乖听了话。

离小年还有两天,集市上热闹非凡。

言希自从走出云家就开始不安分,东跑西晃,抱着相机,见到行人跟看到马戏团的猴子一般,拍来拍去,嘚瑟得不得了。

阿衡跟在他身后跑得上气不接下气,心中却直觉丢人,埋了头,只当自己不认识该少年。

你丫看人像马戏团的,人看你还像动物园的呢!

集市上,挑着货担的人行走匆匆,人群熙熙攘攘的很是热闹。

## Chapter 15 此时糕糕与豆豆

水乡的男子模样一般很是敦厚温和,若水一般,极少有棱角尖锐的;而那些女孩子们秀美温柔,蜡染的裙摆轻轻摆动,旖旎的风情更是不必说,已然美到了固定的江南姿态上;小孩子们大多戴着虎头帽被父母抱在怀中,手中捏着白糖糕,口水鼻水齐落,胖墩墩的可爱得很。

言希此刻也拿着白糖糕,撕了一角,扔花生豆一般的姿态,仰了脖子往嘴里扔,笑得大眼睛快要看不见了。

而阿衡抱着相机眼巴巴地看着白糖糕,刚刚言希让她买了两块白糖糕,结果她颠儿颠儿地跑回来时,少年把手中的相机挂在了她的脖子上,两只手一手一块白糖糕,左一口右一口,连渣渣儿都没给她留。

"我也,想吃。"阿衡吸着鼻子,不乐意了。

"你在这里住了这么多年还没吃够呀?"少年眼都不抬,腮帮鼓鼓的,依旧左右开弓。

噎死丫的!阿衡郁闷了。

言希故意气阿衡,吃完了,又伸出舌头使劲儿舔了舔手指,眼睛斜瞥着女孩。

阿衡无语了。

"乌水镇,还有什么好吃的?"少年笑着问她。

阿衡想了想,开口说:"臭豆腐。"

"B 市也有,不算稀罕。"少年不以为然。

"江南的豆腐,做的。"阿衡解释。

言希撇嘴:"喊!我们那儿还是北方豆腐做的呢。"

阿衡呵呵笑了:"你尝尝,就知道了。"

她带着言希沿着河岸走进小巷,拐了几拐,走到一个挂着木招牌的小铺子前,招牌上写着:林家豆腐坊。五个毛笔字,苍劲有力,却不失清秀。

小铺子的屋檐下是一串落了灰的红灯笼,随着微风轻轻晃荡着。店铺里只摆着几张木桌,稀稀落落的食客安安静静地吃着东西,与集市上的热闹气氛完全不同,却很温馨。

"桑子叔,两碗豆腐脑,一碟炸干子!"阿衡喊了一嗓子。

"好嘞!"青色的帘布后传来中年男子憨厚洪亮的嗓音。

言希看着小屋,大眼睛骨碌碌转了几转,随即笑开:"这里,挺逗。"

"怎么了?"

"顶的四角都留了缝,冬天不冷吗?"

"留缝,晚上,晾豆腐。"阿衡向少年解释,"老板,不住这里。"

言希点点头,取了相机,眯了眼,咔嚓咔嚓拍了好几张。

言希是一个很随性的人,他做的许多事,不需要理由,却让人觉得理应如此。

不一会儿,一个笑容可掬的矮小男子端着红漆的方形木案走了出来,案上是几个粗瓷碗。

阿衡同男子寒暄了几句。

"在在呢?身体好些了吗?"男子望了言希一眼,发现不是熟悉的云在,温和地向对方打了招呼。

"在在现在在大医院瞧病,我阿妈说手术很成功。"阿衡笑了,面容温柔真切,眸子涌动着欣慰。

被阿衡唤作桑子叔的小店老板听到女孩的话,面容也十分欢喜:"这下好了,在在能回学校念书了。他没休学之前成绩好得很,你们姐弟俩一般争气。"

阿衡笑呵呵,远山眉弯了。

邻桌的客人催促了,老板又走进了青色帘子后的厨房。

阿衡把一碗冒着热气的豆腐脑端到言希面前。少年细长白皙的指轻轻敲了敲桌子,他微扬了眉,却没有说什么。虽然依他看来,这江南的豆腐脑看起来和他每天早上喝的并没有什么不同。

阿衡淡晒。

言希拿了勺子舀了一勺,往嘴里送。

阿衡微笑看着少年:"好吃吗?"

"这……还是豆腐吗?"他瞪大眼睛,带着怔忡直接的天真。

阿衡点头。

"没有涩味,到了口中滑滑的、嫩嫩的,有些像鸡蛋布丁。"少年微眯眼,脸色红润,表情满足。

鸡蛋布丁?嗯,好吃吗?

阿衡呆呆,不过终究笑了,满足的样子,薄薄的唇向上扬,唇角是小小细细的笑纹。

"你尝尝,这个。"阿衡把炸干子递到了少年面前。

少年夹了一块放入口中嚼了嚼,却皱了眉吐了出来:"怎么是苦的?"

阿衡也蹙眉,忽然想起了什么,不好意思地开口:"桑子叔,没放酱料。我以前和在在吃,不爱佐料。"随即,她跑到厨房,要了一碟酱,淋在了干子上。

言希又夹了一小块在口中品了品,舌尖是豆腐的酥脆和酱汁的甘美,掩了苦味,香味散发得淋漓尽致,有浓郁的口感。

阿衡看到少年舒展了眉,暗暗嘘了一口气。她自幼在乌水长大,本能地护着这一方水土,不愿让别人对它怀着一丝的讨厌。

这番心思,若是用在人身上,通常被称作:护短。

"镇东,城隍庙里,有一口甜井。豆腐,都是用,井水做的。"

言希微微颔首,小口吃着,望着食物,面容珍惜。

桑子叔从厨房里端出了一小碟笋干让言希配着下饭。笋干甜甜酸酸的，十分开胃，言希吃了许多。

"阿衡，桑子叔铺子里的招牌旧了，你婶儿让我托你再写一幅。"男子憨厚地望着女孩。

"嗯。"阿衡笑着点了点头。

言希诧异："招牌上的字是你写的？"

阿衡不好意思地又点了点头。

"下笔太快，力度不均衡，墨调得不匀，最后一笔顿了，不够连贯。"少年平淡地开口。

阿衡咽了咽唾沫。

"我们阿衡打小就开始练字了，在镇上数一数二，字写得比云大夫都好。"桑子叔开口，有些不喜欢少年的语气。

"这个，要靠天赋的。"少年淡淡一笑。言下之意，练了多少年，没有天赋都没用。

阿衡知他说的是实话，可是心下还是有些失望。她自小便随着父亲练毛笔字，不分寒暑没有一日落下，现下少年一句"没有天赋"，着实让她受了打击。

"这孩子口气不小，你写几个字，让我看看。"桑子叔有些生气。

少年耸耸肩不以为意，懒散的样子。

桑子叔取了纸笔，没好气地放在言希面前。

少年在砚中漫不经心地倒了墨，端坐，执笔，笔尖的细毛一丝丝浸了墨，微抬腕，转了转笔尖，在砚端缓缓抿去多余的墨汁，提了手，指甲晶莹圆润，映着竹色的笔杆，煞是好看。

"写'林'字的时候，左边的'木'要见风骨，右边的'木'要见韵味，你写的时候，提笔太快，墨汁不匀，是大忌；'家'字，虽然写得大气,但是一笔一画之间的精致没有顾及;'豆'字写得还好,只是墨色铺陈得不均匀;'腐'字比较难写,你写得比之前的字用心,却失了之前的洒脱;'店'字,你写时,大概墨干了,因此回了笔。"少年边写,边低着头平淡地开口。

一气呵成,气韵天成,锋芒毕露。

一幅字,让阿衡惊艳了。

每一笔,洒脱遒劲,随意而写,心意却全至,满眼的灵气涌动。

"我说的,对不对?"少年搁了笔,托着下巴,慵懒地问她。

阿衡瞠目结舌。

桑子叔被镇住了,看着字,笑得合不拢嘴:"这孩子不错,有两把刷子。"

言希微微颔首,礼貌温和。

老板又送了许多好吃的,少年装得矜持,嘴角的窃笑却不时泄露。

"怎么样,我给老板写了字,咱们不用掏钱了,多好!你刚才应该装得再震撼一些的,这样才能显出我写的字的价值,老板说不定送给我们更多吃的。"言希小声开口,嘴塞得满满的,大眼睛是一泓清澈的秋水。

阿衡喝着豆腐脑,差点呛死:"我刚才,不是装的。"她的表情再正经不过。

少年扬眉,笑了:"温衡,你又何必耿耿于怀?我还没学会走路的时候,就学会拿笔了。便是没有天赋,你又怎么比得过?"

阿衡凝视着少年,也笑了。她以为自己已经和言希算不上陌生人,可是每一日了解他一些,却觉得益发遥远陌生,倒不如初见时的观感,至少是直接完整的片段。

"我们去你说的那口甜井看看吧。"言希吃饱了,准备消食。

提起乌水镇，除了水乡的风情，最让游人流连的莫过于镇东的城隍庙。庙中香火鼎盛，初一十五，总有许多人去拜祭，求财、求平安、求姻缘。

而阿衡同言希去，却是为了看庙里的一口井。

言希看着井口的青石，用手微微触了触，凉丝丝的，指尖蹭了一层苔藓。庙中有许多人，香火缭绕，人人脸色肃穆，带着虔诚。

"他们不拜这口养人的井，却去拜几个石头人，真是怪。"少年嗤笑。

"对鬼神不能不敬。"阿衡自幼在乌水长大，对城隍的尊敬还是有一些的。

少年瞟了女孩一眼，轻轻一笑，随即弯下腰，双手合十，朝着井拜了拜。

"你干什么？"阿衡好奇。

"谢谢它，带给我们这么好吃的食物。"

阿衡吸吸鼻子，好心提醒："豆腐，是桑子叔，做的。"

"所以，我给他写了招牌呀！"少年眼向上翻。

"可是，你吃饭，没给钱！"阿衡指出。

"一件事归一件事！我给他写了招牌已经表达了感激。满桌的菜，我不吃别人也会吃，谁吃不一样！不是我不付钱，是他不让我掏。少爷我其实很为难的。做人难，做好人更难呀！"言希义正词严，痛心疾首。

阿衡扑哧笑了，抿了唇，嘴角微微上扬。

"好吧，我也拜拜。"阿衡也弯了腰，认真地合十：嗯，古井啊古井，我要求不高，你能让世界和平，亚非拉小朋友吃上白糖糕就好了。

言希在云家又待了几日，已经到了农历的年末，再不回家有些说不过去了。他走时同爷爷说过，一定会回家过年的。

因此，农历二十七时，少年提出了离开的要求。

"不能再待一天吗？一天就好。"阿衡有些失望，乌水话跑了出来。

## Chapter 15　此时糕糕与豆豆

"阿衡，不要不懂事！"未等言希回答，云父呵斥一声，打断了阿衡的念头。

阿衡闭了口，委屈地看着云母。云母拍了拍她的手，却始终没有说话，只是回了屋，帮她收拾行李。她跟着母亲进了房间，出来时，低着头不作声。

言希望着她不知说什么，便淡了神情，由她同养父母告别。

眼前这善良的男女再疼温衡，终究不是她的亲生父母；这房屋，这土地，再温暖，终究不是她的归属。

如此，天大的遗憾。

临走时，云母把言希拉到一旁，说了一些话。

阿衡远远望见了，却不忍心再看母亲一眼，同父亲告了别，走出了家门。

言希出来时，望了她几眼，有些奇怪、无奈地开口："到底是女孩子。"终究，为了男孩子们眼中的小事，无声无息伤感了。

阿衡不晓得母亲对他说了什么，但是不说话总是不会错的，于是不作声，默默地跟在他身后。

她又望见他身为旅行者的背影，大大的背包，挺拔的身姿，清冷伶仃的蝴蝶骨隐约可见。

到达 S 城车站时已经是下午。他们排了许久的队才买到了车票，傍晚六点钟的。

"你坐在这里等着我。"少年把车票递给她，便利落地转身走出候车室。

阿衡神情有些委顿，心情本就不好，言希离开后，她便坐在连椅上发起呆。

当她收敛了神思看向腕表时，已经五点一刻。

言希尚未回来。

她站起了身，在人潮中来回走动着，以座椅为圆心，转来转去。虽然检票的时间快到了，但她却不是因为焦急而四处走动。候车室的空气太过凝滞污浊，她走动着，想要撇去脑中被麻痹的一些东西。

而少年回来时看到的，恰好便是这一幕：女孩皱着眉低着头，不停行走着，绕着座位做无用功。

言希是懒人，觉得这情景不可思议，他大步走了过去，微咳了一声。

阿衡抬起头，最先注意到的，是他肩上的背包，好像又鼓了许多。阿衡猜想，他兴许是买了一些土特产。

依旧是来时的步骤：检票、上车、找座位。

可是，阿衡失去了来时的兴致，窝在车厢中，打起了哈欠，看看时间，已经九点钟，车窗外的夜色愈加浓厚。

"我困了。"她望着言希，睡意蒙眬。

中国人的"困了"等于西方人的"晚安"。

"不行。"少年平淡开口。

阿衡打哈欠，揉了揉眼，问："为什么？"

少年挑眉，手指在小桌上轻轻敲过："我怎么知道！"

"哦。"

哎，不对呀，凭什么你不知道还不让我睡呀！阿衡迷迷糊糊地想着，意识开始涣散。她觉得自己像个婴孩一般徜徉在母体中，温暖而宁静。

白色的世界，纯洁的世界。

忽然，世界急速地旋转，转得她头晕，再睁开眼时，看到了一双大得吓人的眸子。

"醒了？"少年松了双手，停止摇晃。

阿衡懵懵地望着窗外，依旧是黑得不见五指的夜色，天还没亮。她望着言希，吸了吸鼻子，委屈了。

少年大眼睛水汪汪的，看起来比她还委屈："温衡，虽然不知道你为什么选择在今天出生……"

少年断了语句，从背包中掏呀掏，掏了半天，掏出一个个头小得可爱的奶油蛋糕，捧在手心中，平淡一笑："但是，少爷勉为其难，祝你生日快乐。"

## Chapter 16
# 借着过年过个招

阿衡站到温家大门前时,心底有些忐忑不安,回想这几日的行程,着实是过分了些。

"怎么不进去?"少年伸出套着手套的厚厚的手,摁了门铃。

阿衡小心翼翼地向后退了一步,忍住了逃跑的欲望。

开门的是张嫂。

"巧了,我刚才正和蕴宜说着今天煮饭要不要添上你们的,结果你们就回来了。"张嫂笑着开口,回头望了望客厅。

"大家知道,我们……"阿衡小声问言希。

"又不是离家出走,走之前已经和温爷爷打过招呼了。"言希精神不佳,长腿向玄关迈去,想到什么,顿了顿脚步,问张嫂,"张嫂,我家老头儿和李妈在吗?"

张嫂点头,拉着阿衡的手笑着说:"自然在。每年过年,咱们两家都是一处过,这么多年的习惯,还能改?"

阿衡嘘了一口气,她倒是抱着离家出走的心思,可惜枉作小人了。这么说来,言希之前应该就知道她的那点儿小心思,只是懒得搭理罢了。

阿衡由张嫂牵着手,有些郁闷地换了棉拖鞋。她本来还想,回来时,满屋的警察商讨着怎样找到她；爷爷会唉声叹气；妈妈会伤心；思莞会皱着好看的眉毛担心她的安全；尔尔会泪眼汪汪，结果……

唉，好失望……

"想什么呢？"言希似笑非笑，戏谑地望着她。

阿衡脸红了。

进了客厅，热热闹闹的气氛。爷爷和言爷爷正在下象棋，棋子摔得酣畅淋漓，看到他俩匆匆问了几句，继续大战。妈妈和李伯伯在厨房中包饺子，李伯伯望见言希，欢喜慈爱得合不拢嘴，从锅中捞了两块正煮着的排骨，一块放在了言希嘴中，一块喂给了阿衡。

温母问了阿衡的行程，得知她回了乌水，神色并没有什么变化。对着言希，反倒亲昵得多，拉着少年的手问个不停。

阿衡望向四周，却没有看到思莞和尔尔。她上了楼，到了思莞门前，门虚掩着，阿衡犹豫了片刻，还是推开了门。

思莞坐在书桌前，正翻阅着一本厚厚的书。他转过身望见阿衡，表情有些凝滞，随即不自在地开口："回来了？旅途还顺利吗？"

阿衡点点头，有些尴尬。她走到少年的面前，轻轻低头，扫了一眼少年的书，微笑着问他："你在，看什么？"

思莞微抿唇，语气是一贯的温和有礼："没什么，看着玩儿的。"

两人僵在了那里，不知该说些什么来缓解过于尴尬的气氛。

"我带了，白糖糕。"阿衡讪讪，从口袋中掏出一个纸包。她临行前特意给思莞买的，觉得言希喜欢吃的东西思莞也定是喜欢的。

少年诧异，盯着那团东西。

阿衡望着自己的手心，面色却不自然起来。白糖糕在口袋中捂了一天，被挤压得变了形，油全部浸了出来，难看至极。

"应该，能吃……"阿衡声音越来越小，垂头丧气起来。

思莞皱了眉，面色不佳，但依旧耐着性子："快吃午饭了，这些零食你先收起来吧。"

阿衡缩回了手，满手是油，黏黏的，难受至极。那白糖糕，烫手的热，她有一种冲动，扔了白糖糕，洗干净手，装作什么都没有发生过。

"温衡，你可真不厚道。"轻笑声在房间中响起，"亏我昨天一夜不睡陪你过生日，你却窝藏白糖糕留给别人。"

是言希。那少年倚在门框上，冷笑起来。

阿衡脸色益发尴尬。

呵呵……被发现了。

"拿过来。"言希懒洋洋地勾了勾食指。

"不能……吃了。"阿衡抱着白糖糕，汗颜。

一双纤细白皙、骨肉匀称的手伸了出来，轻巧地抢了过去。那双手，麻利地打开纸包，一块瘪瘪皱皱的糕状物体露了头，含羞带怯。

阿衡越发汗颜。

言希淡淡撕下一块，走到思莞面前，霸道地开口："张嘴。"

思莞诧异，但还是乖乖张了嘴，平日被言希欺压惯了，他没有反抗的潜能。

"闭嘴，嚼。"

思莞强装淡定，僵着腮帮子嚼了起来。

言希把手中的油抹到思莞的外套上，漫不经心地下令："一，二，三，咽。怎么样？能毒死你丫不能？"言希冷笑，双手插入口袋中，看着少年，大眼睛冷冽似水。

思莞梗着脖子不说话。

"死孩子，真不知道好歹。"言希缓了神色，叹了口气，勾了思莞的肩，孩子气地惋惜，"白糖糕，多好吃的东西呀！"

阿衡愧疚了，弱弱举手，吸吸鼻子，不好意思地开口："言希，我，还藏了一块，本来留着，自己吃，你要不要？"

思莞忍不住扑哧一声笑了，望着她，似乎糅了冬日的第一束阳光，融了之前的冰寒。

阿衡也笑。

言希翻白眼。

喊，温家的，都是死小孩。

阿衡一直未见尔尔，从张嫂那里得知，思尔痊愈后被言爷爷劝解了一番，回到了原来住的地方。

为什么是言爷爷？……阿衡有些想不透。

只是，怪不得思莞之前看见她，是那样的态度。

1999年，是阿衡同温家一起过的第一个新年。

大年三十贴门对儿的时候，大人们忙着搓麻将、做饭、看电视，便让他们三个去贴。

言希懒得动，她又不够高，活儿便落在了思莞身上。

"低了低了。"言希开口，思莞手臂往上伸了一点。

"高了高了。"言希眯眼，思莞收了小臂。

"偏了偏了，往左一点。"思莞向左倾斜。

"啊！你这孩子怎么这么笨，太左了！"言希斜眼，气鼓鼓的。

阿衡看了半天，憋了半天，终于说了一句话："言希，你是斜着站的。一开始，思莞，就贴对了。"

站得斜，看得歪。

思莞哀怨地望着言希。

"哦，那啥，你随便贴贴就行了，我一向不爱挑人毛病的。"言希淡定，从倚着的门框上起了身，拍拍背上的灰，轻飘飘进了屋，高贵无敌。

思莞噘嘴："阿希每次都这样……"这少年，明明是埋怨的话语，却带了无奈和纵容。

还不是让你们惯出来的，阿衡心想。

只是当时，这孩子死活都不曾想到，之后，她会宠言希宠到骨髓里，比起思莞之流，又何止胜了百倍。

不过此刻，言希不在，对联儿倒很快贴好了。

思莞蹭了一手的金粉，便回洗手间洗手，留下阿衡收拾糨糊之类的杂物。

她低着头，却听到了脚步声，抬起头时，心中不知怎的，温暖起来。

那是一个男子，一身板正的海军军装，风尘仆仆，两鬓染白了几丝。他望着她的眼睛，是疼爱温柔的。

"你是……阿衡吧？"男子古铜的肤色像是经历了长久的海风烈日，但那目光是深邃正直的。

阿衡点了点头，心中几乎确定了什么，激动起来。

"我是温安国。"男子笑了，眼角有着细纹，有着同思莞一般的纯粹温厚，和她每每望入镜中时的那一抹神韵。

阿衡笑了，跟着那男子一同笑。

他对她的存在并不诧异，甚至用大手揉乱了她的发，问她："怎么不喊爸爸？"

阿衡顿了顿，眼泪几乎出来。她望着那男子，小声却有了沉甸甸的归属感："爸爸爸爸爸爸爸爸爸爸……"

她不停喊着，望着他，眼泪被挥霍，目光却没有退缩。

这喊声，几乎让她填了天与地的落差。

## Chapter 16　借着过年过个招

第一次，毫无原因的，她相信了，这个世界有一种信仰，叫作血缘亲情，可以击溃所有合理的逻辑。

她的父亲，是第一个，真正接纳她的亲人。其他的温家人，仅仅为她留了一条缝，戴着合适的面具，遥远地观望着她。而这男子，却对她毫无保留地敞开了心门。

"吃午饭了，阿衡快进来！"张嫂在厨房遥遥喊着。

"正巧，回来得及时，没被门对子贴到门外。"男子笑了，温和地看着刚贴好的对联儿，随即，他伸出了手，温厚粗糙的生着厚茧的大手，牢牢地握住了她的手，温暖得浸了心灵，"跟爸爸回家，吃团圆饭。"

阿衡轻轻回握了父亲的手，像是新生的婴儿第一次明亮了视线，抓住了这陌生世界的第一缕光。

她的父亲，自然地拉着她的手，再一次走进了家门，让她有了足够的勇气，再不是以仰望的姿态，面对爷爷、妈妈和思莞。

于她，只有这样的对待，才是公正尊重的。

父亲的归来，在大家预料之中。他每年只有一次长假，便是过年的时候。

年夜饭前，放炮的时候，思莞点的捻儿，言希跑得老远。

噼里啪啦，噼里啪啦。

阿衡离得近，发呆地望着那红艳艳喜庆的色泽，还没反应过来，炮已经响了。

她吓了一大跳，原地转了转圈，没处躲，那两个少年早已跑了个没影。跺了跺脚，跑进了屋子，却发现，思莞和言希躲在门后偷笑，她不好意思地脸红了，笑了。

"这丫头，傻得没了边儿。"思莞拱拱手，淘气的样子。

你才傻！一样的爹妈生的，凭啥说我傻！

阿衡不乐意了，小小地翻了翻眼睛，看着思莞，略带了小狐狸一般的狡黠。

吃完饭，阿衡眼瞅着言希吃得肚皮圆滚滚，却毫不含糊地扑通跪在了言爷爷面前："老头儿老头儿，压岁钱！"

"能少你的？就这点儿出息！"言老笑骂，手上的动作却不慢，抽出三个红包，一个孩子一个。

阿衡抱着红包，脸激动得跟红包一个色儿。她从十岁开始，过年时就没拿过红包了。

"温爷爷，恭喜发财！"言希含着笑，又扑通跪到了温老面前。

"好好！"温老自从儿子回来后心情一直很好，笑着包了个红包递给少年，阿衡和思莞自然也有一份。

言希又转向温母，温母一向疼爱言希，这红包掏得大方豪气。

"温叔叔，一年不见，你又变帅了！"言希转向温父，嘴上抹蜜。

"小东西，不给我磕个头，想挣我的钱，可没这么容易。"温父调侃。

砰！言希磕得实在，笑得天真，唇边的笑似要飞扬到天上去，大人们都被逗乐了。

可惜，言希乐极生悲，跪的时间太长，站起身时，眼前一黑，重心不稳，匍匐在了地上，指向的方向刚好是阿衡站着的位置。

阿衡抱着刚暖热的红包护得死紧："不要拜我，我没钱……"

哄堂大笑。

言希脸都黑了，不复刚才面对大人的故作可爱："少爷我还没钱呢，不照样给你买了排骨面和生日蛋糕！你这孩子怎么这么没良心呀！"

阿衡委屈："你，还吃了，我的白糖糕呀……"

"是你让我吃的，你不让我吃我还不稀罕吃呢！"

"明明……是你……想吃的……"

"你哪只眼看见我想吃了？"

"我……两眼……2.0……"

思莞在一旁，笑得直捶沙发。

"言希，你不能让让妹妹！"言老大嗓门儿地吼起少年，实则笑得嘴都快歪了。

言希大眼睛乌亮乌亮的，瞪了阿衡很长时间。

四目相对。

最终，撑不住，他扑哧笑了出来，黑发随着喉中的笑意轻轻颤动。

阿衡也呵呵笑了起来，眉眼流转，山水写意。

这一年，谁和谁吵架拌了嘴，谈着天，笑着风，还会留到明天……

这一晚，谁把谁记到了心里，守了岁，过了年，还会放到明年……

小小少女、小小少年，你们哪，忘性太大，这一陌又一陌，又该借着谁的笔触，把流年记得……

Chapter 17
## 妖孽人掐迷糊架

除夕，温家、言家在一起守岁，看到春晚本山大叔、丹丹大婶儿出场，笑得合不拢嘴。

大年初一，辛达夷到温家给大人拜年，依旧暴躁好动的样子，不过，没有心眼儿，天真纯朴。大人们看着欢喜，也让言希、思莞、阿衡到辛家回礼。

辛将军是个风趣的老人，虽然和言帅抬了一辈子杠，却是打心底待见言希。可惜眼下身体不好，年底上报军部办了退休颐养天年。看不到身为军人的英姿，完全是普通老人的样子，让一众小的有些唏嘘。

"言老儿这辈子没干过啥聪明事儿，当个军长也是不要命拼来的。真论脑子，他可抵不过我。"辛爷爷让警卫员给他们仨端了许多点心，说是他家达夷爱吃的。

"辛爷爷，好歹我还姓言。"言希笑，白皙的手背抵在唇上。

辛老拍了拍沙发扶手，笑说："知道你姓言。咱爷俩说的是私房话，不让那老东西听到就是了。"

言希颔首，淡哂说是。

"这是阿衡吧？"辛老凝视了一旁坐直的小姑娘，温和开口。

阿衡呆呆点头。

"好姑娘！生得好面相，是个有福的。"辛老十足喜欢阿衡的样子，看着她，慈蔼到了心底。

阿衡望着老人，抿着唇，有些不好意思，低了头。幼时，便常有老人说她面容温厚、身姿清朗，是个有福气的孩子。

"思莞，我可是听你爷爷说，阿衡年终考了年级第三，连你也比下去了。"辛老想起了什么，朝着思莞哈哈大笑。

思莞沉吟，微笑谨慎开口："阿衡一向聪明讨喜，我这做哥哥的差些也是应当的。"

辛老皱眉："你这孩子自小就是这个个性，说什么话总要先在心里绕几百个弯弯，都是一家人，不累吗？"

思莞听到这话，脸红了，点头，却不为自己辩解。

言希转转大眼睛，笑靥如花："辛爷爷，我家老头儿下面的人，前些日子拜早年时，送了些好茶，现在还没开封。"

"还是屯溪的珍眉子？"辛老眼睛中微微有些兴味。

"是的，总共只有三钱，说是什么贡……"言希噙着笑，指尖在沙发上轻点，装出想不起的模样。

"贡熙！"辛老拊掌，眼睛亮了起来。

言希笑："爷爷一直记挂您的身体，嘱咐我一定要对您说一句话。"

"什么？你说。"辛老嘴角上翘，皱纹很是柔和。

"老家伙呀，没事儿别装病。奶奶个熊，不就屁大点儿旧伤吗，天天闹着退休。好些了来家里，老子请你喝茶。"言希轻吟，这语气学得活灵活现。

辛老有些怅然，叹了口气，缓声道："那一年，你父亲出生的时候，言老儿乐得拉着我喝了一夜酒，嫂子当时还生气了。可如今，一眨眼的工夫，嫂子不在了，你父亲也出了国。我们这些老家伙，难免寂寞。"

言希却笑开了，拿起茶杯："辛爷爷一辈子洒脱，怎么这会儿却想不开了？孙辈敬您一杯。走的便由他走，他距我千里，我距他，也是千里。"

过年的时候，一天一天的，吃吃喝喝，有事儿没事儿放放炮听听响儿，日子过得流水一般哗哗的。

再过几天，就要开学了。

十四那天傍晚，阿衡在家接到了一个要命的电话。对方还是个孩子的嗓音，带着哭腔，也不问问接电话的人是谁，语无伦次张口便说："思莞哥，你快带人到'飞翔'来，一堆人，好多人，在打言希哥。"随即，便是忙音。

阿衡蒙了，脚却不停，跑到了思莞房间，普通话飙成海豚音："思莞，找人，飞翔，救言希！"

思莞的脸顿时涨红了，穿上外套就往外没命地跑，边跑边吼："阿衡，千万别跟大人说！"

阿衡先是掂了根棍子，然后又扔了转而拿起急救箱，心想：我这么忙哪有空跟大人告状！继而，也一阵风似的冲出了家门。

"飞翔"是一家有名的酒吧，每到夜晚，寻乐子的人特别多。但是鱼龙混杂，常常有斗殴的事件发生。

阿衡赶到的时候，两帮人正在酒吧前的巷子里打得不可开交。她认不出其他人，只看到了红的、白的、黑的三个影子活跃彪悍得很。

黑衣的那个是辛达夷，眉毛乱发一齐支棱着，像是气急了，瞪圆眼睛，骂骂咧咧，拿起不知道从哪里捡的玻璃酒瓶，黑着脸就往对方身上摔去，脚死命地踹着，狠厉的模样。

白衣的思莞则是眼中充血，额角的青筋极是明显，不复平日的温文，揪住身旁高大壮硕的男子，握紧拳头，一阵风似的，打了过去。

"他奶奶的，你们连老子的兄弟都敢碰，不想活了是吧？老子今天成全你们！"辛达夷那厮吼着，长腿生风，踢倒一个是一个，踢倒两个凑一双。

"我呸！男不男女不女的小白脸，敢跟我抢马子！我虎霸今天不把他整死，以后就不在道上混了！"一个染了黄发像是带头人的少年，满脸横肉，眼神凶狠阴厉，阴恻恻地笑着。

"那我今天先解决了你！"思莞解决了身旁的一群人，一个箭步冲了上来，拽住男子的衣领，狠狠地揍了过去。

红衣少年身旁躺着好几个喽啰模样的人。他拍拍手，清清爽爽地走了过来："大姨妈，你磨蹭什么呢？快点儿！"少年微微露齿，歪头笑骂黑衣少年。

"言希，你太不厚道了！老子为了救你穿着拖鞋跑出来的，你丫还在这儿说风凉话！"辛达夷喘着粗气，膝盖上勾，狠狠顶了与他缠斗的不良少年，趁那人抱着肚子呼痛，飞起一脚，结束战斗。

阿衡定睛，看到辛达夷脚上的黄色老虎头拖鞋，本来绷着的脸蓦地扭曲，扑哧一声笑了出来。

"我又没让你救我，是小虾多嘴。"言希瞪了瞪一旁的电线杆。

"言希哥，我也是怕你受伤！"电线杆后走出来一个戴着帽子的瘦瘦小小的男孩，噘着小嘴，初中生的模样，"哥，你不准生我的气，生我气我不跟你玩儿了！"

"喊！"言希揉揉男孩戴着帽子的脑袋，一笑，拿他没办法。

阿衡自远处打量着，知道是这个孩子打了那通呼救电话。

"哎，阿希，这人你怎么处置？"思莞拽住那自称"虎霸"的横肉少年，不上不下，有些尴尬。

"你……你们想干什么？"那少年见手下的喽啰被打得七零八落，流出虚汗来。

言希晃了晃手腕，半边唇角勾出一抹笑，倾城颜色，走到那横肉少年身旁："你说你叫什么？"言希懒洋洋地问他。

"虎霸！老子的名字你也不打听打听，道上混的谁不知道！"那少年挺挺肚子上的肥肉，虚张声势。

"我只听过面霸，没听过虎霸。"言希皮笑肉不笑。

"阿希，你怎么招惹了这种人？"思莞皱了眉。

"你问我我问谁去？"言希翻白眼。

"你你你……抢了我的美美，还说不认识我，太不是玩意儿了！"虎霸肉肉的鼻子气愤地抽抽。

"美美？谁？"言希挑眉，一头雾水。

"美美，我对象，谈了八年了呀，说跑就跟你跑了！"虎霸颤着腮帮的两团肉，泫然欲泣。

"言希，言大美人儿，哟，您还干这事儿呢？美美，哎哟哎哟不行了，笑死老子了……"辛达夷在一旁，晃着大白牙，爆笑起来。

戴帽子的男孩儿也是个喜笑的人来疯，瞅着辛达夷，一会儿就憋不住被传染了，两个人在一旁笑疯了。

"少爷我多好一孩子呀，能干这种缺德事儿吗！"言希白了傻笑的两个人一眼。

"老实说，少爷你干过。"思莞想起了什么，抚额开口。

"什么时候？"言希蹙眉，迷茫。

"七中的那个。"思莞很是无力。

"倒追你的，叫什么什么Angelbeauty的。"

## Chapter 17　妖孽人掐迷糊架

"就是美美！"横肉少年捶胸顿足，痛不欲生。

言希："哦。"

"你'哦'是什么意思？！"那少年被思莞钳住了肩，原地蹦着。

"哦就是，我和她没干什么，只亲过一次，她抹了口红，很恶心，亲完我们就掰了。"言希淡淡开口。

他一直尝试着和一个陌生人无防备地交往，尝试最亲密的行为，却发现自己完全做不到。

阿衡想起那一日路灯下火热纠缠的两抹身影。

"这还叫没什么？我要杀了你！"横肉少年哭了。

"那边的，干什么呢！"不远处，出现一声吼声。绿油油的警装。

思莞恍神，松了手。

"我跟你拼了！"虎霸得了机会，抄起地上的啤酒瓶，猛地朝言希头上砸去。

"言希哥！"戴帽子的男孩失控，大喊了一声。

言希转身，猝不及防，酒瓶子砸向自己，他身体本能地向左倾，躲了头，却被砸中了肩膀。

玻璃瓶并没有破，但瓶底的碎玻璃碴子却划破了少年的肩膀。红衣上，浸过一片鲜红，花一般的色泽，妖佞而骇人。言希捂住右肩，痛得蹙起了眉。

辛达夷一个冲步把虎霸扑倒，膝盖下压，死死钳住虎霸的双手，双手死死地掐住他，恼极了，目眦尽裂："你信不信今天老子有能耐掐死你，还有能耐不蹲班房！"

"哟，好大的口气！"戴着大檐帽的巡警走了过来，看清言希他们，愣了，"怎么又是你们？"

"傅警官,不巧,又是我们。"言希苍白着唇,嬉皮笑脸,暗暗打了个手势。

辛达夷松了手,站起身。

"小虾米,你又偷东西了?"那巡警是个魁梧黝黑的汉子,看到满地的"尸体",抽抽唇,望向戴着帽子的男孩。

"我没有!"小孩子鼓了腮。

"得了,你们几个,跟我去派出所一趟吧,有什么要交代的到那儿再说!"巡警挥挥手,示意他们几个上警车,边走边低声咒骂,"妈的,我们所儿早晚成托儿所!"

"老老实实,站成一排!"傅警官站在值班室,瞅着人有点多,眼花,摘了大檐帽,敲了敲桌子,下令。

一,二,三,四,五,六?咦,怎么多了一个?

重数。

一,二,三,四,五……六,又多一个。

再重数。

一——二——三——四——五——六,怎么还多一个?

傅警官愣了,瞄了一遍人,望了望脸儿,看到了缩在墙角抱着急救箱的女孩,开口:"姑娘,你谁呀?"

阿衡摇摇头,不说话。

思莞他们几个在车上只注意着言希的伤,却没发现阿衡跟了过来。思莞急了,向阿衡使眼色,阿衡装作没看见。

"她怎么来了?"辛达夷小声嘀咕,斜斜眼,望着右侧挨着小虾站的阿衡,心中隐约有了不快。

他的身旁并肩站的只能是他的兄弟,而不能是其他不相干,甚至让他

## Chapter 17　妖孽人掐迷糊架

讨厌的人。这样硬生生插进他们的阵营，对他心中的圣地简直是亵渎。

"去去去，快点儿走，小姑娘大晚上的不回家，在派出所凑什么热闹？"傅警官挥手赶阿衡。

"我，不懂。"阿衡摇摇头，无辜的表情。

"你听不懂？不是本地人？"傅警官挠挠头，觉得棘手，"你家在哪儿？"

"你说的，不懂。"阿衡继续摇头。

"你们认识她吗？"傅警官指着阿衡问他们。

"不认识。"众口一词。他们可不能再节外生枝了，若是知道温家的小闺女卷了进来，爷爷们是要骂人的。

"算了算了，你就先在那儿乖乖待着吧，饿了吭声，叔给你买东西吃。"傅警官是个软心肠的人，见不得弱小落魄。

"列位英雄大爷们，说说今儿是怎么回事？"傅警官转身，扮了晚娘脸，"上一次，也是你们三个哈，打了整个酒吧里的人，还死不悔改的。"

"上次怎么怪我们，是他们先对一个小孩子下手的。"辛达夷不服气。

阿衡悄悄地缩了身子，从阴影里缓缓向左挪动。

"那还不是因为这个小虾米死性不改，去偷东西？"傅警官指着戴帽子的男孩开口。

"多大点儿的孩子，就偷了两个面包，倒真是劳烦他们下那么狠的毒手！"言希冷笑。

前几日，言希同思莞、辛达夷一起去酒吧玩儿，结果见到了一群人毒打一个孩子。

原因说来可笑，这孩子饿了，偷了厨房里的两个面包，结果被发现了，几个人对着个营养不良、瘦瘦小小的孩子直接上脚狠踹。小孩子吐了半天酸水，他们还是不放手。言希他们看不下去，结果同那些人打了起来，碰巧，最后是傅警官收的场子。

傅警官叹了口气，心知这少年说的是实话。

"我就是想吃才拿的，不关言希哥他们的事！"小虾噘了嘴，快哭出来了。

"你是不是男子汉，哭什么？"辛达夷笑了，拿袖子使劲儿蹭了蹭小孩子的眼泪。

这孩子特黏人，自从救了他之后，整天缠着他们，像个小尾巴似的。不过，是个讨人喜欢的主儿，特对言希的脾气。

这厢，辛达夷难得的好脾气哄着小孩子；另一方，阿衡趁大家注意力转移的时候，又微不可见地往左缓慢挪了挪。

快了，快到了，呵呵……

"那今天怎么回事？"傅警官看着满身横肉的少年，也是个熟面孔，挠挠头，说："你不是那个什么什么霸吗？"

"面霸。"言希接得顺嘴，伤口还在隐隐作痛。

"是虎霸！"少年怒。

"虎霸，你先交代！"傅警官拍了拍桌子。

我挪，我挪，一点点挪……

阿衡松了一口气，终于到了，暗暗为自己掬一把同情之泪。她轻轻拉了拉前方少年的袖口。

言希回头，诧异，瞄见没人看到，向右靠紧思莞，挡住阿衡的身子："怎么了？"他小声问她。

"我，带了，医药箱。"阿衡声音宛若蚊蚋。

少年看着自己的肩膀，上面的血已经成了暗色。言希郁闷："刚刚在车上的时候你干吗去了？这会儿血都流完了。"

"我，挤不进去。"阿衡委屈。

他们一堆人围着言希团团转，她根本挤不进去。更何况，让思莞知道她也跟着上去了，一定会被赶下去的。

"阿希，你说什么？"思莞皱眉，以为言希在同他说话。

"和你家姑娘说呢，没你事儿！"言希没好气。

思莞扭头，吓出一身冷汗："你不老实待着，还敢乱晃？"思莞眉毛扭曲了。

"你们俩说什么呢！"傅警官走了过来，看到俩少年之间明显多了一只手，"让让！"

俩少年志同道合，把那只多出来的手拍了回去。

"你们当我瞎的呀！"傅警官把两人推开，拎小鸡儿似的把阿衡拎了出来，"刚刚还说不认识呢。说，你和他们几个什么关系！"傅警官瞪着阿衡，吓唬她，"我告你，不老实交代，把你抓黑屋里！"

他其实没什么坏心眼儿，只是刚刚就发觉小姑娘像小乌龟一样慢慢移动，实在有趣，所以逗逗她。今天的事，他大概也能猜个八九分，例行例行公事，教训教训这些不知天高地厚、在家被惯坏了的小孩子也就得了。

"你坏，你怎么，这么坏呀！"阿衡吸吸鼻子，不乐意了，"你瞎，你就瞎，言希，受伤，都看不见！"

傅警官愣了半天，讪讪说："这姑娘火气挺大的。"

言希眨巴着大眼睛，模样天真："家里的小妹妹，被宠坏了，不懂事儿。"

说得跟真的似的，不知道是谁家的小妹，又不知道是谁被宠坏了。

思莞偷笑，觉得言希在这儿装大人着实好笑。

"叔叔，让让……"阿衡挤呀挤，硬生生地从虎背熊腰的傅警官和言希中挤出一条缝。

傅警官愣了，哭笑不得。他都遇见一群什么样儿的死孩子呀，没一个正常的！

阿衡拿出碘酒纱布，轻轻挽起言希的衣袖。言希像夸了毛的猫开始吸冷气，眉毛眼睛皱成核桃："疼，你轻点儿！"

思莞汗："阿衡还没往上擦呢！"

辛达夷撇嘴："大老爷们怕疼怕成这样，亏你长这么好看！"

前一句，是赤裸裸的鄙视；后一句，是赤裸裸的嫉妒。

思莞暴汗。

阿衡呵呵："闭眼，不看，就不疼。"

言希止了号，瞟了阿衡一眼，随即绝望地望向天花板。

思莞瀑布汗。

于是，搽药时，少年嗷嗷叫个不停，高了十六度的音，震得派出所一晃一晃的。

自此，此所滥用私刑，曾经某时某刻打死过人，广为流传，绘声绘色。治安形势大好，路不拾遗，小偷强盗一般绕着走，傅警官年终被评为"模范公仆"，流芳千古，此乃后话。

众人一齐捂了耳朵，阿衡却恍若未闻，认真地绑了绷带，才松手。

"兄弟，不是咱说你，你都有这么好的美美了，怎么还抢我的美美呀？"虎霸一心都是美美，把言希的一句"妹妹"听成了"美美"，恍恍惚惚，凄凄惨惨戚戚，泪眼婆娑地对着言希开口。

言希暗骂。

美美的老子脑子进水了才抢你的美美！

Chapter 18

## 怒火一腔为谁生

傅警官一顿训斥，照常做了记录，问了几个孩子的家庭住址、电话、姓名，才放他们回去。

"阿希，你回去怎么交代？"思莞看着言希的胳膊，皱了皱眉。

"撞熊身上了！"言希怕疼，上了药以后更是低气压。

"兄弟，今儿对不住了！"虎霸缩了缩脖子，有些愧疚。他本性并不坏，本来一股气都结在美美身上，但见言希对美美并无意，再加上在派出所共同患难了一番，益发觉得这些男孩子对自己脾气，兴了惺惺相惜的心。

"算了算了，以后别让少爷我看到你了……"言希有气无力地摆摆手，自认倒霉。

"兄弟，这是啥话，只要你不抢美美，今后我罩着你们，咱们兄弟情谊长着呢！"虎霸拍拍少年的肩，豪气干云。恰巧拍到了伤口，言希立刻号了起来。

思莞有些不悦，轻轻揽了言希的肩，把他带到自己身旁。

"瞧我这记性！"虎霸不好意思地笑了笑，憨憨的样子。

辛达夷望天吹口哨，不屑的模样。

阿衡觉得虎霸是好人，冲他笑了笑，温和谅解的姿态。虎霸也笑，本是满脸的横肉倒有了几分可爱憨态。

阿衡持续笑，呵呵笑，笑呀笑。

"腮帮子疼不疼？"言希睨了阿衡一眼。

"有点。"阿衡戳戳腮帮，笑得有些疼。


"面霸呀，想和我当兄弟也成，但是要加入我的排骨教。"言希斜倚在思莞身上，眼波横流，懒懒散散。

"排骨教？"虎霸嘴不利索了，"啥玩意儿？邪教？"

思莞偷笑。

"笑什么，右护法？"言希装得天真烂漫。

右护法，思莞吗？

阿衡想起思莞站在风中振臂疾呼"言希教主大人一统江湖，千秋万代东方不败"的样子，立刻打了个寒战。

"言希，你丫要建什么教，我和思莞由你。但是，你能不能起个好听点儿的名字？排骨教，能听吗？叫出去我辛达夷不用要脸了！"一头乱发的少年哀怨地望着言希。

"左护法，你想叛教吗？"言希幽幽开口，用凄婉的眼神望着辛达夷。

"噢噢，达夷哥，你叛教吧叛教吧，你要是叛教了我就升官了！"小虾眼睛亮了。

"你是……什么？"虎霸哆嗦地看着小虾。

小孩子笑了，指着自己："你问我呀，我是四大法王。"

"你一个人，四大法王？"

"对呀对呀。"

"怎么样，要不要加入？"言希揉了揉小虾的帽子，大眼睛望向虎霸，笑靥如花。

虎霸望着言希的面容，晃傻了眼，不自觉地点了点头。

"好，今后你就是八大金刚了！"言希很满意，领导似的点点头。

思莞、辛达夷看着言希很是无奈，由着他疯。

"为什么，是，排骨教？"阿衡问。

"还能因为什么，不就是他喜欢吃排骨嘛。"思莞眯了眼，看着言希单薄的背影，轻轻开口。

阿衡歪着头呵呵笑。

总算，雨过天晴。

开学了。

按照西林的惯例，新学期排座位，一般是按成绩。阿衡他们班是成绩最好的班，自然要把"成绩第一"贯彻到底。

班主任郭老师说："大家抱着书包都出去，按成绩单，我喊一个进来一个，自个儿挑座位。"

"歧视，绝对的人身歧视！"辛达夷在教室外很是愤慨，他的成绩一向不错，只可惜去年期末考前玩游戏上了瘾，理科有平时基础垫底儿不愁，文科却门门亮红灯，总体成绩，班级二十多名。

辛达夷考上西林时，可是顶着数学奥赛第一的名头金灿灿地进来的。如今，年级榜里找不到人了。本来他神经大条没什么，但是班主任郭老师三天两头找他喝茶谈心，谁受得了？！于是，这厮为数不多的自尊心露了头，眼下按成绩排座位的政策严重刺痛了他稚嫩的心灵。

"温衡。"郭女士抱着花名册慢悠悠地点名，第二个便念到了年级黑马。

人群中发出一片嘘声。

"有。"阿衡走了进去,她坐在了老位子上,倒数第二排,靠窗。

念一个进一个,大家都装作没看到阿衡,离她十足远。这番模样,像是对待什么传染性病毒,从开头到结尾,都没有人坐在她的旁边。

同桌、前桌、后桌,统统是空位。

真是遭人厌了……

阿衡郁闷,她又不是瘟疫。

2003年"非典"到来时,她们整座宿舍楼都被隔离了,后来被放出来时,也是这般情景,学校里的人只要看到她们宿舍里的人出来溜达,谈恋爱看星星牵小手喂蚊子的,立刻格式化,所到之处百里无人,那阵势,可比班级小范围隔离伤人多了。

可惜,当年的当年,年纪小,傻了吧唧的看不开,缩在乌龟壳里舔伤,越舔越疼。

她记得自己当时望向辛达夷,可惜那厮,当时很不厚道地扭了头装作看不见。

比起其他生人,她虽口中未提,但心中还是厚颜地认为他们即使不算朋友,也算是熟人的。

但是,事实证明,是她多想了。

其实,阿衡并不清楚,自己的那一眼是不是代表了无助,毕竟,比起承认被拒绝,要容易得多。

事隔多年,辛达夷半开玩笑,对着阿衡说:"阿衡,你说你怎么会喜欢言希呢?明明我比他更早认识你的。"

阿衡想要开玩笑说言希长得有三分姿色,可是,那一瞬间,恍然涌上心头的,却并非他的容颜。少年时的容颜已经在时光中褪了色。她唯一还能记得的,就是少年生气时如同火焰一般生动美丽的姿态,在光影中,永

## Chapter 18　怒火一腔为谁生

恒。无论是哼着怎样的曲调，潇洒着哪般的潇洒，这一辈子，再难忘记。

她说："达夷呀，你还记不记得言希生气的样子？"

怎么不记得？

辛达夷缩缩脖子。

她战战兢兢过她的日子，平平淡淡却充满了刺激。偶尔，会和储物柜中的癞蛤蟆大眼瞪小眼；偶尔，会在抽屉中看到被踩了脚印、撕破的课本；再偶尔，别人玩闹时黑板擦会好死不死地砸到她的身上；再再偶尔，轮到她值日时地上的垃圾会比平常多出几倍……

但是，再刺激还是比不过言希的突然出现。

那一日，她正在做习题，教室中突然走进一个人，抬头之前，女同学们已经开始尖叫振奋。

她扬头，看到他蓝色校服、白色衬衣，黑发逆光，明眸淡然。

言希比辛达夷大一岁，比辛达夷、阿衡高一级。阿衡之前听思莞嘀咕着，言希去年旷课次数太多，一整年没学什么东西，言爷爷有心让他回高一重新改造。

可是，这来得也太突然了吧？

辛达夷看着，像是知情的，直冲言希乐，跟旁边的男生说得特自豪："看见没，咱学校校花，我兄弟言希！"

言希校花之称，由来已久。

刚上高中，就被只追每届校花的前学生会主席当成了女生，三天一封情书，五天一束玫瑰花，"爱老虎油"天天挂在嘴上。

言希对着他吼："老子是男的！"

那人却笑得特实在："美人儿，走，咱现在就出柜！"

于是，校花之名坐实，无可撼动。

这事儿,阿衡初听时,被唬得满脑门子冷汗。为什么摊到言希身上的事儿,就没一件正常的呢?……

班主任郭女士刚说言希转到班上,声音就迅速被湮没。要知道这位女士讲课时,可是前后两座教学楼都能听到回音儿的彪悍主儿,这会儿,她的嗓门儿倒是被一群平常文文弱弱的小丫头们压住了。

果然,美人儿是这世界杀伤力最强的终极武器。

言希半边嘴角上扬,眼神平平淡淡的,没有表情。他拿起粉笔,"言希"二字,跃然于黑板上。

规规整整两个字,全然不是阿衡那日见到的才华横溢。

她猜他是怕麻烦,想要低调。可是在西林,只"言希"二字摆出来也是平凡不了的。于是,下面继续尖叫。

"言希,过来,坐这儿!"辛达夷指着身后的空位,嘚瑟得像个猴子似的蹿上蹿下。

少年扫了辛达夷一眼,本欲走过去,却发现那厮身旁坐的女生太多,立刻厌恶地扭了头,转身走向反方向。低头,看到扎着两个辫子的阿衡傻傻地望着他,她的四周,清静得跟辛达夷身旁形成鲜明的对比。

言希懒得想,一屁股坐在了阿衡身后的座位。

班上的空气有些凝滞,接着,便是翻书哗哗的声音和写字沙沙的声音,恢复了之前安静学习的气氛。

阿衡一直画着电路图,觉着脑子都快变成一堆乱线了。她放下笔,轻轻伏在桌子上望向窗外,身后传来细微的鼾声。

阿衡转头,却看到言希趴在桌子上睡着了的样子。

这样的言希,她从未见过,不设防的,剥掉了一层层盔甲,仅余下少年的纯真。

她望着少年弯着的手肘，怔怔地发了呆。

这校服，蓝色儿的，挺好看的。

呵呵。

下课铃响时，阿衡已经振奋了精神，继续串并联电路。而言希，依旧在睡梦中。

写了好一会儿，班里的一个女同学走到她的座位旁，拍了她的肩，笑了笑："温衡，校门口有人找你！"

阿衡愣了，这会儿能有谁找她？

但那女孩表情诚恳，她不疑有他，就离了座位。

班上的同学望见她，开始指指点点，窃窃私语。辛达夷看了她一眼，又迅速低了头。

阿衡纳闷，匆匆离了教室，向校门口走去。

从教学楼到校门口，有很长的一段距离。一路走来，阿衡发觉，大家表情都很怪异，望着她像是看到了神经病。有些人开始不客气地嘲笑起来，对着她指指点点。

"哎哎，你们说这人怎么这么不要脸呀？"

"就是，太恶心了，神经病吧？"

阿衡看看自己的衣服，并无不妥之处，但那些话，益发不堪入耳。

她加快了脚步跑到校门口，那里却空无一人。阿衡知道自己又被耍了，有点小郁闷，走了回去。

回到教室时，一群女生瞅着她，笑得夸张得意。

"温衡，大家都看你了吧，夸你了没？"之前因为排球和阿衡结下梁子的那个女生笑着问她。

阿衡看着她,觉得她的眼睛很丑,要把自己吞噬的样子。她不说话,心中却了悟,手轻轻伸向肩部,果然摸到一张纸条,想必是刚才那女孩拍她时贴上的。

"我是贱人。"阿衡看着这纸条,轻轻念出来。

她看着那女生,把纸条递给她,抑制住手心的颤抖,温和地开口:"你的东西,还给你。"

那女生的脸瞬间涨红了:"温衡,你这个贱人,装什么清高!每天缠着温思莞,给脸不要脸!"

阿衡垂了头,再抬起头时,认真开口:"你喜欢温思莞,但又何苦,诋毁别人?既然是女孩子,又怎么可以……说那么难听的……脏话?"

那女生撕了纸条:"你以为自己是谁?教训我?也不看看自己,不知道从哪里跑出来的土包子!"

土包子,呵,大抵还是个一百年学不会京话的土包子。阿衡笑。

对方却恼羞成怒,拽住了阿衡的衣服。

"今天,你要是敢动温衡一下,本少就把你的手废了。"身后,是平平淡淡毫无情绪的声音,讨论天气般的语气。

那女生惊呆了,看着突然出现的少年。

阿衡轻轻回头,鼻翼扫到少年的衣领,淡淡的牛奶香味。

"言希。"她微笑,可是,复又,突然委屈了。

阿衡在心中叹气,这可真是糟糕的情绪,是什么的开始,又是什么的终结?

那少年,瘦削伶仃的样子,却把她护到了身后。他挑高了眉,大眼睛闪着冷冽的光,皮笑肉不笑地看着对面的女生:"温思莞知道你这么欺负他的妹妹,碍着狗屁绅士风度,估计他不会打你。但是少爷我不介意打女人!"

那女生的脸瞬间变得苍白,看着阿衡,不可置信:"她是温思莞的妹妹?"

言希冷笑:"她不是你是?"

随后转身,走到了辛达夷面前,脚狠狠一踹,一声巨响,课桌翻倒在地。

书,散落了一地。

辛达夷站起身,有些心虚。

言希望着他,乌黑漂亮的眸,藏了火焰一般的流光,嗓音冰凉得有些刺骨:"辛达夷,你他妈的每天看着温衡这么受欺负,觉得很有意思是不是?"

Chapter 19
## 谢谢你很不容易

　　不知言希同辛达夷说了些什么，那一日之后，辛达夷待阿衡好了许多，至少是肯同她讲话了。

　　但是，两人真正亲密起来，还是一顿饭结的缘分。

　　西林食堂的饭菜，在中学界是出了名的难吃。外校戏传，西林的学生不仅学习彪悍，连说话都牛叉得很。吃饭从来不说吃饭，都说"您今天同小强约会了吗"；土豆炒肉片不说土豆炒肉片，都说"土豆炒土豆"；番茄炒鸡蛋不说番茄炒鸡蛋，偏说"番茄炒西红柿"。

　　当然，这群牛人还是很有涵养的，吃米硌了牙，一般不会骂娘叫唤，基本都是露齿一笑，走到大厨面前，来一句"你们今天这么做饭有些过分了哈，沙子里竟然有米，把我的牙磨得不轻"。

　　咳咳，其实这些不算什么，可恨的是饭菜齁贵齁贵的，贵就贵吧，给的量又常常不够。女孩子倒没什么，但男孩子们，半大的毛小子，一般吃不饱。

　　于是男孩子们养成了习惯，带饭到学校，然后放到食堂的微波炉里热一热，草草吃了完事。

## Chapter 19　谢谢你很不容易

阿衡也是经常前一天提前煮了饭菜，第二天带到学校吃。

言希一般不带饭盒，总是看到一帮朋友，谁的好吃抢谁的。最近固定了对象，专抢思莞的。

"张嫂最近厨艺大涨，口味不像以前那么重。"言希捧着思莞的饭盒，吃得嘴上都是油，心满意足地对着辛达夷开口。

"张嫂口味会变轻？每次吃思莞他们家的饭我都要喝一缸水！"辛达夷把脸埋在饭盒里，含混不清地开口。

阿衡坐在前面抿着嘴偷笑。

"大姨妈，你的饭盒里是不是有红烧排骨？"言希嗅了嗅，炯炯有神地看着辛达夷。

"没有！"辛达夷捧着饭盒，一脸戒备地看着言希。

"达夷，咱俩什么关系呀。不就是几块儿排骨嘛，少爷我能抢你的吗？哎哎，让我看看……"言希嘿嘿笑，油油的嘴边堆出半边酒窝。

"你丫昨天就是这么说的，结果我的排骨转眼就没了！"辛达夷义正词严，掷地有声。

言希飞扑，吊在辛达夷身上，爪子伸向饭盒。辛达夷宁死不屈，捧着饭盒，好似董存瑞举着炸药包。

"郭老师！"言希突然变脸，正正经经朝着辛达夷背后打招呼。

辛达夷迷糊着脸，转身，言希奸诈一笑，趁着少年转身分神伸手去抓饭盒。结果不巧，刚啃过鸡翅，手还是油的，而饭盒是铁的，手一滑，啪，饭盒盖地。

辛达夷回头，蹲了身，眼泪颤巍巍的："我的肉，我的饭……"

"哈……那啥，还真有排骨呀……"言希指着地上一摊酱红色的排骨，怔忡地小声开口。

"言希你丫赔我！"辛达夷怒了，头发竖了起来。

"咳……喏,给你。"言希大眼睛望着天花板,一只手背在脑后,另一只手把从思莞那里抢来的饭盒递给了少年。

辛达夷接过饭盒,刚才没掉出来的泪瞬间飙落:"连根菜叶都不剩,你让老子吃毛!"

言希跷了二郎腿,拿着牙签,耸耸肩,摊开手无辜地开口:"那少爷我就没办法了……"

"老子跟你拼了!"辛达夷磨牙撸袖子。

阿衡吃了半天饭,耳朵没一刻消停,叹了一口气,放了筷子,转身把自己的饭盒伸到辛达夷面前,扒了一大半到他的空饭盒中:"给,你吃。"

"老子不吃张嫂做的饭,齁咸齁咸的!"辛达夷一字一句,死死瞪着言希。

言希眼睛黑黑亮亮,闪着无辜至极的光芒。

"我做的,不是,张嫂。"阿衡温和开口。

"你会做饭?"两个少年异口同声。

阿衡点头,一脸理所当然。女孩子到了她这么大年纪,不会做点儿饭菜,以后怎么嫁人?

"这么说,思莞的饭也是你做的?"言希挑眉,墨色隐了翠。

阿衡含笑继续点头。

辛达夷瞪圆了眼睛,开始还扭捏着不想接,可是,肚子咕噜咕噜地直叫。心一横眼一闭,思莞、言希能吃他也能吃,便接了过来。

红烧茄子、香干肉丝、番茄鸡蛋,几样家常菜虽然简单,但做得精致干净,很有卖相。

少年挠挠头,抓着筷子扒起饭菜。开始吃到口中只觉得普通,但是越吃越可口,上了瘾,最后一口,打了饱嗝,方搁下筷子。

"哈……死孩子,没出息的样子!"言希年纪比思莞、达夷大,自小就有做人哥哥的范儿，笑骂少年。

阿衡也笑，薄薄的唇微弯，清恬的色泽。

辛达夷拿袖子一抹嘴，抬头直直看着阿衡，半晌才开口："温衡，你丫以后别这么笑，看着让人忒闹心！"

"呵呵。"

"本来我是不想搭理你的，整天这么笑，假得很。但老子吃人的嘴软，以后，别在我们面前这么笑了，知道不？"

"呵呵。"

"你丫真是个木桩，都听不懂话！"辛达夷撇唇。

"呵呵。"

"腮帮子疼不疼？"言希微笑。

"疼。"阿衡戳了戳自己的腮帮，不好意思地开口。

她对这个世界报以善意，明明知晓人心的顽固，也未尝预期自己有什么本事能够一夕改变什么，只是期望，别人转身的时候，能看到她的微笑。

虽然，他人兴许不会回以相同的微笑，但是，她已经努力过，渴望了潜移默化的力量。余下的，不后悔便好，至于别人，她无力，亦不想管上许多。

"阿衡，同你打个商量成不成？"思莞表情特严肃，明亮的眼睛依旧是阳光一般的温暖。

"什么？"阿衡笑，歪头。她正在做习题，思莞就这么敲开了房间。

"下次做饭做得难吃一点。"思莞皱了眉头，唉声叹气。

"为什么？"阿衡怔。

"言希整天抢我的饭,我每次都只能啃面包。"思莞表情很是无奈。

张嫂是个典型的北方人,口味很重,做的饭菜时常盐味有些过。但温家一家人都是温和礼貌的人,对在温家服务了一辈子的老人很是尊重,从不会挑剔,吃得惯了也就好了。

照着以前张嫂做饭的口味,言希是绝对不会抢他的饭盒的,但是如今换作阿衡掌勺,言希便认准了,让他很是无奈。

"多做一些好了。"阿衡吸吸鼻子,漾开微笑。

"给,他的饭盒。"少年也笑了,狡黠的意味,清泉一般的容颜,酒窝深深的,从背后拿出一个塑料饭盒,干脆利落早有预料的样子。

那饭盒,粉色的,印着戴着小花的小红帽猪仔,言希的风格。

阿衡叹气。

做饭时多添上言希的一份,又不算什么难事。思莞这么大惊小怪地跟她提起,估计是言希拉不下面子,同思莞商量了,绕着弯儿,想让她自个儿开口。

那少年,便是不通过思莞,直接同她说了,她又怎么会拒绝他?想必还是,言希觉得同她生分,不便开口,尤其是向一个女孩子讨吃的未免太丢人,便踢了思莞作了戏。

这人,未免太别扭了……

阿衡默,看了思莞,接过饭盒:"言希,想吃什么?"

"噢,阿希说他想吃红烧排骨、清炖排骨、冬瓜排骨、粉蒸排骨……"思莞不假思索,说完后,看到阿衡了然的无奈表情,觉得自己串通言希骗阿衡着实不厚道,脸红了。

"咳咳……"思莞飘忽着眼神,不自在地掩饰心虚。

"知道了,知道了……"红烧排骨、清炖排骨、冬瓜排骨、粉蒸排骨吗?她敢说言希告诉思莞之前肯定琢磨了很长时间。阿衡笑,轻轻无意识地点了点饭盒上小猪仔的鼻子。

"啊,对了阿衡,阿希在班中,你多督促他学习,他上课睡觉你多管着点儿。"思莞一本正经地开口。

"言希,为什么,要留级?"阿衡一直有疑问。

"哦,期末考试睡过了,没参加考试。"思莞表情无奈。

"你,和他,不是一班?"阿衡问他,她记得思莞和言希是同一班的学生。

"我们一直是同桌。"

"那为什么,不多多,看着他?"阿衡疑惑,既然有思莞在,言希有人照应,怎么还会做出这么离谱的事。

"我管他?我管他之前那少爷没把我折腾死就不错了。"思莞扬眉,一脸不可思议你怎么能让我干这种事的表情。

阿衡默默地瞅了思莞一眼。

哦,让我督促着言希、管着言希,敢情,我的面子比你大,脸比你白,言希就只折腾你不折腾我?没同胞爱的。

阿衡把粉色猪仔递给言希,那厮笑得灿烂,瞪大眼睛装得一无所知:"哟,温衡,你怎么也帮我做了一份。你这孩子,太客气了,唉唉,太客气了,真是的……"

随即,颠儿颠儿地打开饭盒,眨巴眨巴大眼睛,开始磨牙:"排骨呢?少爷我的红烧排骨、清炖排骨、冬瓜排骨以及粉蒸排骨呢?呀!肯定是思莞那个死孩子忘了说!"

阿衡佯装不知,默默吃着自己的饭,耳畔是言希的小声抱怨。男孩子嘀嘀咕咕的声音,是少年时期清爽的味道,直爽而微微拐着弯儿无意识的鼻音。

少年噘着嘴，拿勺子挖了一勺米，却看到了铺在软软白白的米饭下的，一块块粉蒸排骨。

随即，消音。

阿衡好心情地偷笑，恶作剧成功的愉悦。

"粉蒸排骨，阿希，我也想吃……"辛达夷觍着脸，抱着饭盒挤到言希身旁。

言希故意大声，黑黑亮亮的眸子含了一丝温暖："想吃排骨，得说句好听的听听。"

辛达夷直肠子，嚷嚷着："不就吃你一块排骨吗，小气劲儿！"

言希挑眉，用勺子挖了一块排骨，在辛达夷面前晃来晃去。

少年耙了耙乱发，口水泛滥，表情严肃："那啥，言希，我想吃排骨，很想吃，非常想吃！"

"然后呢？"言希问，眼睛却瞟向阿衡。

"我要吃排骨，谢谢。"辛达夷声音瓮瓮的。

"什么？我要吃排骨后面那一句是什么？"

"谢谢！"

"呀，声音太小了，听不到。"

"谢谢！！"

"听不到。"

"谢谢！！！"

"什么？"

辛达夷怒了："言希你丫耍我！"

"少爷我真的没听到！"言希掏掏耳朵，对着前面座位平淡一笑，温柔而促狭，"温衡，你听到了吗？"

阿衡转身,笑得无奈:"听到了,听到了。"

谢谢。

知道了。

Chapter 20
## 既非月老空笑谈

温父在家待了一个月。他是一个极疼爱孩子的父亲，虽然性格中最多的是军人的粗犷，但对一帮小孩却出了奇的耐心温柔。早晨，他偶尔会去鸟市转转，傍晚领着女儿上茶馆子里喝喝茶，同老朋友聚聚。

说起来巧得很，有一次喝茶时竟见到了傅警官。

傅警官一见阿衡就乐了："国子，这是你家丫头？"

温父笑了，点头说是。

"嘿，这就对上号了。我说这孩子怎么一股傻劲儿呢，原来随你。"

温父挺奇怪："你见过我家丫头？"

"见过。一个小姑娘，哥哥们在前面打着架，她抱着医药箱颠儿颠儿地跟在后面。"傅警官朝阿衡挤挤眼。

温父疑惑地瞅着阿衡。

阿衡淡定："叔叔，你认错人了吧？"

傅警官实心眼，一拍大腿，说："我怎么能认错人呢？就是你这孩子，这么有特色！"

阿衡冒冷汗，坐直身子，不敢看温父："你，认错了，我不认识，你哇，叔叔……"

## Chapter 20　既非月老空笑谈

温父心中明白了几分，不吭气。

傅警官急了："就你！话说得磕磕巴巴的，我哪能认错！"

阿衡吸鼻子，不服气："谁磕巴啦……我没磕巴……"

"对了，我记得，有一个叫什么什么言希的，不是还受了伤？"傅警官记性颇佳。

阿衡摇头，迷茫着小脸装无赖："叔叔你说什么，我听不懂，听不懂呀。"

俺是乌水人，乡下孩子听不懂京城人说话……

"小希腿上的伤好了没？"温父轻飘飘地下套。

"不是腿，是肩膀呀！"阿衡条件反射。

"你看你看，我就说是你，你还不承认……"傅警官指着小姑娘。

阿衡默。

温父意味深长地看了阿衡一眼，转向傅警官："老傅，他们几个当时战况如何？"

傅警官笑，眉飞色舞："这几个孩子还真是牛，就仨，挑了人一群……"

"傅叔叔，给你糖葫芦吃！"阿衡一声吼打断对方的话，僵着胳膊把刚买的糖葫芦戳到傅警官面前。

傅警官愣了，随即摆摆手："谢谢哈，叔叔不吃甜的。国子我跟你说，我当时去的时候正惊险……"

噼里啪啦，噼里啪啦。

温父面无表情，只是频频点头。

阿衡舔着糖葫芦，眼睛瞪着傅警官，心中小声嘟囔："这叔叔，太坏了，太坏了！"

当天喝完下午茶，一路上，温父走路姿势那叫一个标准，就差没在街上踢正步了。阿衡夹着尾巴跟在后面,灰溜溜的。

到家时,温父特温柔慈爱地对阿衡说:"去,把你哥喊下来……"

"爸,能不喊吗?"阿衡严肃地小声问。

"你说呢?"益发和蔼的表情。

"哦。"

阿衡站在楼梯口,用手鼓成小喇叭:"思莞思莞,下来……"那声音,带着这孩子特有的软软糯糯的腔调,十分之温和,十分之……有气无力。

半晌,没反应。

"爸,你看你看,思莞不在。"阿衡微笑,表情特诚恳。

温父宛若圣父:"是吗?"

转了身,怒吼一声:"温思莞,给老子立马滚下来!一,二,三!"

这厢,少年穿着睡衣,不斯文地咣咣踩着拖鞋跑了下来,站成军姿:"到,到!"

阿衡呆,很是佩服思莞的速度,想必是练出来了。

"说!你做了什么错事!"温父在外面憋了一肚子的火这会儿喷了出来。

思莞吓了一跳,讪讪开口:"没干什么呀。"

"嗯?"

思莞冒了冷汗,悄悄地瞄阿衡。

阿衡望天。

"你又跟着小希、达夷惹祸了是不是?"温父冷哼。

"没有呀。"思莞死鸭子嘴硬,装得淡定。

"别装傻,老子生的,知道你什么德行!"

思莞急了,觉得裹不住了,清亮的眼睛瞪着阿衡:"阿衡我不让你说的,你怎么告大人了?"

阿衡委屈："不是我，那天那个警察，认识爸爸……"

思莞哆嗦了，怎么这么巧……

"温思莞，你还有脸怪妹妹！你们几个浑小子打架被人抓到派出所，这么丢人也就算了，你妹妹一个姑娘家，你让她掺和爷们儿的事儿干吗！"温父拍巴掌。

"爸，我也能，爷们儿！"阿衡插嘴。

温父转眼对着女儿，表情严肃："乖，咱好好的姑娘家，不变态哈！"

"哦。"阿衡点点头，想想也是。

"我没让她去，是她非跟去的。"思莞也委屈。

她一个大活人，长着腿，不声不响的，他忙着掐架，哪里顾得过来。

"你还有理了！"温父恼了，瞪大眼睛。

思莞扁嘴，不吭声了。

"越学越回去了，你小时候怎么教你的？不让你跟人打架，话都当西北风吹了是吧？"

"别人欺负阿希，我和达夷总不能看着他受欺负不是！"思莞是个热血的好孩子。

"你别跟我贫，小希那孩子从小就是祸头子！你们一块儿长大的，他惹事儿不是一天两天，你俩除了跟在他屁股后面瞎起哄，还干过什么正事儿了！言希受欺负？他不欺负旁的人都算人烧高香了！"温父唾沫乱飞，不骂不平气。

"反正别人欺负言希就是不行！"思莞横了心。

"温思莞，再犟嘴，信不信我抽你！"

思莞大义凛然，觉得自己算是为言希大无畏了一回："我不怕！"

温父气得直哆嗦，压了口气，指着阿衡："闺女，你先回屋，一会儿不管听见什么声儿都别出来！"

"爸，爸，思莞，他不是故意，惹你生气！"阿衡抓住父亲的衣角。

"他不是故意，是有意的！你哥这人，不管着点儿，上脸！你别理，回屋去！"温父拍拍阿衡的肩把她推到一旁，抡圆了巴掌就要往少年背上招呼。

阿衡一看，急了，脑子一热，指着天花板："爸，你看，飞碟！"

世界一片安静。

温父愣了。

思莞本来眼圈都红了，被阿衡一句话说的，眼泪转来转去，就是流不下来。

三秒后，开始爆笑。

温母下班回到家时，看到的就是一幕傻气得可爱的场景：女儿呵呵乐着；丈夫笑得前仰后合，大手揉着女儿的头发；儿子则是穿着睡衣直接滚到了地上，侧脸的酒窝快要溢了酒。

"笑什么呢？"温母摸不着头脑，但觉得眼前的场景着实温馨。

思莞在地板上抬头，望见妈妈更加乐了，笑得上气不接下气："妈……妈……快看快看……"

"什么？"温妈妈想要把少年从地板上拉起来。

"天上有阿衡的飞碟！"思莞抓着妈妈的手，却笑得使不上力。

"思莞，你太坏了太坏了，我救你，才说的！"阿衡脸红了，觉得在妈妈面前丢了面子，不好意思地看着母亲。

温妈妈怔了怔，望着阿衡，望见了她同自己宛若照镜子一般的眉眼，心中生出一种奇怪的感觉。这感觉，似乎从前便有，但一直被压抑着，直至此刻再无法克制，奔涌而出。

"妈，你怎么哭了？"思莞站了起来，睁大了眼。

温父却明了了，温软了眉眼，叹了气走到妻子的面前，把她揽入了怀中："蕴宜，你看你看，阿衡的飞碟来了，把我们的女儿带回来了，你还哭什么？多像一个傻孩子……"

那泪水，晶莹的，缓缓滴落，温柔的，属于妈妈的，眼泪。

阿衡望着妈妈，呆呆地望着，眼泪像是旷日持久，从心底攀爬，直至眼眶。

她无法汲取到世间美丽的光芒，因为这眼泪太过滚烫，因为她把所有的爱一瞬间聚集在了眼中。而这爱，涌动着，有了昭示之名，昂首而骄傲，洗却了悲悯，变得无瑕……

阿衡知道，这一刻，她才缓缓微弱而艰辛地扎根在了不属于她的土地上。这土地，容纳了她，逐渐融入她的血液，成为她的，爱她的，珍爱她的……

于是，终至哽咽。

温父只有一个月的年假，休完了，应上头的命令匆匆返回了军部。临行前叮嘱了阿衡："我们阿衡，多淳朴善良的一个孩子呀，可不能跟着这帮死小子学坏，知道不？"

他身为一个希望自己的女儿贤良淑德十八般武艺样样精通的父亲，这些担心，是绝对有必要的。嘴上说是"这帮死小子"，话在心中，其实只有一个，便是言希。

言希是一个有魔力的孩子，总是让生活充满变数。他无意把可心疼爱的那个少年妖魔化，可是，他总是走了极端却把事情做得无可指摘，做长辈的完全插不上手。他成长的轨迹总是按着自己的方向，让人猜不透将来和结局，完完全全的一团雾。

他的一片私心，自是希望女儿一生安然无忧，平安喜乐，最好是做个小女儿姿态到地老天荒。

为此,便是父辈有了个约定,他也是不愿让阿衡和言希凑在一起的。

如果可以,等阿衡大了,他想要依着自己的心意,为女儿寻一个更加安全幸福的归宿。

这归宿,自不会是言希。

他笑眯眯地逗女儿:"阿衡,喜欢什么样的男孩子呢?"

阿衡歪着头同父亲开玩笑,憨态十足:"有屋可栖身,不嫌阿衡丑。"

温爸囧了,这样的男人,好像,不难找……

于是,之后的很长一段时间,他遵从女儿心愿,稳坐钓鱼台钓金龟婿,钓了许久。

说起来,都是一把辛酸泪。

他盘算得妥帖,想着为亲生女儿铺一条康庄大道,却不曾料到,这个尘世,有一个词推翻了他所有的打算,便是:命运。

你说,若是命运未有纠葛,言希和阿衡,固守着两个极端,凭什么那年那月那日会相遇……

温爸爸看着言希看得了然,战战兢兢地觉得这少年是异数,却不知,一场笑谈,一厢情愿,他的女儿恰恰也成了言希生命中的异数。

他看透了言希,却忽略了,对自己的女儿,应该持着怎样的看待……

有些事,预见到,是一回事。

若是,想要阻止,又是另外一回事。

更何况,相遇了的,又怎知是注定钟情的。

正如,钟情的,又未必是有福分相守的。

如此费心,多了什么,少了什么。

Chapter 21

## 高调着游移孤单

　　自从知道阿衡是思莞的亲妹妹，班中的女孩子们反倒开始不好意思了，碰面了会打个招呼问个好，含含糊糊遮遮掩掩的。阿衡心底却是松了一口气。

　　"这姑娘又傻笑，您高兴什么呢？"辛达夷抓抓头顶的黑发。

　　"钱敏敏和我，打招呼了。"阿衡弯了眉毛。

　　钱敏敏就是那个和她结梁子的姑娘。

　　"傻样儿！"辛达夷笑。

　　"你们俩别没事闲嗑牙了行不行？帮少爷我把这堆东西处理掉！赶紧的！"言希在旁边晃着一沓作业本吼开了。

　　"言美人儿，您老貌似是从高二晃回来的，不要告诉我这么简单的东西您不会。"辛达夷阳光灿烂，终于逮住机会吐槽言希。

　　"本少不是不会，是懒得写。喊，你们这帮小土豆是不会了解我的。"

　　"谁小土豆呀？言希你别仗着自己多吃几天饭就嘚瑟了你！"

　　"少爷我会啃排骨的时候，你丫还没长牙呢！"言希打了个哈欠，他昨夜熬夜打游戏了。

　　阿衡翻了翻言希的作业本，苦笑，有些头疼，他到底攒了多久的作业没写了。

"达夷,你物理化学,我政治历史。"阿衡拿起一叠作业中的四本,分摊了两本,递给了辛达夷。

"我们为毛要替他写作业!"

"你们为毛不帮我写语数外!"

两个人一起跳脚。

"你们,说什么,我听不懂。"阿衡微笑,乌眸一片温柔波光。

"温衡你丫怎么一到关键时候就卡带?"辛达夷急了。

"呀!本少刚刚说的明明是地球话,温衡你怎么听不懂!"言希瞥眼。

"敢情你丫还会说其他星球话?"辛达夷听言希的话说得忒别扭。

"噢,我塔玛玛星的,来你们地球考察。"言希露齿一笑,晃花人眼。

"他妈妈星是什么星,好吃不好吃!"

阿衡不动声色地闷笑,看吧看吧,她就说,不到两秒钟这两人就偏题了。

"上课了上课了!辛达夷,你怎么这么多话!"班主任郭女士走进班,敲了敲黑板擦。

"言希还说了呢!"辛达夷不乐意了。

郭女士选择性耳聋,只当没听到,开始讲课。

言希皮笑肉不笑,长腿使劲儿在桌子底下踹了辛达夷一脚。

辛达夷嗷嗷嗷:"早知道,老子就不专门换位儿和你丫一桌儿了!"

"本少还不乐意跟你同桌呢,显得我跟你一个水准!"言希修长白皙的指轻敲下巴,懒散的样子。

阿衡转头看着两个人,歪头笑了,牙齿整整齐齐的,米粒一般,好看而温柔。

"看戏要收钱!"言希笑,伸出漂亮干净的手,一根根的指,白皙若玉,指节削薄。

## Chapter 21　高调着游移孤单

"说什么，听不懂……"阿衡边摇头边转身，慢慢悠悠的。

"又装傻。"言希望着阿衡的背清淡开口，可是语气却带了熟知和戏谑。

"你们很熟吗？"辛达夷嘀咕。

言希但笑不语。

不多不少，刚巧知道。

不深不浅，恰是相识。


阿衡叫思莞吃晚饭时他正在赶作业，再看，竟是高一的英语。

"言希的？"阿衡皱了眉。

"嗯。硬塞给我的，让我今儿写完。"思莞奋笔疾书。

阿衡却伸手，把作业本从桌上抽了出来。

"不行。"她摇了摇头，眉眼微微地收敛，澄净的山水起了雾。

"嗯？"思莞抬头，不明所以。

"不能这么，惯着他。"

思莞迟疑："这是言希吩咐的……"

"交给我吧。"阿衡温和一笑，声音糯糯软软的。

吃过晚饭，阿衡携着作业本串门串到了言家。

言爷爷有饭局不在家，她同李警卫打过招呼，便上了楼。敲了门，言希看到她时，明显是一脸诧异。

"进来吧。"言希微微颔首，平淡地让开。

阿衡本来有些尴尬，低着头却看到了少年穿着的粉色猪头拖鞋，紧张的心情一瞬间跑到爪哇。

她走了进去，却满头冷汗。

满眼的粉色。粉色的墙，粉色的窗帘，粉色的书架，粉色的桌子，大大的穿衣镜，满地乱扔的粉色衣服，满墙的涂鸦，简笔的 Q 版小人，吓死人的格调。

阿衡被粉色绕得眼花，揉揉眼睛，把作业本递给了言希。

言希挑眉："我记得我已经交给思莞处理了。"

"自己做。"阿衡微笑。

"没空。"言希淡淡开口，拾起木质地板上的手柄，盘坐在地板上继续玩游戏。

"自己做。"阿衡重复，温柔的语气却带了坚持。

"哦，你放床上吧，等我想起来再说。"少年可有可无地点了头，眸子晶莹剔透，却专注前方，电视屏幕上的小人儿战况激烈，只是，语气已经有了不悦。

"什么时候，想起？"阿衡继续微笑。

"不知道。"言希彻底冷了脸。

"哦。"阿衡点了头，默默坐在了一旁，掏出笔开始写她之前承诺的政治历史。

少年的拇指敲击着手柄，隐约的凌厉和尖锐。他不动声色，目光未移半寸，只当阿衡不存在。

阿衡笑，温和地看着少年的背。

这个少年穿着棉质的T恤，妥帖而干净，黑发茸软，顶尖轻轻地翘起一绺，随着空气细小的波动飘荡着，敏感而稚气。他试图把她当作空气，试图把与她之间微妙的暗涌当作一种征服，试图桀骜着高调着胜利。

阿衡都知道，这是言希与人相处的模式。他竖起了刺，预备不战而将她折服。

她想，言希此刻并没有把她看作一个需要男士绅士风度的女子，而是一个因为荒谬的理由侵入自己领地的敌人，不分性别，只需要驱逐。

可是，这样的对待，却让她感到真实。

这一刻，才是言希真正的样子，不是温柔不是讨巧，不是调皮不是刻意，不是敷衍不是高傲，不是平淡不是凉薄。那些仅仅只是在特定的场合，对着特定的人做出的特定的言希的不完全的模样。但，仅仅窥伺到一角，却益发显得支离破碎。

她倒算有幸，在这一节点，看到了完整的言希。

阿衡抬手看了看腕表，七点半，埋头继续写题。

只是，屏幕上，小人死的次数逐渐频繁起来。

又过了许久，一声巨响。

阿衡抬眼，言希冷冷地瞪着她，墙角，是一个被摔得出了裂痕的黑色手柄。

"你预备待到什么时候？"他问她，黑眸深处，镜子一般的光滑而无法穿透。

"你想起了？"阿衡笑，伸手把语数外的作业本递了过去。

少年的眼角上挑，他的眼睛含着怒气，狠狠地瞪着她，良久。

阿衡的眸子温和地看着他，明净山水一般。她轻轻笑了："言希，写作业，有那么，辛苦吗？"

少年愣了，和缓了眉眼的坚冰，半晌，皮笑肉不笑："温衡，为了这么大点儿事，你值当吗？"

生气的是你，闹别扭的是你，摔东西的还是你。

阿衡叹气，觉得自己冤枉。

"知道了，我会写的，你走吧。"言希垂了头靠在床边，淡淡开口。

"哦。"阿衡点点头，起了身，膝盖有些麻。

她掩了房门，走下楼。

李警卫坐在阳台的摇椅上听着收音机，睡着了，微微的鼾声在安静空旷的客厅中很是清晰。

夕阳的影下，满室寂静，嘀嗒嘀嗒响着的，是挂钟走过的声音。

温家，虽然算不上人丁兴旺，却比这里温暖许多。阿衡如是想着，抬起头，又看到了墙上挂着的照片。一帧帧，绚烂勃发的色泽，抓拍的一瞬间，温暖得无以复加。

可是，美好留了下来，在寂静的空气中沾染了冰凉，有几分温暖，就有几分寂寞。

阿衡的心一瞬间像被猫爪子挠了一般，开始随着心跳作痛。

她想起了言希生病时讲的那些往事，那么虚弱的声音，那么嘲弄哀伤。

她想起言希捧着蛋糕递给她时的微笑，他对她说："温衡，云妈妈托我给你买的。她让我对你说'生日快乐'。"那语气，羡慕到嫉妒。

他害怕别人打破他所拥有的寂寞，因为，寂寞是很强大的盔甲，只有背负着强大的盔甲，才是完全强大的言希。

她从未曾料想自己竟能望见这少年到这般地步，可这一刻的福至心灵，实在超出她内心原本的迟钝木讷。

以前，望着言希，模糊时，是隐约的好奇和美感；现下，清晰了，却是惧怕和怜惜。

她惧怕，这怜惜会随着时间缓缓清晰，推进骨髓。

可望了那些照片许久许久，终究还是顿了脚步。

言希再次看到阿衡，也不过半个小时之后，他用美术体画完英语作业的时候。

"你没走？"他愣了，纤细的指缓缓转着笔。

"你饿吗？"阿衡不着边地反问，她的手中捧着一碗热气腾腾的面，扑鼻的香味。

"排骨面?"少年吸了口气,轻轻探头。

"厨房里,有排骨,有面,刚巧都有。所以,就做了。"阿衡有些不自在地解释。

所以,你要吃吗?

言希满脸狐疑,大眼睛澄净而戒备:"啊,我知道了,你肯定下毒了!"

"嗯,下毒了。你不吃,我喂卤肉饭。"阿衡微笑,走到窗前。

小鹦鹉正在懒懒地晒月亮,看到她,噌噌扑棱起翅膀,绕着碗转呀转,小眼睛亮晶晶的,边转边叫:"卤肉卤肉!"

言希笑:"怎么这么小心眼,不就撵了你吗?"随即,弹了小鸟儿的脑壳儿。小东西绕得太快,惯性使然,吧唧,撞到了窗户上。

他抢过她手中的碗,手背微微抵唇,黑黑亮亮的眼睛,笑意天真浓烈了几分。黑乎乎的脑袋埋进了细瓷碗中,他吃得香甜,让阿衡想起了少年饭盒上俏生生的小猪仔。

趁着言希吃东西的时候,阿衡从角落里拾起了游戏手柄,盘坐在地板上,拿着螺丝刀,专注起手上的工作,敲敲打打。

"你在干什么?"言希吸溜吸溜。

"哦,这个,修一修。"阿衡并未抬头,轻轻转着螺丝刀。

"你会吗?"继续吸溜吸溜。

"试一试吧。"阿衡呵呵笑。

"试坏了,你赔不?"少年问得理直气壮。

"已经坏了。"阿衡微笑,提醒他。

"要不是你,我会摔吗?这个手柄,可是少爷我千辛万苦才从大姨妈家抢回来的。"少年慷慨陈词。

"已经，修好了。"阿衡微笑，抿了薄唇，上紧螺丝，轻轻把手柄递给少年。

言希接过晃了晃，没有松动的杂音，知是修好了，想起了什么，煞有介事地把手柄贴在耳边倾听着，专注的模样。

"你，听什么？"阿衡好奇。

言希笑，眯了黑亮的眸，感叹许久，带着老爷爷夕阳无限好的憧憬："很久很久，很久很久以前，真的很久了，传说，每一个游戏手柄中都住着一个大神。玩家如果每天和他聊聊天，他就会带领我们走向游戏的胜利。"

阿衡呆呆："神仙，真的有？"

蓦地，有些凉的游戏手柄轻轻覆在她的额上，阿衡抬头。

"是呀是呀，他跟我告状，说你刚才动作很粗鲁呢，他很讨厌你。"

阿衡吸吸鼻子，顺手抓住贴在额上的手柄，委屈："没有，没有粗鲁。"

"有，你有！"言希斜眼，"大神说，你不但敲他了，还拧他了。他会向你报复的。"

"他会怎么，报复？"心虚。

"哦，也就派个小鬼半夜出现在你的床边，给你讲鬼故事，什么农村老尸、半夜凶灵、咒怨、画皮吃人，吸血鬼掐架，中外合璧通贯古今应有尽有……"他比手画脚，唾沫乱飞。

阿衡半信半疑，小声问："大神，是中国的，还是，外国的？"

言希本来食指摩挲着下巴，听到阿衡的话搲着抱枕笑开了："本来以为你平日揣着明白装傻，看来，本少高估你了。"

明明就是个揣着傻装明白的小孩子。

Chapter 22

## 有女倾城名肉丝

班里来了转学生,从维也纳归来的华侨。

阿衡看着讲台上的高挑少女几乎看了迷。她从来没有见过这么漂亮的女孩子。她描述不来这女孩的长相,只是望着她,极其无厘头地想起了吸铁石。

阿衡看了看大家的眼神,便知他们同她一般当了小铁钉,啾地被吸在这块石上。

可是,比起看到言希,她觉得似乎又少了点儿什么。

"我是陈倦,刚从维也纳回来,大家喊我 Rosemary 吧。"这女孩启唇一笑,眉眼像极了玫瑰,娇媚而暗生高贵。

肉丝美丽……

阿衡微汗,下意识转了眼睛。不出所料,后面的两个少年正两眼冒红心。

"美人啊美人,嗷嗷,美人……"

"肉丝,嘿嘿,肉丝,嘿嘿……"

阿衡嘴角抽动,再抬眼,竟看到那少女站在眼前,颈上系着玫瑰色的丝巾,鲜明而炫目,打了蝴蝶结,微垂肩头。

"我可以坐在这里吗？"微笑，唇的弧度调了艳色。

阿衡点头，愣愣地看着她，这女孩长得真高。阿衡目测，少女约有一米八的个头，两条腿又直又长，标准的模特身材。

Mary秀秀气气地坐在座位上开了口，声音有些沙哑低沉，但很是好听："你的名字？"

"温衡。"阿衡微微一笑。

"Gentle and forever？"Mary眼波流转，浓得化不开的风情。

温柔和恒远？阿衡愣。

"双人旁，不是竖心旁。"衡非恒。

Mary皱眉，不好意思地开口："抱歉，我的中文口语还好，但是写字就不行了。"

阿衡"哦"，点点头，认真地在课桌上用指写了一个"衡"字，一笔一画，清晰工整。

"很难。"Mary摇摇头，蒙怔的眼神。

"没关系，慢慢学。"阿衡温和一笑，善意地望着这少女。

言希偷笑："温衡，你的京片儿要慢慢爬到猴年马月才能学会？"

"不是乌龟，不爬！"阿衡吸鼻子。

这厢，辛达夷顺顺毛，嘚瑟地凑了过来："Mary，你好，我是辛达夷，也有个英文名儿，叫Eve。"

言希、阿衡齐刷刷汗："你什么时候有英文名儿了？"

"老子刚取的，不行啊？"辛达夷对着陈倦诡笑，"我是除夕出生的，所以叫Eve。"

阿衡打了个寒战。

"你个不要脸的，忒不要脸了！"言希猛捶辛达夷，边笑边骂，"要是明儿来个日本姑娘，你是不是还预备取个日本名儿'大姨妈子'？"

陈倦笑得玫瑰朵朵开："Eve，很有趣的名字。"

"嘿嘿。"辛达夷唰地脸红了，含羞带怯地躲到言希身后，只露了一个黑黑硬硬的脑壳子。

"你是？"陈倦望向言希，神色有些捉摸不定。

"言希。"

"言希？"

"言希的言，言希的希。"言希挑眉，音色纯净而干脆。

他是言希，自是不会如温衡一般在桌上轻轻写下自己的名字好教别人记得。

人的缘分所至，当记得自然会记得，记不得也就罢了。

一个名字，而已。

"你是女的？"陈倦问，很是坦诚。

言希淡薄了脸色。

阿衡温和回了口："言希，男孩子。"认真笃定的神情，她像是在说这世界上最了不起的真理。

而那花一般的少年本来冷了几分的颜色淡淡回了暖，不再理会Mary，回眸，同辛达夷有一搭没一搭地岔了话。

Mary的面色变得很微妙，眉眼有了细微的不易分辨的怒色，转眼，却是玫瑰带了露水的娇艳坦率。

阿衡皱眉，揉揉眼，以为自己眼花了。

放学时，她同言希、达夷一起回家，路上却遇到思莞和Mary。

"思莞，你认识Mary？"辛达夷叫唤。

"啊？……啊。"思莞却有些不对劲，敷衍地回答。

"真的真的？"辛达夷兴奋了。

"真的。"Mary笑，"我和温思莞在网上认识的，一直聊得很对脾气。

刚巧回国上学就同思莞见了面,没想到是一个学校的师兄,巧得很。"

辛达夷猛拍大腿笑得嘴要歪。真巧,巧得好!

"思莞是我发小儿,我和他感情好着呢。"辛达夷驾着风火轮儿飞到思莞面前,勾肩搭背,一副你看你看我们有多如胶似漆的模样。

思莞抖了抖身上的鸡皮疙瘩。

Mary 的指微微撩了眼角,凤羽一般的线条:"我起初把言希同学认成了女孩子,很过意不去。"

言希抬了头,不甚在意地开口:"不差你一个。"

Mary 笑:"幸亏你不是女孩儿。"

"言希要是成了女的,绝对嫁不出去!下半辈子摊到我和思莞身上,我们俩勒紧裤腰带也不够这小丫折腾的!"辛达夷觉得这种假设是个吓死人的噩梦。

思莞点头,深以为然。

言希冷笑:"我要是女人,你们也不瞅瞅自个儿歪瓜裂枣的配不配得上老子!"

思莞、达夷尚未有反应,阿衡倒是先脸红了。

思莞、达夷长得这般好看,还配不上言希,那她这种的,前景看来堪忧得很……

"言希你丫能不自恋吗?"辛达夷反应过来,受刺激了,"谁歪瓜裂枣了?老子的长相,正宗的偶像派!"

"非洲的偶像派?"言希嗤笑。

"你种族歧视!"辛达夷怒。

"言希,主说,他的孩子,都是天使,不分肤色。"思莞一张俊俏的小脸儿特诚恳。

言希的眸子黑黑亮亮,水色明灿:"思莞,你的主有没有告诉你,他有一个天使孩子出生时,没有长翅膀?"

"没听说。"思莞怔怔,"为什么?"

言希白皙的指轻佻地勾起辛达夷的下巴,坏笑:"长得太白了,分不清翅膀在哪儿了呗!"

辛达夷傻了,半天才哆哆嗦嗦地咬牙:"言希,你丫说话不带这么毒的!"

言希大大一笑,孩子气的天真:"我们大姨妈多白一孩子呀,哎哟哟,你瞅这张大脸白得跟拍了饺子面似的,怎么是非洲的?我刚才说错话了,不好意思哈兄弟。"

"言希,我跟你拼了!"辛达夷涕泪横流,一张古铜色看不出一丝儿白的棱角分明英气的脸涨得红紫,撸了袖子,支棱着脑袋朝言希冲了过去。

"Mary 同学,让你看笑话了哈,我的发小儿不太懂事儿,真过意不去。"言希瞥了眼扎猛子过来的少年,凉凉开口,"发小"二字咬得极重。

辛达夷急刹车,抬头看到 Mary,扭曲地对着 Mary 咧嘴:"是啊是啊,我们发小儿感情特好,从不掐架。"

"哟,Eve,怎么了孩子,这笑的跟哭的似的?"言希眨眨眼,拍着少年的肩,关切至极。

阿衡站在一旁,同情起达夷,心中暗道言希实在太坏了太坏了,不过脸上憋笑憋得辛苦。

Mary 笑得前仰后合,极是坦诚,倒是没有丝毫与不相熟的人交往的拘谨。

听到 Mary 笑,辛达夷含着两泡泪,两眼睛跟皮卡丘的十万伏特灯泡子似的可劲儿瞪着言希。

言希好心情地背着书包向前走,像是什么都没有发生过。

思莞有意识地靠近阿衡,轻声问她,用只有两个人能听到的音量:

"言希跟 Mary 今天相处得怎么样？"

阿衡有些迷糊："夸她美人，没说两句话。"

思莞这厢舒了一口气。

"怎么了？"阿衡好奇。

思莞犹疑，顿了顿："你不知道，言希从小就有个毛病，见不得旁的人比他长得好看，我怕他为难陈倦。"

阿衡温和地看着思莞，抿抿薄唇，笑了笑，不作声。

Mary 住的地方离学校很近，她父母未一同回国，只她一个人住一套公寓，地方空余得很，所以邀思莞他们到家中做客。但终究不算熟，一众人和她客套了几句也就分别了。

"言希，你下次能不能在陈倦面前给老子一个面子？"走了几步，辛达夷憋不住了，朝着言希的方向开了口。

言希止了步，回头，迷茫地看着辛达夷："本少什么时候没给你面子了？"

"你丫刚刚在 Mary 面前把我说得一无是处，让老子怎么在她面前做人？"辛达夷有些难为情。

"这话我听不懂了，什么叫在她面前做人？怎么，以前没她的时候，你还不做人了？"言希平淡地开口。

"言希，你丫别跟我贫，你人又不傻，我说的什么意思你还能不懂吗？"辛达夷急了。

阿衡诧异，她倒少见辛达夷跟言希较真儿。这少年一向大大咧咧，言希的什么挖苦话都未曾放到心上，今天这般模样倒是少见。

言希扑哧笑了，叹口气，摆摆手："成成成，我知道了，不就是想追人姑娘吗，瞅你那点儿出息！"

思莞来来往往听了半天才听出话头，脱口而出："不行！"

"什么不行？"言希歪头。

"达夷、Mary 这事儿不行！"思莞皱了眉。

辛达夷傻了："凭什么你丫说不行呀，言希都同意了的！"

"反正就是不行！"思莞咬着字，心中烦躁。

"你是不是也喜欢 Mary？"辛达夷揉了揉脑袋。

辛达夷对陈倦算得上一见钟情，很奇怪的感觉，好像刚刚吃完两大碗米饭，有什么说不清的东西装了满怀。

打小儿，大院儿里就是男孩子居多，除了尔尔和班上的女同学，他从没接触过其他的异性。那些女同学他都是当兄弟看的，而思尔也是当着自家妹妹疼的。这样铁树开花，腊月萝卜动心的冲动，这辈子算起来是第一次。

可是，要是自个儿的兄弟喜欢上自己一见钟情的女人，这就是说不出的怪异了。

"当然不是！"显然事实不是这样，思莞回答得异常流畅，异常激动。

"那是为什么？"言希愣了，淡淡看着思莞。

思莞张了张口，半天，垮了俊脸，斟酌着措辞："Mary 的个头儿有一米八，比阿衡还高，而达夷才一米七九，你们不觉得不配吗？"

阿衡脸色又红了红，身为女孩子，她的个子一百七十三厘米是高了些，这样高，她小时候便发愁自己嫁不出去。

后来想了想，要是真嫁不出去没人养，她就学古代的文人靠笔墨赚钱。但是，如此宏伟的生存计划，自打遇到言希的字画便再也不敢露头。

现下，陈倦长得比她还高，还真是挺愁人的。

辛达夷觉得伤了男子气概，瞪着思莞，吼了："老子才十七，还长个子的好吧！"

"陈倦今年才十五，人家就不长了？"思莞白了愣头青一眼。

"她才，十五？"阿衡惊讶。

"嗯，陈倦年纪不大，是个特招生，小提琴在国际上拿过大奖。"思莞一句话含混带过。

言希已经向前走了很远，夕阳的胡同下，这橘色的余光横冲直撞，在少年身上，却美丽温暖起来。

辛达夷听到思莞的话，眼睛亮了起来，拉住思莞问个不停。

阿衡只是点了点头，眼睛一直望着前方，不自觉地跨大了步子，慢慢走向言希。

"温衡，明天吃红烧排骨吧，我想吃红烧小排了。"少年不回头，却打着哈欠开了口。

"好。"

呵呵。

"温衡，你加入排骨教吧。"

"十六罗刹？"四大金刚、八大罗汉都有了，轮到她身上，还剩什么？

"做本教主的掌厨大勺吧。"

"不是，掌勺大厨？"

"到了我这里，就叫大勺。大勺？温大勺？嗯？嗯嗯？"

温衡："……"

阿衡觉得，自己像是重新认识了辛达夷。

一向大嗓门儿，不吼不张嘴的辛达夷，开始学会压嗓门儿了……

从来不整头发，任由野草疯长的辛达夷，开始打摩丝梳狼奔了……

一向吃饭时连肉骨头都能啃没的辛达夷，开始小口吃饭，喝汤时拿着手帕擦油嘴了……

从来不爱上音乐课，见了音乐老师会偷偷在门缝后吐口水的辛达夷，

## Chapter 22　有女倾城名肉丝

开始黄河大合唱了……

"大姨妈,你再号信不信老子灭了你!"言希拿着心爱的粉色猪仔饭盒狂砸辛达夷。

"风在吼,马在叫,黄河在咆哮,黄河在咆哮,啊啊啊噢噢噢喔喔喔……哎哟哎哟,疼死了,言希你不要以为老子不敢回手……阿衡,别站那边儿傻笑,帮我挡挡……"

"哦。"

阿衡点点头,从饭盒里夹出一块金灿灿的排骨,戳到言希面前。

少年松了手,咬了排骨,回过头,辛达夷已经溜到一边。

"兄弟,大恩不言谢!"辛达夷噙着泪朝阿衡拱手道谢。

"壮士,言重了!"阿衡肃穆回礼。

言希这厢刚吐了骨头,正欲开口,阿衡又伸过来一块排骨,话咽回肚子。

一饭盒炸排骨进了肚,言希腆着肚子,眯着眼,死盯着辛达夷。

"大姨妈,别说我不在那谁面前给你面子,下次你丫再敢毒老子的耳朵,试试看哈!"

"你唱歌的时候老子也没嫌弃过你来着……"辛达夷昂头。

"本少唱歌这么动听你嫌弃毛!"言希瞪大眼,不可思议的表情。

阿衡流了冷汗,她想起了言希唱国歌,跑调跑得山路十八弯的壮观情形。

皇城人脸皮都这么厚吗?这教她这半个皇城人都好生脸红。

"言希同学唱歌很好听?"Mary转头笑看两个人,"Eve音质挺不错,只不过练得少。"

言希点头,表情自若。

"嘿嘿。"辛达夷害羞了,庞大健硕的身躯往言希的小身板后使劲缩。

言希一巴掌拍过去:"你脸红什么!是男人不是?"

辛达夷望着言希,暗示的表情,十分哀怨。

"那啥,我们 Eve 音乐细胞可旺盛了,幼儿园我们几个组团时他还是主唱呢!肉丝美丽同学您不是学音乐的吗,可以和我们 Eve 多交流交流,说不定能培养出来一个迈克尔大姨妈呢,您说是不?"

言希抖抖鸡皮疙瘩,看着 Mary,一串话下来不带打结的。

Mary 愣了愣,片刻,点点头,挟着玫瑰一般冶艳的笑,清晰晕开。

当真是,一笑倾城。

辛达夷忽闪着眼睛,悄悄偷看 Mary,脸更红。

Mary 望着辛达夷,觉得这虎背熊腰的少年学着小女儿姿态,倒是有着说不出的趣致,笑意更深,凤尾一般的眼角撩得媚人。

"言希同学,我听思莞说你钢琴弹得很好,有空可以同我的小提琴合合音,切磋切磋。"Mary 轻轻伸出拇指,撩了撩眼角。

阿衡发觉,Mary 一般在思考时都会有这个小动作。

"呵,有机会再说吧。"言希把黑乎乎的脑袋轻轻埋在环起的双臂中,可有可无地开口。

Mary 不介意地转了头。

仅一眼,阿衡却觉得自己从她眼中看到了轻蔑。她把目光重新投向言希,望见那少年细细软软的黑发,安了心,面容安定,温和笑开。

这是一抹明净山水的温暖,与之前若有似无的轻蔑,冰火两岸,天差地别。

言希便是言希,不差几分的冷待,更不差许多的周全。

他是此人,站在此处,不动不怒,就已足够。

## Chapter 23
## 不咩茅台咩牛奶

阳光明媚油菜花香的春天，彪悍的辛达夷同学华丽丽地过敏了，然后，在家做了留守儿童。

"Eve 同学过敏在家休息了？"肉丝同学轻问言希，明明关切备至的语气，眸中却闪过窃喜。

阿衡有些同情地看着 Mary，她知道这姑娘已经快忍到了极限。

辛达夷是一个一根肠子通到底的单纯小孩儿，这个，阿衡在很久之前就清楚无比。但是，单纯得过了头，是一件很恐怖的事。

当某人躲在言家美人身后，粉面含羞地偷看高海拔美女，从东方红到夕阳无限好……

当某人抢走温家姑娘饭盒中背着言美人私藏的几块油乎乎的排骨，诡笑着放到肉丝姑娘咕嘟了一夜的美容养颜芦荟清汤中……

当某人不再陪着言美人打联机游戏，开始整宿整宿地望着月亮伤春悲秋，第二天准时飘到肉丝姑娘面前含泪轻吟："Mary 你是不是想起了学校西门的烧饼？Mary 你是不是饿得慌？Mary 你要是饿得慌，给我 Eve 讲，Eve 我给你做面汤……"

当肉丝姑娘回家时，身后墙角总有一个一身黑衣蒙面的狼奔头不明物……

当肉丝姑娘故作优雅、故作忧郁、故作娇媚、故作深沉地微笑时，身旁总有一个流着哈喇子傻笑的精神失常的病人……

当肉丝姑娘踩着高跟鞋俯视众生时，低头总有一个哀怨地瞅着她眼泪汪汪的熊状大狗……

是可忍……奶奶的什么不能忍！

"那 Eve 同学，应该有一段时间不能来学校了吧？"Mary 试探地看着言希，嘴角快要挂到天上。

言希面皮不自觉地抽动了："他没说。"

"Mary 你在想我吗？嘿嘿。"

满教室的学生齐刷刷冒冷汗。

原本以为可以消停几天了……

大家睁大眼睛不情愿地望着门口，看到了，熊？像杂面馒头一般在蒸锅中发了两倍的脑袋，眼睛浮肿得只剩两条缝，曾经粗犷俊朗的面容，只有一头黑得发亮的乱发和标志性的咧嘴傻笑还依稀看得清。

虽然很不想承认，但这人确实是辛达夷。

"你丫怎么跑来了？"言希本来喝着水，看到这少年一口水喷了出来。

"嘿嘿，自己在家没劲得很，回来看看你们。同志们好，同志们辛苦了！"辛达夷领导般地挥了挥手，顺道对着 Mary，小眼努力聚了光，暗送了秋波。

Mary 打了个寒战。

"你那猪蹄儿都肿成酱猪蹄儿了，还敢在这儿瞎晃！赶紧的，给我滚回家，别让老子抽你！"言希瞪大水灵灵的眼睛，拿书掷向门框。

辛达夷缩了脑袋躲到一旁，讨好地看着言希："阿希，我就说一句话，就一句话，说完就走，成吗？"

## Chapter 23　不咩茅台咩牛奶

这语气,不似辛达夷平日的爷们儿调调,委实孩子气。

言希摆摆手,翻了白眼,心中很是无力。

辛达夷跑到 Mary 的课桌前,有些不好意思地揉了揉一头乱发,眯着眼,抬起猪头一般的脑袋小心翼翼地看着 Mary,傻笑着开了口:"我好像有点想你了,陈倦。"

他第一次珍而重之地念少女的中文名字,肿着的脸变得通红。

Mary 愣了。片刻,她淡淡微笑,映着如玉的颈上艳色的丝巾,玫瑰花一般地绽放,礼貌地颔首:"谢谢。"

语调不温不火。

辛达夷抓抓头发,低了头。

"那啥,言希、阿衡、Mary,同志们,我走了哈!"他傻笑着,肿着脸,一阵风似地冲出教室,依旧莽莽撞撞的样子。

阿衡却叹了气,她分明看到了少年转身时有些发红的眼睛。

达夷,应该是动了真感情。


吃完晚饭,阿衡、思莞、言希相约一起去了辛家探望达夷。

到了楼上的房间,辛达夷正穿着睡衣在床上晃着腿哼哼唧唧,身旁放着 walkman,小提琴的经典曲目,抑扬顿挫。

言希和思莞交换了眼神,两个人齐齐偷笑,蹑手蹑脚,趁着辛达夷兀自陶醉,抓起床头的被角,向前一扑,把少年整个儿捂进了被子。

"谁?谁偷袭老子?!"被子里的人挣扎得剧烈,四肢弹蹬。

阿衡偷笑。

"啊啊,我听到阿衡笑了……"被子里少年声音瓮瓮的,怪笑出来,"嘿嘿,言希、思莞,你们俩小心点儿,我要出来了!"

话音刚落,辛达夷一股蛮力,双手顶开了被子。一看到思莞、言希,一手勾住一个，傻笑着拿脑壳子去撞俩少年的头。

思莞揉脑袋，笑开满眼的阳光："生病了还这么大劲儿！"

言希细长的食指戳戳辛达夷肿着的脸："以前也就一烧饼，得，今儿成了锅拍！"

"正好，包饺子。"阿衡呵呵笑。

"阿衡，我发现你最近越来越坏！我生病了好吧，没同情心的小丫！"辛达夷飙泪。

阿衡温和地看着，笑眯眯地把手中的饭盒举起来，扬了扬，对着辛达夷笑出了八颗牙："达夷，煮了鸡汤，喝不喝？"

"老子是过敏又不是坐月子，喝什么鸡汤！"辛达夷昂头。

"配了苦参，排毒的。"阿衡解释。

苦参有治急性过敏排毒的效果。以前，在乌水时，阿爸教她识药时说过。

"阿衡炖了仨小时，我和言希还没喝上一口呢，你还挑……"思莞哀怨地望着眼前的少年。

"谁挑了！我喝，嘿嘿，我喝。阿衡煮饭我放心。"辛达夷挠挠头发，抱着饭盒坐在了桌前，拿勺子大口舀着喝。

"医生怎么说？"言希问。

"花粉过敏！"辛达夷回答得利落，埋着头，猛喝汤。

言希转转眸子，冷笑，环顾房间，仔细端详了许久，最后从床头柜角的隐秘处拖出一箱东西，辛达夷流了冷汗，想要冲过去，结果已经来不及——言希打开了箱子。

一袋袋牛奶。原本一满箱，现下只剩下小半箱，看样子被喝掉不少。

"你怎么说？"言希把箱子扔到了辛达夷面前，凉凉的音调。

辛达夷流冷汗："那啥，电视上常说，喝牛奶长个子。"

"达夷,我记得你喝牛奶可是过敏,小时候喝一次住一次医院,怎么,还没治改?"思莞脸色变得难看。

言希从小儿就喜欢没事儿把牛奶当水喝,辛达夷看了眼馋,明知道喝了过敏,可不让喝还偏就要喝。他一个人躲在角落里偷喝,结果,上吐下泻,全身发红发烫,在医院里哭得直抽抽。病好了,言希狠狠揍了他一顿,之后再没在他面前喝过牛奶。

"我开始喝的时候没事儿来着,谁知道这牛奶跟茅台一个毛病,喝起来后劲儿大……"辛达夷心虚,高嗓门儿低了八度。

"哟,照您的意思,老子现在就收购茅台瓶灌牛奶往里倒,不出一年,本少也能尝尝当款爷的滋味。"言希皮笑肉不笑。

"喊,就知道你个死孩子没说实话。你丫活这么大没花粉过敏过,怎么偏偏今年过敏了?骗老子也不会找个好点儿的理由,当本少跟你一样二百五呀?"

辛达夷理亏,耷拉着脑袋,不吭声。

"达夷,你到底,想什么?"阿衡觉得自己无法探知这少年脑袋的构造。

"没想什么。"辛达夷声音干巴巴的。

"就是想长高配得上人姑娘是吧?"言希没好气。

辛某人脸红了。

"达夷,你还琢磨着和陈倦的事儿呢?"思莞有些诧异。

他以为达夷也就看到漂亮姑娘,嘚瑟两天,新鲜劲儿过了也就算了。却万万没有想到,达夷认了真。

言希抽搐着嘴角,无力地瞅着思莞:"思莞,你不是和陈倦挺熟的吗,帮大姨妈说合说合吧。这孩子整天寻思着缺心眼儿的点子,看着闹心。"

思莞像是吃了苍蝇,半晌,僵硬着俊俏的脸开口:"我试试。"

辛达夷吃了定心丸，没两天，就精神抖擞地昂头回了学校。

B市高中篮球联赛初赛快开始了，思莞和辛达夷都是校队的，整天在篮球场上风尘仆仆的，在学校待到很晚。言希没耐心等二人，每天便同阿衡一起回家。

有一回，都快走到家了，不巧言希把刚买的油彩忘到了教室，便让阿衡先回家，他回了学校。

阿衡在家吃了晚饭，洗了澡，陪着妈妈、爷爷看了好大会儿电视，思莞都还没有回来。

温妈妈抬头望了望挂钟："这都八点半了，思莞还在学校打篮球？"

"最近，训练很紧，快比赛了。"阿衡向妈妈解释，其实自己心里也没底。

"哦，只要不是乱跑就好。"温母点点头，回头看着公公，笑着开口，"爸，您甭等了，先睡吧，老花镜都滑到鼻子上了。"

温老确实困乏了，点了点头。

温老以前在越南战场上腿受过伤，阿衡怕老人坐的时间久，脚麻，搀着老人站起身，把爷爷扶回了卧室。

"妈妈，你也休息，我等思莞。"阿衡给老人端水泡了脚后，才回到客厅。

"我不困。"温母笑着摇摇头。

"妈妈，你弹钢琴，累，我给你，揉揉。"阿衡有些忐忑地看着母亲。

温母愣了愣，点点头。

阿衡按摩的功夫可是一流的。在在长年卧病在床，每天都是阿衡给他按摩腿脚。这样经年累月，手上的轻重把握得极好。

温母觉得肩上很舒服，不一会儿，就打了瞌睡。醒过来时，女儿正含笑看着她。

"年纪大了,总是容易困。"温母笑着拍了拍女儿的手。

思尔以前也爱给她按摩,但是小手总是东抓抓西挠挠,按不到正处,嘴里还爱哄着她:"我的妈妈是世界上最好最漂亮的妈妈。妈妈,你看我这么孝顺,要疼我比疼哥哥多呀!"

每次,她都被尔尔逗乐。

温母想起以前,嘴角挂了微笑。

"妈妈,等我挣钱,给你,买按摩椅。"阿衡轻轻回握母亲的手,小声开口,脸有些红。

她依旧微笑着,坦然地接受了女儿的善意,温柔地摩挲着这孩子的脸颊,认真开口:"好,妈妈等着。"

依旧是幸福和感动。

她想自己确实是老了。只有老人,才会这么贪恋汲取儿女的温暖;只有老人,才会贪心地想要让所有的儿女都承欢膝下。

这个世界,真的没有两全之法吗?

她想了许久,可是,直至进入梦乡,也未思索出妥帖的、不伤害任何一个人的方法。

温家的人,除了阿衡,都睡着了,思莞还没有回来。

她坐在客厅快要栽脑袋的时候,玄关有了窸窣的动静。

阿衡站起身,却看到探头探脑望向客厅的思莞。

"妈妈、爷爷,睡了,没事儿。"阿衡好笑。

思莞松了一口气,走进了客厅。

阿衡吓了一跳,少年的衬衣破破烂烂的,嘴角一片瘀青。

"阿衡,今儿我受伤的事别跟别人说,知道吗?"思莞的表情严肃。

阿衡点点头，缓了口气问他："是谁，打的？"

思莞犹豫了片刻，看到阿衡澄净的眸，轻轻开了口，带着尴尬："……阿希。"

第二日，阿衡见着言希，张口犹豫了好几次，还是没有问出口。

言希一直阴沉着脸，到了中午，扔了一句话："陈倦，你有男朋友吗？"

陈倦吓了一跳，摇摇头。

言希扬眉："你觉得我怎么样，配得上你吗？"

辛达夷、阿衡当时就傻在原地了。

陈倦："言希同学，你在开玩笑吗？"

言希淡淡扫了她一眼："老子从不对这种事开玩笑。"

陈倦撩了凤眼，眉目带着玫瑰一般的冷艳："言希，你很有自信我会答应你吗？"

言希半边唇角漫舒，眸色明浅，耸耸肩："你说呢？"

陈倦低低笑开："好吧，我无所谓。"

辛达夷愣了两秒钟，第三秒撒丫子冲出了教室。

阿衡也冲了出去，跟在辛达夷身后。

"你回去，别跟着我！"辛达夷边跑边对着阿衡吼。

"我不！"阿衡也对着少年吼。

"温衡我知道你恨我以前欺负你，你就等着看老子笑话呢。现在看到了，你就这么高兴！"辛达夷红了眼眶，口不择言。

"就高兴！"阿衡咬牙，撒丫子朝少年跑去。

"我讨厌你！你凭什么把尔尔撵走还装好人，让所有人都向着你呀？！"辛达夷揉着眼睛，眼泪却掉了下来。

"我也不喜欢你！太坏了太坏了！"阿衡也红了眼。

"你丫跑这么快干吗！赶着投胎是不是！"辛达夷看阿衡快撞上自己，边哭边骂。

"你不男人，哭什么！"

"你丫喜欢的人被最亲的兄弟抢了不哭啊？"

"我没兄弟！"

"滚！你当……你哥，言希，老子……是死人呀！"

"你自己，说讨厌我……"

"再讨厌，也是兄弟！"

阿衡吸吸鼻子，终于跑到了辛达夷身旁。

"你以前……是不是……练过……马拉松……"辛达夷跑得上气不接下气，终于，腿软了，瘫到了足球场的草地上，大口喘气。

阿衡脸红了红，不作声。她想起了自己被云父追着满镇跑的时光，腿上的功夫，就是这么练出来的。

"你怎么……不说话？"辛达夷脑门儿上的汗滴到了颈上。

"辛达夷，你别哭了，成吗？"

"谁……谁哭了？"少年抽着鼻子，觉得自己再正常不过。可脸上不断有着该死的液体模糊了眼眶，清晰了再模糊。

"给你……"阿衡把手帕递给少年。

辛达夷狠狠用手帕擦干眼眶，却嗅到一股奇怪的味道，闻了闻，发现是手帕传来的。

"什么味儿？"

"啊，卤肉饭，昨天，在上面，滚过……"

"是那个会捡了臭袜子、臭鞋子、垃圾、破烂叼回家的卤肉饭吗？！……"

呵呵,应该是它。

阿衡对着达夷绝望的目光点了点头。

"温衡,我灭了你!"

## Chapter 24
## 谁把倾城洗铅华

言希谈了女朋友,还是个超级美女。

消息传来,全校男女一片哀号。

女生简单得多,就是为了失去言希而哀号。

男生的心理却极是复杂,要说是嫉妒言希吧,有几分;要说是扼腕美人抱得美女归,也有几分;要说叹息美人不是他们的美人,美女不是他们的美女,似乎还有这么几分。于是,纠结了,哀号了……

辛达夷自那一日嗷嗷地哭过之后,倒像是什么都没发生过,该和言希怎么玩还怎么玩,该怎么闹还是怎么闹。

言希也奇怪,没事儿人一样,表情平淡,对辛达夷没有丝毫愧疚。

阿衡在一旁看得肠子绕了几圈,觉得自己不是当圣母解决纠纷的材料,也就装作什么都没有发生过,小日子平平淡淡乐和地过着。

好吧,最不对劲儿的人反而是思莞,每天拉着阿衡旁敲侧击,温文和蔼的好兄长模样,问她在学校发生了什么。大到班里谁跟谁吵架了,小到中午吃了几块排骨,只要是同言希、达夷、陈倦有关的,事无大小,巨细靡遗。

阿衡也温文和蔼,吸吸鼻子用半吊子普通话有血有肉地描述:今天达夷瞪言希瞪得可狠了，今天言希提思莞你的次数提得可多了，今天肉丝美丽换了一条鹅黄色儿的纱巾，那纱巾可漂亮了……

思莞听到之后，眉毛突突地跳着，笑得比哭还难看："阿衡，你是不是知道什么呀？"

阿衡说："我不知道呀，我什么都不知道。"

思莞看着阿衡，憋了半天，没蹦出一个字儿，只看着这亲生的妹妹眉眼温柔地画足了黛山明水。

其实她确实什么都不知道，只是言希对待陈倦太假了，分明是故意做出暧昧和亲密给辛达夷看的。而陈倦也真真切切地无时无刻不戴着纱巾，连上体育课都没摘过。

旁观者清罢了。

不是阿衡高看自己，说实话，在她看来，对言希来说，陈倦的吸引力还远不如她做的排骨。

言希吃东西有个毛病，好吃的爱吃的总要留到最后才吃。所以每次吃饭时，他总是先吃其他的配菜和米饭，排骨留到最后细细品味。

阿衡觉得，言希对在自己势力范围内的排骨有着偏执的占有欲和保护欲，一旦外人侵犯了他的排骨，后果可能会是难以估量的如黄河水涨潮一般的波涛汹涌。

事实证明，她想的完全正确。

一日，言希斜眼瞟着辛达夷，掐着（看陈倦扭曲的脸就知道是掐）新任女朋友的纤纤玉手，肉麻话说得唾沫乱飞："肉丝，我觉得我们两个天上一对比翼鸟，水里一对鸳鸯，陆地一对旱鸭子，海枯石烂情比金坚。无论什么困难挫折都不能分开我们，我爱你爱得恨不得把自己奉献给你，噢，亲爱的！"

陈倦黑着一张玫瑰脸。

辛达夷的黑发一根根支棱起来，拿筷子的手抖啊抖。

阿衡抽了抽嘴角，看着言希吃得只剩排骨的饭盒，温和开口："言希，排骨会凉。"

言希低头，看到饭盒中一块块排列整齐的流着油的小排骨，笑得心满意足夫复何求，拿起勺子挖了一块往嘴里送。

Mary 有些好奇地探过头，看着排骨轻轻开口："有这么好吃吗？"随即，自然地用指捏起一块放到口中嚼了嚼，觉得虽然味道不错，但也就是普通的排骨味儿，没吃出什么鲍参翅肚的稀罕味道。

再抬眼，她不自觉地往后挪了挪屁股。

一双黑黑亮亮的大眼睛，坚定不移杀气十足地瞪着她，精致的脸比锅底还黑，拿着勺子的手已经完全握紧，磨牙开口："谁让你碰我的排骨的？"

Mary 傻了："就一块儿排骨……"

言希半边唇角勾出上扬的弧度，笑得冷硬："那也是少爷我的，不是你的！"

Mary 撇嘴："刚刚还说爱我爱得恨不得把自己奉献给我呢！"

言希拍桌子："你丫听不懂什么叫夸张句吗？没文化的老外！"

辛达夷受不了了也拍了桌子："言希，你丫跟人谈恋爱就不能对人好点儿吗！"

言希凉凉开口："我对她怎么不好了？都说恨不得把自己奉献给她了！"

辛达夷看起来是真恼了，把整个饭盒的排骨倒在了地上："言希，老子今天还就不让你吃排骨了，你丫能死不能？"

言希也火了："你看我不顺眼就得了，凭什么跟我的排骨过不去！"

阿衡觉得辛达夷像个气球,一天天被言希挑衅地吹着气,可是气球的弹性偏生不怎么好,这不,啪地炸了:"老子就是看你不顺眼,怎么着!"

言希撸袖子:"奶奶的,单挑!"

"你以为我不敢是不是?单挑就单挑!"辛达夷昂头,也撸了袖子。

"上脸了哈!"言希一个栗子敲到了辛达夷脑门,砰地金光四射,小鸟齐飞。

"言希,你不要以为我不敢打你!"辛达夷语气强硬,可辩下来,竟带了哭腔。

阿衡微微一笑,辛达夷,分明是在撒娇。

言希冷笑,当了真的语调:"说到底,不就为了个女人吗,需不需要我借你几个胆?"

鸦雀无声。

班里的人互相交换着眼神,最终,眼睛定格在两个少年身上。

这语气咄咄逼人,任谁听了,都觉得可恶至极。

阿衡心下吃惊,转眼看到那朵被争夺的玫瑰美人儿,却笑得了然不屑,唇角是娇春划过的弧。

辛达夷拿袖子狠狠蹭了眼睛,额上青筋暴露,握紧拳,上前一步,攥住了言希的粉色衬衣衣领,眼睛浮着红丝,阴厉地瞪着言希。

言希回视少年,眼睛依旧黑黑亮亮,桃花纷飞的艳色覆盖了眸中所有的情绪,淡淡看着他,嘴角是一抹讥诮。

辛达夷咬紧牙,抬高拳,挥了风,到了言希眼角,却停滞了。

转身,一阵风似的摔了门,跑了出去。

阿衡叹气,又跟着跑了出去。

辛氏 Eve 这般遇事就跑的毛病,可实在是不招人喜欢。不过这次还好，她还没发挥出上山刨草药的速度，辛达夷已经停了脚步。

他转过头，胸口不断起伏，语气十分认真委屈："阿衡，你说说，言希到底是怎么了，为什么总想着要我讨厌他？"

阿衡愣了，她未曾想到辛达夷会问她这个问题。可是，复而，舒展了眉眼，心中着实羡慕言希。

他何其幸运，在这个世界，能拥有这样毫不猜忌的挚交。

阿衡温和一笑，开了口："达夷，你帮我忙，我再说。"

辛达夷站在狭窄的洗手池旁，鼻子嗅到隐隐的臭味，脸都绿了："温衡，你丫有什么麻烦事非得让老子在厕所帮你！"

阿衡呵呵笑："达夷，你忍忍，马上就好了。"

他们所在的位置是学校以前建的教职工厕所，在老教学楼旁边。这里离新楼远，再加上便池都是旧式的，没有掩门儿，就荒废了，平时很少有人来。

阿衡看看腕表估摸了时间，便让辛达夷闭了口，两人缩在了角落里安静地观察。

远处传来渐近的脚步声，鹅黄的纱巾，玫瑰花一般的娇媚。

是陈倦！

辛达夷飞速转过头，脸似火烧，怒目瞪着阿衡。

"温衡，老子这么个大好青年能耍这流氓吗？"辛达夷连比带画，急了。

"你看不算耍流氓，我看才算。"阿衡对口型，叹了口气，轻轻扳过少年的头，自己却闭了眼。

自从思莞挨打之后，她观察了陈倦许久，发现她每次课间去哪儿都不会去厕所，反而午休的时候，她常常朝老教学楼拐。本来带着达夷来只是碰碰运气，没想到还真碰到了。

等那玫瑰一般的可人儿飘然远去，阿衡睁开眼，看到辛达夷脸色绿得发黑，表情像吃了苍蝇。

这架势，看来她应该是猜对了。

良久，辛达夷缓缓皱了面庞，想哭却哭不出："阿衡，思莞一早就知道，然后，言希也知道了，对不对？"

阿衡摇摇头："我不确定。"思莞对达夷追求Mary的反应，言希打思莞前后的反应，只透露了蛛丝马迹而已。

他们走了回去，一路，两人沉默着，阿衡却觉得辛达夷的情绪憋到了一种极限。

果不其然，回到班里，辛达夷打了言希。

少年的嘴角，是朱红的血迹。

"言希，你和思莞早就知道了，对不对？"辛达夷眼中是满满的失望和委屈。

言希诧异，愣了，旋即眯了眸子望向Mary。

Mary瞥了一眼阿衡，笑得妖娆："不用瞪我，我可是什么都没说，他们碰巧看到的。"

言希冷笑："这么巧？"

Mary的眉眼映着阳光，端的恶劣妖异，启唇轻轻在言希耳畔吹气："是嘛，就这么巧，你不是也巧到发现我纱巾下的秘密？"

"回教室取颜料，那天？"阿衡插嘴。

言希食指蹭掉唇角的血迹，点了点头。那一天，他回教室取颜料，正好看见陈倦摘下丝巾往书包里扔。

辛达夷怔怔地看着言希，鼻子酸了起来："言希，对你而言，我就这么不值得信赖吗？"

Mary 抚了抚凤眼流光，嗤笑："哎，思莞挨的那顿，真是冤枉。Eve，言希的一片苦心，可算是白费了。"

言希叹了口气，表情有些无奈，温软了眉眼，轻轻对着辛达夷开口："达夷，你知道，你小时候就傻，没谈过恋爱，没见过人妖，这要是被骗了，指不定有个好歹……所以，哥哥我牺牲点儿，宁愿你生我的气也要捣散你们。噢，老子为毛这么伟大，这么贴心，这么人见人爱！"

阿衡喷笑。

辛达夷本来是感动得汪了两泡眼泪，可越听脸越绿："谢谢你哈！老子不会为一个人妖寻死的！"

Mary 的一张玫瑰脸扭曲了："谁人妖呀，滚！"

言希唇弯成了桃花瓣的弧，凉凉地开口："成，您老不人妖，就是爱穿裙子、爱穿高跟鞋、爱涂指甲，下面多了一块，脖子上不小心凸起了，行不？"

Mary 鼻子里哼了一声，僵硬地开口："人活着，没个爱好，还让不让人活了？"随即，舌头舔舔红唇，向辛达夷抛了个媚眼。

辛达夷流眼泪了，绝望了："阿衡阿衡，我是不是在做噩梦？刚刚有个人妖对我抛媚眼，好清晰好震撼的感觉哟……"

捏，捏，我捏，使劲儿捏。

"疼吗？"微笑。

"疼。"捂脸。

"呵呵，不做梦，你清醒。"结论。

陈倦，年十五，性别男。

身高一米八，兴趣，易装癖。


回到家，阿衡同思莞说起这件事。

"思莞,你为什么,不说?"

"达夷那么傻,万一想不开,怎么办?"

"言希,打你,为什么?"

"恼我连他也瞒着。"

"哦,所以,达夷,打言希。"

## Chapter 25
## 河中小虾自在游

期中考试成绩出来了,阿衡成绩不错,又是年级前三。辛达夷理科在年级中一向是数得着的,因此即使文科弱了些,总成绩也是年级前二十。

言希成绩倒不像其人一般出挑,中规中矩,没有亮点,但也挑不出毛病。

让大家诧异的却是 Mary 的成绩,本来以为他是特招生,又是刚从维也纳回来的,成绩大抵是惨不忍睹的,却未想到这人上了年级榜。虽不靠前,却也是榜上有名,称得上一般意义上的好学生。

"他怎么考的呢,物理比我还多了五分。"辛达夷小声嘀咕着,心中有一百个不服气。

阿衡好笑,她知道他放不下,不管以哪种渠道或者揪住哪样小事,总要借题发挥耿耿于怀一番的。

毕竟,她相信着,辛达夷在知晓陈倦的性别之前,是真切热烈地喜欢过他的。可是,落差太大,他又不惯于用太过深邃敏感的思想把自己引向一种极端的魔障,只好简单坦诚地由着这感情消磨,取而代之的,是孩子气的敌意。

不过,这样也好。

"阿衡,你要不要吃苹果?"她的同桌,对着她,漾开了玫瑰露滴一般美丽的笑容。

这个少年,依旧穿着女装,更甚至,染了玫瑰红的发,来烘托自己独一无二的美丽和棱角。

而近日,更因为他们几个分享了他的秘密,性格中原本的浪荡热情表现得淋漓尽致。

"苹果?"

"是啊,苹果,你要不要吃?"陈倦笑,微微拱背,手在桌下掏了许久,掏出一个苹果,直了身子,递给阿衡。

左胸,明显比之前变得平坦。

"你,用苹果,填胸?"阿衡红了脸。

"是啊,有时,是橙子。你要不要吃?明天给你带。"陈倦笑得妖异。

辛达夷绿了脸,愤愤不平,骂了一句:"变态!"

陈倦回眸,回得精绝:"我变态我乐意!"

言希听着二人吵闹,嘴角浮现一点点温暖的笑,望着窗外,许久,才像忍耐了什么不得不忍耐的事,轻轻转过头,捉住阿衡一直偷看他的目光,努力让自己的语气不像是对陌生人的冷漠:"你在看什么?"

阿衡的黑眸怔住了,脸烧了起来,有些窘迫,许久,才轻轻开口:"长得……真好看。"

她说完这话,言希惊讶了,连辛达夷都不可思议地看着她。他们没想到脸皮一向很薄的阿衡会说出这么不矜持的话。

这一句话,是阿衡还是言希不得不靠近的陌生人时,说得最让他生厌的一句话。他厌恶不熟悉的人对他盖上这样的印章:长得好看。

这样干脆的欲望真让他发自内心地恶心。可是,对于阿衡来说,在那样近乎绝望的暗恋中,这句话,是她说过的唯一出格的话。

## Chapter 25　河中小虾自在游

长得真好看。

这样好看。

言希永远不会明白，这样的话，是这样单纯的喜爱，害得熟识他们的人，都快要心碎。

阿衡永远记得，言希那天对她的回应，只是平静冰冷的一句话："那又怎么样？"

周末时，思莞拜托阿衡去给一个熟人补课。末了，他有事去不了，就把她扔给了要一道去的言希。

言希带着她走过帽儿胡同，拐东拐西。胡同两旁栖着的石狮子和鱼洗，经过时光的洗刷已经破旧不堪，但依旧带着古京城的韵味。

"到了。"言希淡淡开口，白皙如玉的手推开了四合院的门。这院子看起来破砖破瓦，像是许久没有翻新，好像一个暮年的老爷爷，老态龙钟的模样。

"言希哥，你来啦！思莞哥没来吗，你把老师也带来了？"小孩子欢愉的声音。

阿衡定睛，看到了戴帽子的小少年，单单薄薄瘦小的样子，穿着有些旧有些大的棉T恤，不很合身，但面容可爱活泼，眼睛像是清澈水中的小鱼一般灵动。这个孩子，正是言希他们打架那一天众人口中的小虾。

"这是你思莞哥哥的妹妹，该喊姐姐的。"言希微笑地揉着小孩儿的帽子，面容是少有的恬淡温柔。

"姐姐好！我爷爷姓何，我叫何夏，大家都喊我小虾。"小少年声音中气十足，看着她，有些紧张。

"我是温衡。"阿衡抿唇，笑。

"你温衡姐姐学习很好,以后每个周末让她帮你温习功课,明年就一定能考上高中,知道吗?"言希拉着小孩儿的手,表情生动。

"能上西林吗?"小虾歪头问。

"为什么是西林?"阿衡奇怪了。

"我想和言希哥、达夷哥、思莞哥上同一个学校。"小孩子掰着指头数了个遍。

言希起身,眼睛含笑,试探地询问她。

阿衡觉得这孩子古灵精怪,再加上与在在年龄相仿,让人忍不住去喜爱,微笑着点了头。

"小虾,你爷爷呢?"言希想起了什么。

"爷爷去摆摊了。"小孩儿答得爽快。

"你不用帮他吗?"言希沉吟。

"爷爷说,要我跟着言希哥你好好学习,不可以去守摊。"小孩儿微微嘟嘴,有些怅然。

阿衡扫了言希一眼,却发现他敛了眉眼。她笑,对着小孩子,温声道:"小虾,咱们,开始吧。"

小虾下半年升初三,孩子倒是个聪明的孩子,只是基础打得不好。阿衡思揣着,便从课本上的内容教起。

"所以,套上求根公式,结果应该是……"

"我知道,是-3和1对不对?"小孩兴奋地抢答。

"嗯?不对。"

"啊,我又算错了吗?"小孩垮了小脸,很是失望。

"让我看看……呵呵,5的平方,你写成了26。根号内算错了,应该是0。结果只有一个根,2。"阿衡微笑,"好了,接下来,第三题。"

小孩边写题,边偷看阿衡的脸色。

## Chapter 25 河中小虾自在游

"小虾，怎么了？"阿衡偏头，明净的面庞温柔安静。

"姐姐，你怎么不骂我哇？"小孩子满是疑惑，"我们老师都骂我笨，嫌弃我，说我拖班上的后腿。"

阿衡怔了，半响，笑了，露出八颗牙："你也没有，嫌弃，姐姐的普通话。"

"姐姐说话很好听的，软软的，像棉花糖。"棉花糖棉花糖，小孩儿念叨着，流了口水。

等到功课都教完的时候，已经近了黄昏。

两人刚伸了懒腰，院子里，言希的声音就清亮袭来，好似一阵清爽的风："小虾，温衡，快出来！"

阿衡拉着小孩儿的手走进了院子，却被满眼的白和扑鼻的清香萦绕了彻底。

院子里有一棵槐花树，树干很粗，大约三个人拉着手才能围住，枝头的槐花开得正是靡丽。

言希不知从哪里寻来的竹耙子，站在树下，伸直了手臂，来回晃动着耙子去打槐花。

槐花纷纷飞落，从少年发顶，顺着风的轨迹，轻轻滑落，归于尘，白色的、纯洁的、美好的、温暖的、生动的。

花瓣中那个少年，笑容明媚，朝着他们招手，生气勃勃。

阿衡轻嗅，空气中，都是点滴浓烈积累的名曰舒适的气息。

小虾跑到了厨房拿了簸箕，把少年脚边打落的槐花拢了起来，仰头，小脸笑得满足："言希哥，够了够了。"

"阿嚏！"言希收了耙子，一片花瓣飘至鼻翼，搔了痒，他打起喷嚏。

小虾抱着簸箕，对着阿衡笑开："姐姐，我给你蒸槐花你喜不喜欢吃?"

蒸槐花吗?

她颔首,小孩儿一溜烟儿跑到了厨房。

"温衡,今天谢谢你。"言希食指轻轻揉了揉鼻翼,语气有些不自然,黑黑亮亮的眸子四处游移。

"不客气。"阿衡接了言希的道谢,心下吃惊,表面却滴水不漏,温和答对。

"呀,果然是很久没跟人道谢过了,真是不习惯……"言希自己尴尬,笑开,摊手,自嘲。

小虾再跑出来时,抱着铝盆到了阿衡、言希身边,脑门上都是汗,小脸儿通红:"姐姐,言希哥,你们吃。"

阿衡望着盆内雪白晶莹的花瓣,用手捏了一撮放入口中,是旧年回忆中的味道,甘甜而醇香:"好吃。"阿衡抿唇,眸中笑意温软。

小虾得意了,两只手臂环在后脑勺,笑容汪了溪中虾儿悠游的天真快乐。

阿衡伸手用指擦掉小孩儿脸上的灰尘,可不承想,小孩儿竟扑过去抱住了她:"姐姐,我喜欢你,你是好人。"

阿衡吓了一跳,她并不习惯这样突然热烈的温情,但是随之而来的,便是在五脏六腑审来审去的感动。

她僵硬的指慢慢柔软,缓缓回抱了小少年,明净温柔的面庞带了红晕,软软糯糯的语调:"谢谢。"

言希轻笑,倚在树下伸了个懒腰,望天,金霞满布。

离去时,言希走的却不是原路,他带着阿衡到了胡同的另一个口,朝

## Chapter 25　河中小虾自在游

向主街。甫一入眼,映入眼帘的便是川流不息的人潮。

"小虾的爷爷,就在那里。"言希轻轻指着胡同口。

阿衡凝眸,胡同口是一个自行车修理摊儿。一个老人,满头花发,穿着蓝色布衫,佝偻在自行车前,长满茧子的大手抬起一端,转动着车轮检查着什么,认真苍老的样子。她甚至看到了老人手臂上代表衰老的斑点和他面庞上每一道岁月的刻痕。

这老人,要给多少辆自行车打过气,要修理好多少破损的车胎,才足以维持两个人的生计。

"所以,小虾,才去偷?"许久之前,她记得自己听傅警官说过小虾是个惯偷。

言希的声音平平淡淡:"没办法,长身体的孩子,总容易饿。"

"小虾的,爸爸妈妈呢?"她觉得自己的声音干涩无比。

"小虾是个弃儿,如果不是被何爷爷抱回家,能活着都已不易。"言希轻轻开口,少年的声音平缓叙来,最是冷漠。

"为什么,告诉我?"

言希淡哂,黑眸中蒙着桃花一般的艳色,浅淡,却望不到底。

"我在想,也许你知道了,会更加珍惜小虾的拥抱。他对陌生人,从不会如此。你是第一个。"

Chapter 26
## 过去把现在改变

阿衡再见到思尔，已经是五月份，天开始热的时候。

阿衡一个人走在放学的路上，思尔嬉笑着，动作有些粗鲁地拍了她的肩。

这个女孩依旧美丽高雅，但却不再温柔胆怯，娇嫩荏苒。

"阿衡，带钱没，借我花花。"

她不再留着长长软软的头发，剪短了许多，人瘦了些，也黑了些。那张嘴张张合合，涂得很红，很像喝了血。她对她说话时不再温柔地敛着眉，而是挑了起来，充满了锐气。

"尔尔？"她不确定这是思尔。

"别喊我这个名字。"这女孩厌恶地摆了摆手，指尖，是紫得晃眼的色泽。

阿衡怔怔地看着她的手，她记得妈妈无数次地说过，尔尔是她生平见过的最有钢琴天赋的孩子。那双玉手天成无瑕，多一分的装饰都是亵渎。

阿衡微微敛目，尴尬开口："这些日子，你好吗？"

思尔挑眉笑着："你呢？"

阿衡思揣，是说好还是说不好？犹豫了半晌，点点头，认真开口：

## Chapter 26　过去把现在改变

"一般。"

思尔嗤笑："都过这么久了,你还跟以前一样,呆得无可救药。"

阿衡呵呵笑。

"不说了,我有急事,你兜里应该有钱吧,先借我点儿。"思尔有些不耐烦了。

"要多少,干什么?"阿衡边扒书包边问。

"谢了!"阿衡刚掏出钱包,思尔便一把夺过,"至于干什么,不是你该管的。当然,你也管不着。"

她扬扬手,转身,干净地离去。

之后,便未见过思尔。


篮球联赛,西林不出意料地进了半决赛,比赛定在周日上午八点半,地点是B大体育馆。

思莞和辛达夷每天在院子里的篮球场练得热火朝天。阿衡同言希便坐在一旁看着两人,递个毛巾扔瓶水什么的,实际的忙帮不了多少。

辛达夷看着坐在树荫下的两人着实嫉妒,流了汗便使坏心眼儿,捞起两人的胳膊蹭汗。阿衡总是薅出胳膊,微笑着把毛巾递给少年。但言希可没什么风度,揪住少年的腮帮子把他往一旁摔,而后补踹两脚。

"言希,男人是不可以这么小心眼的。"辛达夷龇牙咧嘴地从地上爬起身,双手撑地,汗水顺着背心向下淌。

言希懒得搭理他,拿了毛巾扔到了少年身上,淡声说道:"擦擦吧,汗都流干了,唾沫还这么多。"他眯着眼望着篮筐,思莞还在重复不断地练习投篮。

"很好玩吗?"他觉得无法理解,整天身上黏糊糊的,一身臭汗,就为了一个不值多少钱,卖了自个儿家中的任何一件摆设都能买一麻袋的东西?

"喊!怎么能是好玩儿?这是男人的荣誉,荣誉!"辛达夷叽里呱啦,十分激动。

言希掏掏耳朵,不置可否。

"达夷,你准备偷懒偷到什么时候?"这厢,思莞拉长了俊脸,没好气地看着达夷。

"来了,就来了!"少年一个鲤鱼打挺站起身,笑着跑了过去。

传球,运球,三步上篮,投球,两个少年配合得十分默契。

"呵呵,黄金搭档。"阿衡下结论。

言希笑了,点点头,突然有些怅惘:"你看,都多少年了,你哥和达夷好像一点也没有变化。"言希把手比画成相机的模样,定格在两个少年欢愉流汗的面庞上。

他不经意地笑着,扭头看到了阿衡,笑颜突然有些僵硬。

这句话,是惯性,可是,又是惯性地说给谁听?

谁又能让她拥有这般强大的能力,多年以前,在乌水小镇遥望到,两个小少年的英姿飒爽,多年以后的此刻好让她附和着说"是呀是呀没有变化"。

阿衡佯装着没有听到,没有听出这话是对思尔所言。

难得糊涂,难为清醒。

周日的比赛,上午比完后,下午和去年的冠军学校另有一场练习赛,所以,思莞和达夷中午吃饭的时间都够呛。

阿衡和妈妈爷爷商量过后,决定做了饭中午送过去。思莞含蓄地表示自己想吃西红柿炖牛腩,辛达夷则嚷嚷着非葱爆小羊肉不嫁,呃,不,是不吃。

阿衡讪笑，周六便去跑菜市场，转了许久，才买齐了配菜。返家时，夕阳已经落到了红瓦之上，分外的温柔和暖。

路过帽儿胡同时，看到了小虾正帮着何爷爷收摊，小孩子扑过去，亮晶晶的眼睛望着她："姐姐姐姐，你要给思莞哥、达夷哥做什么好吃的？星期天我也想去，我也想吃！"小孩儿口舌伶俐得很。

阿衡笑，一直点头说好。

"爷爷，这是教我念书的阿衡姐姐，对我可好了。"他拉着老人的手，笑得眼睛宛如溪流一般清澈。

老人笑得皱纹慈蔼，局促着，连连道谢："好姑娘，麻烦你了，我们小夏贪玩不懂事，劳你费心了。"

阿衡红着脸不好意思了："爷爷，您太客气了，哪里的话。"

蓦地，胡同里传来了一阵哭喊声和骂骂咧咧的声音，其中有一个声音，听起来很是耳熟。

阿衡越听越觉得熟悉得惊心，琢磨过来，拔腿就往声源处跑，边跑边吩咐小孩子："小虾，跟爷爷先回家，别管这事。"她怕极小孩子爱凑热闹的天性。

小虾不乐意了，有热闹看凭什么不让我去呀？不让我去我偏去。于是，后脚颠儿颠儿地跟了过去。

跑到胡同深处，阿衡叹了口气，她比任何时候都希望是自己的耳朵听错了，结果，真的看到了，思尔。

思尔此刻缩在墙角，两个穿着流里流气、染着黄发的青年嘴里说着不干不净的话，对着她动手动脚。

"温思尔，你装什么正经？昨儿不是刚和我们蹦过迪吗，今儿怎么就装得不认识我们哥儿俩了?"其中一个捏住了思尔的下巴,调笑地开口。

"滚开,我不认识你们!"思尔抗拒着,恐惧地看着对方,哭得嗓子都快破音了。

"尔尔,这么晚了,怎么,不回家?"阿衡朗声,微笑地看着思尔的方向。

两人一愣,可能没想到这么偏僻的胡同竟然会有人。

趁着两人回头的空当,思尔猛力挣脱了桎梏,跑到了阿衡身后,颤抖着身子。

"你是谁?"两个男子恶狠狠地开口。

"我是尔尔的姐姐。"阿衡眉眼平静温和,握住思尔的手转向身后,对着空荡荡的巷子大喊了一声,"爸!快来,尔尔找到了!"

"来了来了!"远处隐约传来男性的声音。

"温思尔,你不是说你是孤儿,无父无母,让我们带你混的吗?真他妈的晦气!"其中一个一见这阵势,骂骂咧咧没了兴致,招呼了另外一个匆匆离去。

等二人远去,思尔一瞬间瘫在地上,抱着阿衡痛哭出声:"我好害怕,阿衡,我好害怕……"

"不怕不怕,没事了没事了。"阿衡软了眉眼,轻轻抱着女孩安慰着。

远处啪啪地跑来了戴帽子的小孩儿:"嘿嘿,姐姐,我演得好不好?"

阿衡笑得山好水好:"你说呢?"

"哦。"小孩儿垮了嘴,"姐我不是占你便宜,你要相信小虾是爱你的!"

阿衡点头:"我相信我相信。"

这距离太远,坏人们乱了阵脚,才没听出那"父亲"登场时的嗓音如此稚嫩。

没忍住,阿衡怀中的女孩扑哧一笑。

## Chapter 26　过去把现在改变

"小猫撒尿，又哭又笑！"小孩儿刮着粉嫩的脸蛋儿嘲笑思尔。

阿衡拍了拍女孩的背，帮她顺了气。

可她抬起脸，眼泪却掉得益发凶狠："阿衡，我想回家……"

阿衡走进爷爷的书房，有些拘谨僵硬。

"阿衡，怎么了？"老人本来在看报纸，抬头，笑了。他见不得孙女乖巧傻气的样子，着实讨喜。

"爷爷，你忙不？"阿衡小声。

"不忙。"老人摇头，猜测，"学校有什么事吗？还是你哥、言希、达夷他们合伙欺负你了？"

阿衡摇头像拨浪鼓，心中暗叹他们仨在大人眼中还真是坏到一块儿了："爷爷，我说，你不生气，行吗？"

老人点头，宽容慈爱地望着她。

阿衡垂了目光："爷爷，接尔尔回家，好吗？"

老人愣了，空气中只有缕缕的呼吸，一片寂静。

半晌，老人才沉吟开口："阿衡，你知道这样一来，结果是什么吗？你妈妈会为尔尔想得更多，而不是你；思莞会顾及着尔尔的感受，而忽略你……"

他的声音很威严，却带着怜惜。

阿衡轻笑，打断老人的话，温柔开口："还有爷爷……"

老人愣了。

"爷爷担心，自己也会这样。

"爷爷很思念尔尔，可是却顾及我，不肯答应妈妈和思莞。

"爷爷，多爱尔尔一点，不是错。

"爷爷，尔尔很想你。"

老人叹了一口气，揉揉眉心，温了嗓音："阿衡，你只是个小孩子，可以再任性一些。"

"爷爷，如果每个小孩都任性，大人会，很辛苦。"阿衡笑，眉眼平易。

"是啊，可是，你是温慕新的孙女，有任性的资本。"老人沉声，些微的自负与睿智。

"爷爷，这样，不公平。"尽管她清楚自己是亲生的孙女，但，不是每一个在乌水小镇土生土长的傻姑娘，都会痴痴妄想着自己有一天会跳上枝头变凤凰。

正如有着任性和高傲资本的温思尔，也不见得想过自己会一夕之间变得一无所有。

老人笑了，眼中满满的欣慰和无奈："让尔尔回来吧。反正，这种局面不会僵持太久了。不久之后，思尔大概会出国。"

周日中午，阿衡坐着公交车拎着饭盒到达体育场的时候，比赛已经接近尾声。108∶80，西林以大比分赢了半决赛。

场内一片欢呼，辛达夷兴奋地蹿到了思莞身上，硬脑壳、大白牙十分耀眼。言希坐在看台上，却是昏昏欲睡的模样。

阿衡抿唇，不动声色地坐在言希身旁："思莞、达夷，你们看，言希睡着了。快吃，别告诉他，我做排骨了……"软软糯糯的嗓音，对着空气煞有介事，思莞和辛达夷明明远在球场之内。

言希却噌地坐了起来，瞪大水灵灵空放的眸："谁抢我的排骨？谁谁谁？"

阿衡抱着饭盒，笑得小米牙露了八颗。

言希反应过来，怔忡望着场内："赢了吗？"

阿衡的头点啊点。

"呀,这孩子,我跟你不熟好不好,怎么这么爱调戏人呢?"言希有了开玩笑的心思,假惺惺地对着阿衡开口。

阿衡笑:"是呀是呀我们不熟。哎,你叫什么来着,一不小心忘了。"

言希翻白眼:"过了过了,可以比这个再亲近一点。"

一点是多少?阿衡歪头想着,却没问出声。

远处的辛达夷和思莞已经冲了过来。一个抱着阿衡,激动得红了眼眶:"阿衡阿衡,我的葱爆嫩羊肉呢?饿死老子了!"

另一个揽着言希的脖子,脑袋蹭到少年背上,咆哮的倒是言希:"温思莞你给本少滚开!一身臭汗脏死了!"

"嗷嗷嗷,阿衡姐、言希哥、思莞哥、达夷哥,我来了我来了,有没有鲍参翅肚满汉全席?"这厢,戴着帽子的小屁孩儿也恰巧从场外飞奔了过来。

乱七八糟,闹哄哄的。

真正安静下来,是饭菜被席卷一空,一帮少年腆着肚子打嗝、遥望蓝天的时候。

"人生真美好,今天晚上,要是能边吃小龙虾边喝啤酒就好了……"辛达夷边剔牙边梦幻。

"最好是新鲜的澳洲龙虾……"思莞接。

"最好是本少请客的……"言希笑。

"然后思莞埋单的……"辛达夷嘿嘿。

思莞忍住抽搐:"为什么是我埋单?"

"你家两口人,好意思让我们请客?"辛达夷昂头,理所当然。

思莞一向温和绅士,笑着默认了,点头了。

阿衡却吸着鼻子怒了,丫的,葱爆羊肉都吃狗肚里了……

Chapter 27
## 谁爱大戏八点档

下午的练习赛,不知道是不是免费龙虾的功效,辛达夷异常彪悍,自己进了三分之一的球,看得思莞目瞪口呆。

"说吧,去哪儿吃?Seine 还是 Avone?"思莞无奈,被好友挤对了依旧微笑不止。

"Seine。"

"Avone。"

言希和辛达夷一同笑脸盈盈地喊,但一听意见不一致,四目对视,噼里啪啦,火花四射。

"那是,什么?"阿衡问,软软的语调。

思莞笑着对妹妹解释:"都是专门烹调龙虾的西餐厅。Seine 主厨做的虾是一绝,而 Avone 的虾味道虽不如 Seine 绝妙,但是老板私藏的啤酒却是别处喝不到的。"

哦。阿衡点头。

"思莞哥,你能不能不说虾,感觉像是我被吃掉了。"戴帽子的小孩儿鼓腮,十分的不乐意。

思莞酒窝深深,揉揉小孩的帽子:"抱歉抱歉。"

阿衡笑，那要叫什么？

这厢，言希、达夷掐上了。

"Avone 的啤酒！"

"Seine 的龙虾！"

"Avone！"

"Seine！"

"啤酒！"

"龙虾！"

"啤酒！"

"龙虾！"

"龙虾！"

"啤酒！"

"好，啤酒！"言希拍案，双颊泛着桃花红，笑颜得意。

"言希！！！"辛达夷知道自己被哄了，小龙虾要飞，飙泪。

"好了好了，吵什么！"思莞挺胸，拿出了魄力和风度，"外带 Avone 的啤酒，到 Seine 吃龙虾！"

言希耸肩，桃花散开。

阿衡面上一抖，她为什么觉得言希倒并非有他说的那么想喝啤酒，反而是恶趣味，想要逗达夷呢？

一行人到了 Avone，离餐点儿还差了些时间，客人不算很多。

Avone 的设计和一般的西餐厅并没有什么区别，明亮的落地窗，挂着浮彩夸张的油画的墙壁，优雅的餐台，银质的餐具，深色的折叠成天鹅状的餐巾以及每个餐桌上新鲜的带露玫瑰。

可阿衡看了，总觉得整个餐厅有一些不协调之处。噢，是了，未置餐桌的吧台对侧的墙壁上没有挂油画。

"啊，是言少，温少，辛少。"穿着燕尾服的栗发褐眸中年外国男子走了过来，一口流利的中文，但音调还是有些僵硬。

"李斯特。"思莞彬彬回礼。

言希只淡淡点了头，达夷憋得脸通红，来了一句："Hello, how are you?"

李斯特笑："辛少，我是德国人。"

阿衡偷笑。

小虾眼睛亮晶晶地盯着李斯特。他对陌生的事物或人，总有着浓厚的兴趣。

"几位这次光临……"李斯特询问的语气。

"挑几瓶啤酒。"言希拿起吧台上的塑胶手套，轻轻贴附在纤长的指上，平淡微笑。

李斯特殷勤上前，走到未挂油画的墙侧，用脚勾了墙侧的卡口，缓缓推转，反面，一格格瓶装精致、颜色诱人的啤酒映入了眼中。

阿衡觉得眼前一亮。

这些瓶子，不做酒瓶，当作工艺品也是值得收藏的。流畅的曲线，恰到温暖的光泽。

言希走到酒墙中央，沉思片刻，伸出戴了手套的手，取出靠右侧的一格啤酒，轻轻摇了摇，原本清水的色泽，瞬间沉成流金，耀目而明媚。

"Fleeting time，李斯特，你藏了这么久，还是被我发现了。"言希语速加快，挑眉，带着兴奋和惊喜。

李斯特诧异，迟疑，半晌，才开口："言少，这酒，有人定了。"

"谁？"言希挑眉。

"我们小老板。"李斯特为难。

"不行,是本少先发现的。"少年抱着酒瓶子的手收紧,孩子气地瞪着李斯特。

"李斯特,我们可以付双倍的价钱。"思莞适时上前,温和有礼地开了口。

"之前言少也问我要过几次,我一直很为难,实在不是故弄玄虚,只是这酒是我们小老板珍藏的,仅有一瓶。"李斯特解释。

"你们小老板在哪儿?"思莞皱眉。

"他目前,在国外留学。"

"那能否打电话同他说明呢?"思莞不甘心,再问。

"这……"李斯特犹豫片刻,有些勉强地开口,"我试试。"

看着李斯特走到了一旁打电话,辛达夷骂开:"什么小老板,比老子面子都大!思莞你跟这老外磨什么,家里老头儿们一个电话打过来,什么酒喝不到嘴里,还在这儿,让老子看那什么狗屁小老板的脸色!"

思莞苦笑。

要不是言希想喝,他才……

抱着酒的少年不作声,只是轻轻用指摩挲了酒瓶,眯眼看着金色的液体又一点点恢复澄清。

待李斯特回来,一通道歉:"抱歉,我们小老板说,Fleeting Time是他的心头好,要送给最珍爱的人的,所以,言少的要求,我们恐怕……"

言希怔怔看着酒瓶,随即,抬了头,递给李斯特,淡笑开:"本少忽然不想喝了,还给你。"

李斯特终觉不妥,得罪不起眼前的三人,便挑了几瓶上好的啤酒,作为赔礼送给言希。

可,言希,却淡了心思,回绝了。

辛达夷勾了言希的下巴,嘿嘿笑道:"美人,没关系,只要你跟着大爷,没有那啥啥'福利太',咱还有青岛呢,支持国货,哦耶!"

言希笑若桃花,反手抓住了达夷的手,轻舔了舌尖,眸光四溢,不怀好意地掐着嗓子:"死相!"

阿衡抖落了一身的鸡皮疙瘩。

辛达夷却轰地红了脸庞,说话不利索了:"言希你你你……"

言希笑,瞬时抛了一个媚眼,无辜而狡黠。在戏弄别人的事上,他断然不会落了下风。

思莞淡笑,挤了进去,不动声色地分开了两人。

"别闹了,小虾都饿了。对不对,小虾?"

好像是。小孩儿摸了摸肚子,懵懂地点了点头。

阿衡淡晒。

她势必把自己放在超然的位置,才能掩盖自己的迷惑。思莞总是以言希的保姆自居,总是小心翼翼地隔开别人与言希过多的接触。而言希,虽然厌烦,却没有反抗。

到了 Seine,老板极是热情,像是许久之前便熟识的人,看样子,三人经常光顾。

"陈老板,新鲜的龙虾看着挑几只,最大的冻了切薄,添几碟芥云红酒酱,小一些的用荷兰奶油焗了。"辛达夷熟练地点了菜。

"是是。"对方殷切开口,"辛老最近身体可好了些,陈年的痼疾,春天最易发作。"

辛达夷凝睇,笑说:"老爷子身体好得能上山打虎,只是一帮护理警卫员小心得很,倒显得我很不孝顺。"此言,不可谓不得体,语句拿捏得刚刚好,派头做得恰到甘味,却不是阿衡熟识的辛达夷。

阿衡抬眼,思莞和言希是习以为常的面容。

"这位小姐是？"陈老板看阿衡是生面孔，微笑询问。

"家妹。"思莞微微一笑。

"哦，是温小姐呀，怪不得模样生得这么好，像极温老夫人。"对方笑着称赞，心中却有了计较，这姑娘就是才寻回温家的正牌小姐。

思莞眼睛黯了黯，勉强点头。

言希却笑，眸中温水凝了冰意："陈老板好记性，以前温奶奶带着思尔来的时候，您也是这么说的。"

那中年男子瞬间脸红，被噎得哑口无言，寻了理由匆匆离开。

气氛有些冷，半晌，阿衡温和一笑，山水流转："奶奶，在地下，会骂他的。"

"为什么？"达夷抓头。

"奶奶说'嘴笨嘴笨，不像不像'。"阿衡故意说话结巴逗众人笑，这便有了台阶，大家就坡下驴转了话题，气氛慢慢调浓，是一副亲密无碍的样子。

阿衡在南方长大，龙虾也是吃过许多的，但最大的也不过是两掌罢了。可眼前的，远和自己从小见惯的不是一个品种、一个吨位。长长的须，硕大的身子，已剥开的硬壳，洁白柔软的虾肉，冰块撑底，加上几碟子散发着奇怪香味的调料，实在是稀奇诱人。

小虾欢了，扑向同类，塞了一嘴，顾不得说话。

思莞笑，夹了一片虾肉，蘸了酱汁，放入阿衡碟中，他一向有着好兄长、好男人的风度，这一点无可指摘。辛达夷像是饿得厉害，风卷残云。阿衡本就觉得虾味鲜美，看到大家吃得高兴，吃到嘴里，好像又好吃了几分。

可是，无酒不成宴，思莞自幼接受的教育便是如此，于是要了几瓶嘉士伯啤酒佐菜。

吃到半饱的时候，有人打了电话过来，思莞接了手机。

接电话时，思莞是满面温柔和笑意；挂电话时，脸却已经变得铁青，抓起桌上的啤酒，整瓶地往下灌。

大家面面相觑，连小虾都乖觉地放了筷子，大气都不敢出地看着思莞。

"思莞，怎么了？"辛达夷沉不住气，皱眉问他。

少年不答，又开了瓶啤酒，未等辛达夷夺下，瞬间灌了下去。要说起嘉士伯，度数撑死了也就是啤酒的水平，但喝酒最忌讳的就是没有章法地猛灌，这不，思莞的脸颊已经烧了起来。

少年明亮的眸子带着隐忍的怒气，不加掩饰地瞪着阿衡。他再去摸索第三瓶酒时，言希眼疾手快抢了过去，沉了怒气："你丫到底怎么了？"

他笑了，直直地望着阿衡，滚烫的泪水瞬间滑落，让人措手不及："阿衡，你就这么恨尔尔，就这么容不下她吗？她到底碍着你什么了，又干过什么，值得让你这么对她？"

阿衡张嘴，嚅动了，却发不出音节，于是，努力又努力，对着他微笑，悲伤而不安。

"你为什么要骗尔尔在帽儿胡同等着你？你说一定会带她回家，然后安稳地当作什么都没有发生过。而尔尔……"思莞的声音已经哽咽，"在帽儿胡同等了你一天一夜，你知道她对我说什么吗？"

什么，说了什么？

阿衡冷却了全身的温度，却依旧带着虚弱的善意微笑着，只是喉中干涩得难受。

"她说，'哥，阿衡什么时候接我回家？我好想回家……'"思莞几乎破嗓吼了出来，完全撕裂了的痛楚，"我从来没有期待你对尔尔抱有什么样的善意。甚至，我希望你能够恨她，这样，我会更加良心愧疚，会加倍地对你好，补偿你从小未得到过的亲情……"

思莞顿了嗓音，凝滞了许久，轻轻却残忍地开了口："可是，温衡，这辈子，我从来没有比此刻更加希望，你不姓温！"

阿衡本来握紧的拳松开了，她觉得，指尖全是汗，全身的皮肉都在滚烫叫嚣着，很奇怪的，心跳却可笑地平稳坚强着。

缓缓地，她蹲在了地上，蜷缩成一团，连面庞都皱缩了埋到深处。喉头颤抖着，眼睛酸得可怕，泪水却怎么也掉不下来。

原来，她不像自己想象的这么在乎温家、在乎温思莞。

谁又稀罕姓温！谁又稀罕……

想了想，于是，她又摇摇晃晃地站了起来，可是刚要笑，眼泪却掉了出来。

"温思莞，你以为自己在演八点档的狗血肥皂剧吗？"未及她说话，言希冷笑，走上前，握紧拳，飞起白色衬衣的袖角，打在了思莞脸颊上。

思莞猝不及防，一个踉跄，跌坐在地。

辛达夷和小虾在一旁傻了眼。

"达夷，你陪着温少爷耍酒疯，老子不奉陪了！"言希撸了袖口，喘着粗气，拉起阿衡，大步流星，伶仃孤傲着脊背，离去。

走了出去，阿衡却甩了少年的手："你，不信思莞吗？我害尔尔……"

她赤红了双目，像是杀了人的绝望姿态，话语乱得毫无章法。

言希摇摇头，沉默着，甚至并没有微笑，漂亮的眼睛却慢慢注入了谅解的温柔。

她恐慌地看着他，十分地厌恶他用近似怜悯的眼睛望着自己。这让她无地自容，存在得自卑且毫无傲骨。

他伸出手，干净纤细的手指，轻轻包住她的手，一根根缚住她的指，略带冰凉的指腹，在行走中，暗生温暖。

她由他牵引，攀附着他手臂的方向，毫无目的。终究，眼泪汹涌了，失态了。

"我讨厌思茏，太讨厌了……"她不断地大声重复着，只在泪光中望到了言希的黑发。

言希顿了脚步，叹了口气，转身，把女孩揽入了怀中，轻轻拍着她的背，低声："我知道，我知道……"

她那日的情绪，是一辈子难得的失控，因此，又怎会注意到，这少年此生难得的温柔迁就。这女孩在少年怀中，哭得近乎抽噎。

他抱着她，像哄着新生的无助的婴孩，用哥哥甚至父亲的耐心，对她说了许多许多的话。

她听了许多，却又忘了许多，因为，本就不知，哪句是真诚的，哪句又该存着几分的保留去相信。

可是，只一句，她未尝刻意，这一生至死方休，却再也未曾忘记。

那么清晰，那么动听。

"阿衡，谢谢你姓温。"

*Chapter 28*
## 漫随心事两无猜

思尔回到了温家,是温老亲自接回来的。书房里,思莞挨了一顿骂,这事儿似乎就结了。

可是,阿衡比起从前更不爱开口说话了,只是见人仍然笑,温柔和气的模样,没怎么变。

母亲给她添置了许多吃的穿的用的玩儿的,恨不得成麻袋带回家。这番疼爱,不知道是在哪个辗转难眠的夜晚,内疚矛盾升级了多久的结果。可是,母亲总算称心如意,若她还有孝心,只能皆大欢喜。

让人丧气的是,每每望见思尔,阿衡却总是在心中画虎生怯,亲近不起来。落在思莞眼中,恐怕坐实了做贼心虚。

分不清从哪日开始,言希却好像突然和她亲密起来,把她当作了好哥们儿,还是多年未见特瓷实的那种。她含笑接受了这番善意,觉得人生比八点档电视剧还要狗血。

不知是不是春天到了,每到周末,她总是贪睡,一整天不离开房间也是常有的事。

说起房间,她主动请示爷爷,搬进了离楼梯最远的卧室,打开窗便是一棵梧桐树,她搬去时恰巧添了新枝,青嫩且生机勃勃。

卤肉饭很喜欢她的新房间,每天傍晚总要溜到她的窗前,站在梧桐枝上嗷嗷叫着,与她人鸟殊途地对着话。它念着"卤肉卤肉",古灵精怪,像极其主人;而她,对着它念语文课本,普通话依旧糟得无可救药。

每每念到《出师表》最后一句"临表涕零,不知所云",对上卤肉饭黑黝黝懵懂的小眼睛,总是一通开怀大笑。

张嫂也挺郁闷,唉声叹气:"这孩子怎么了?本来就呆,可别一根肠子到南墙,魔障了。"

思尔含泪:"都是我的错。"

阿衡笑,装作没听到。

你又几时几分几秒在哪地犯了哪般的错?她巴不得自己高山流水,一身君子做派,可惜这世界还有人心甘情愿地往自己身上泼污水。

每个周末,阿衡总要去帽儿胡同,顺便带着好汤好水。看着小虾成绩进步了,小脸儿肉嘟嘟的有了血色,她便觉得心中十分踏实,心情好了许多。

小孩儿总爱对着她诉说着好吃的东西,诉说着班上某某多么讨厌,欺负他个子矮,而他又怎么拿青蛙欺负了回去。一点儿也不把她当生人,放肆撒娇到无法无天。

"你倒是像养了个娃娃,不错不错,以后肯定是贤妻良母。"辛达夷开她玩笑。

她脸红了,讷讷不成言,这种私密的个人愿望,不好在别人面前说起吧……可是,女孩子都是要嫁人生子的呀,做贤妻良母是好事,于是安稳了脸色,回头对达夷笑眯眯:"呵呵,说得好!"

达夷喷笑:"小丫头,才多大就想着嫁人了,脸皮忒厚!"

阿衡横眼:"那好,祝你一辈子娶不了妻、生不了子,想当贤夫良父都没机会!"

多年之后,一语成谶,囧死了阿衡。

早知道,当时就祝自己每买彩票无论是体彩、福彩、刮刮乐,个个必中,睡觉都能被欧元砸醒了!

闲时,言希总有一大堆借口拉着她到家里玩儿,他发现阿衡打游戏颇有天赋,更是收了她做关门弟子。可惜青出于蓝,阿衡总是把言希的小人儿打得丢盔弃甲,惹得少年脸青。

好在,这是个好哄的孩子,一碗排骨面,立刻眉开眼笑。

卤肉饭最近语言线路搭错了桥,不再叫魂儿似的叽叽喳喳叫着"卤肉卤肉",开始装深沉,小翅膀掖到身后,感慨万千"不知所云不知所云"。

言希喷笑,弹着小东西的小脑袋:"你也知道自己不知所云哈!"

阿衡无奈,把泪汪汪的卤肉饭捧到手心,好一阵安抚。

"阿衡,不要惯坏了它,小东西没这么娇弱。"言希扬眉。

阿衡微笑:"不娇弱,也不坚强呀。"那么弱小的存在,总要呵护着才能心安。

少年撇唇:"小强够小了吧,还不是照样无坚不摧!"

阿衡淡哂,若是逗起口舌,她可说不过言希。

少年蓦地瞪大了黑黑亮亮的眸子,直直盯着阿衡,看得她发毛,才饱含深情地开口:"呀呀呀,可怜的孩子,最近瘦了这么多,是不是没有好好吃饭,光顾着和思尔斗法绝食装小媳妇自虐了?"

阿衡面上微笑,小翻白眼。

"为了表示同情,本少决定……"少年顿了顿了,煞有介事的表情,"请你喝酒!"

这是什么火星思维?

阿衡笑,点头说好。

他趁着言老应酬、李警卫打瞌睡的好时光,拉着她,鬼鬼祟祟地进了地下储藏室。

"好黑!"阿衡糯糯开口。

"嘘,小声点儿,别让李妈发现了!"言希压低声音。

"怎么,不许喝酒吗?"阿衡迷茫。她以前在乌水镇时,经常陪着父亲小酌几杯,不是青叶便是梅子,酒量不浅。

"孩子,你是未成年呀未成年!"

黑暗中,有一只手犹豫了一下,然后轻轻拍着她的脑袋,像拍着小狗。

"哦。"阿衡点头,也不知伸手不见五指的酒窖中言希能否看清楚。

事实证明,这位明显是惯偷,窸窸窣窣地忙了小半会儿,就抱着酒回来了。

她适应了酒窖里的黑暗,眼睛渐渐能够看到大致的轮廓,很大的地儿,很多的酒,多是陶瓷装的,看起来像是误入了古代的哪个酒坊。

回过神儿,言希已经盘着腿坐在了地上。

阿衡轻笑,学着少年的模样,坐在了他的对面。

"喏。"言希大方得很,自己留了一瓶,又递了一瓶给阿衡。

"就这样喝?"阿衡呆,起码应该有个杯子吧?

"要不然呢?"言希笑,"放心吧,这里酒多得是,不用替我家老头省。"

阿衡很是无力,她觉得自己和言希沟通有障碍,但看着少年怡然自得的模样,又觉得自己不够大气,人生毕竟难得几次开怀。于是摸索到瓶口,用指尖抠掉蜡塞,微笑示范,喝了一大口,辛辣清洌的滋味窜入口舌。人说"口舌之欲",就是这样惯出来的。

少年看着她,眼睛在黑暗中,像是白水晶中养了上好古老的墨玉。

"汾酒?"阿衡问。

言希点头,把手中的递给她:"再尝尝这个。"

阿衡抿了口,辛味呛鼻,到口中却是温润甘香的味道。

"洋河?"

言希眼睛亮了:"你怎么知道的?"

阿衡脸色微红:"小时候,阿爸打酒,偷喝过。散装,很便宜,虽然不纯。"

少年唇角上扬,嘀咕了一句,声音极小:"以前怎么就没发现,是块宝呢?"

宝?阿衡愣了。半晌,讪笑。大概,也就只有言希会这么说了。

与他如此这般意气相投,在盖棺定论之前,不知是好还是坏。

那一日,黄昏暮色弥漫了整个院子,只两个人躲在黑漆漆的酒窖,推瓶换盏。

出来时,少年脸色已经红了桃花林。

"阿衡,要是大人问起来了,怎么说?"他醉意醺然,半掩眸问她。

"喝了果汁,和言希,可好喝了。"阿衡笑,神态安稳,面色白净,唇齿指尖是香甜的气息。

"乖。"他再次拍了拍她的头,孩子气地笑。

"阿衡呀,下次有空,我们再一起喝果汁吧。"少年笑,露出了牙龈上的小红肉,伸出细长的小指,憨态可爱,"拉钩。"

阿衡啼笑皆非,小拇指轻轻勾起少年的指,又瞬间放下:"好。"

她每每做出承诺,必定实现,这是一种执着,却也是一种可怕。

于是,她做了言希固定的果汁友,到后来的酒友。

至亲时,不过如此;至疏时,也不外如是。

六月初的时候,天已经极热,家里的中央空调也开始运作。二十六摄氏度的恒温,不热不冷,舒适得让阿衡有些郁闷。

她不喜欢太过安逸的环境,尤其是人工制造的,于是,到了周末得了空,跑小虾家的时候居多。大人们都忙,放了学,家里常常只剩下思莞和思尔。

说起来,思尔小时候身子单薄,家里人娇养,晚上了一年学,今年夏天才升高中。眼下,为了准备中考,思莞铆足了劲给思尔拔高,大有不考西林不罢休之势。

又是周一,阿衡生物钟稳定,一向到点儿自个儿睁眼。可是这次,却无意借了外力,被一阵喑哑难听的铃声吵醒。拉开窗帘,梧桐树下,站了红衣少年,倚在一辆破旧不堪的自行车旁,笑容明媚,仰头望着窗,手使劲儿地摁着车铃。

"阿衡,你看!"他有些兴奋。

"什么?"阿衡揉眼睛。

"Yo girl, see, 快 see, 我的洋车儿, 带横梁的!"言希手舞足蹈。

这车?

阿衡笑:"从哪儿来的?"

少年唾沫乱飞："昨天从储藏室淘出来的。老头儿以前骑过的,二十年的老古董了,现在都少见,一般人儿我不让他瞧!"

阿衡叹气："吃饭了吗?"

"一碗豆浆一碗胡辣汤仨包子算吗?"言希欢愉了面容。

她撑着窗,探头微笑。言希早餐一向吃得少,撑死了一碗豆浆,今天看起来心情是真好。

"我先在院子里遛一圈,你快点儿,一会儿带你上学!"少年回身,挥了手,有些滑稽地跨上横梁,老头子一般的模样,一走三晃。这洋车儿,离报废不远了。

她咬着馒头专心致志地吃早饭时,有人却气急败坏地敲了门。

张嫂开了门,是言希,脸上手上蹭了好几道黑印。

"这是怎么了?"思莞咋舌。

"还没跑半圈,车链掉了,安不上了!"言希一屁股坐了下来,眼睛瞪大,占了半张脸。

"什么车链?"思莞迷糊起来。

阿衡笑:"脸脏了。"

言希嘟囔着跑到洗手间,阿衡搁了馒头抱着修理箱走了出去。果然,看到了近乎瘫痪的自行车。

她皱眉,为难地看着比自己岁数还大的车链,钳子螺丝刀倒了一地。得,看哪个顺眼上哪个吧!

噼里啪啦,叮里咣当。

阿衡看着颤巍巍返回原位的链条,觉得自己实在人才,哪天问问何爷爷,缺不缺人……

"怎么安上的?"言希惊诧。

阿衡沉吟,这是物理原理还是数学原理,还是两者都有?她抬头,言希却笑了。

阿衡知道自己脸上一定不比刚刚的言希好看到哪，用严肃掩饰脸红："我觉得吧，你应该，谢我。"

言希也严肃："我觉得吧，你应该，考虑一个喜好喜剧的人的心情。"

阿衡瞪，一二三，没忍住，笑。

言希也笑，食指轻轻蹭掉女孩眉心的一抹黑："今天我能骑上这辆洋车儿，感谢CCTV，感谢MTV，感谢滚石，感谢索尼，感谢阿衡，行了吧？"

阿衡含蓄点头，暗爽，呵呵。

这一日，阿衡坐在自行车上，像极了电视上抬花轿的颠簸，晕晕沉沉，歪歪扭扭的。

破车以每秒一步的速度晃悠着，半路上碰到了辛达夷。那厮明显没见过世面，吓了一跳，嘴张成奶糖喔喔，兴致盎然、悠悠哒哒地研究了一路。

言希怒，扭了头，直接朝辛达夷身上撞。车虽破，杀伤力还是有的。

言希轻蔑地看着倒地不起的辛达夷，得意地用车轮在少年腿上盖了印儿，潇洒地随空气而去。

阿衡红了脸，掩了面，打定主意掩耳盗铃：别人瞧不见破车后座有人，瞧不见瞧不见。

可终究，明知言希有着容易后悔、容易执迷不悟、容易逞强的坏毛病，尴尬、别扭了一路，还是陪了这少年一路。

只是，需要多久，他才能意识到，这陪伴弥足珍贵。

有时，即便掏空了心，付出了全部，也再难追溯。

Chapter 29
# 无相总是有缘人

言爷爷要出国了。

吃晚饭时,阿衡听自家爷爷说起,言爷爷年前已经在准备签证出国的事。上头觉得老爷子戎马一生,给新中国奉献了不少,军部理应放行,送他去美国和儿子媳妇一家团聚。不然,言老爷子的军衔在那儿摆着,还真是让人为难。

"言希呢?"阿衡问,说完后才自觉语气过急。

爷爷扫了她一眼,皱着眉:"那个孩子,死活不乐意去。言帅从年初哄到现在,言希都不答应。这两天,爷孙俩正冷战着。"

这厢,思莞已经放了汤勺,不顾餐桌礼仪,大步流星地离开了。

思尔想到什么,黯然低了头,咬了唇,静坐在那里。

温老哼了一声,眼神有些阴厉:"这么大的孩子,真不知道心思都放到了哪里!一个这样,两个还是这样!"

阿衡尴尬,这话爷爷是说给谁听的?

她匆匆吃完饭,回到房间,拨了辛达夷的手机。

"达夷。"阿衡抿了抿唇。

"哦,是阿衡呀,怎么了?"达夷身旁有些嘈杂。

"思莞、言希,在你身边?"她想了想,问少年。

"在,两人正吵着呢——哎哎哎,言希,美人儿,别恼,别砸老子游戏机,刚买的。思莞说那话真没啥意思!"辛达夷离了手机,劝架,阿衡在另一端听了个十之八九。

果然……她微微叹气。

"那啥,我先挂了,阿衡我一会儿打给你——温思莞,你丫今儿疯了不是……"

一阵忙音。


放回话筒,坐到书桌前,她望着书桌上放得整整齐齐的一摞书,无论拿起哪一本,那些条条框框都再清晰不过,可是却又统统枯燥得令人难以接受。

牛顿运动定律,呵,总是在虚无的条件中创造结论……

$AgC_1$,$BaSO_4$,永远不会溶解吗……

有细胞壁的单细胞植物,没有细胞壁的单细胞动物,不管怎么样,都是单细胞……

正弦曲线、余弦曲线,一般的模样,却永远相差四分之一个周期……

她看着书,轻轻呼吸,想着心平气和,却发现,随意一秒的呼吸都可能走向无法平息的紊乱。

最终,还是饶过自己,缓缓地伏在桌子上。

她不够聪明,又如何敢轻易动了妄念,去打扰别人的生活?

谁又能漫过心底的不舍而不去挽留那个谁?

忍过才好,只要能忍得,便能舍得。

阿衡叹气,又缓缓坐直身子,翻开语文课本轻轻念着课文。许久未用的吴侬软语。

没有人会听懂吧，这样，才能安心。

"归有光，《项脊轩志》。项脊轩，旧南阁子也……"她笑，摸着书本上的字，所学古文不算少，可，唯独最喜欢这篇。

他家有个南阁子，做了垂髫少年的书房。一生，除了娶妻尽孝，并未离去几时。家有祖母，喜这少年入仕，光耀白玉笏；又有慈母，夜常叩门，儿寒乎，欲食乎，殷殷备至。阁前美景，一年四时，绿柳成荫，月影疏斜。后来，束了冠，娶了妻，小妻子常描着他的笔迹，笑语，相公，家中小妹问我，何为阁子也？

何为阁子也？少年哑然……

何为阁子也？他生于此长于此，半生蹉跎，圈在阁子内，站在此山中，如何能知……如何能知何为阁子也……

"庭有枇杷树，吾妻死之年所手植也，今已亭亭如盖矣。"阿衡念着，微微闭眼，书中的字字句句像是在心中拖沓了墨迹，一字一句，费了思量。于是，枇杷树焦了又绿，绿了又焦，那亲手栽树的小妻子早已深埋黄土，黄泉两处，他依旧不知答案。

再睁开眼，身旁站着笑颜明丽的思尔，三步之遥。

"阿衡，你在痴心妄想些什么？"她微笑轻语，歪头问她，只是这声音在夜风中，清冷而讽刺。

阿衡抬头，起身，温和开口："尔尔，夜里风凉，你身子弱，不要站在风下。"转身走到窗前，合了窗。

窗外月漫枝头，树影斑驳，映在窗上，缓缓无声息地前行。

思尔无所谓地转身，嘲讽的语气："你知我是什么模样，不必装得这么客气。今天，只是看在你姓温的分上，奉劝一句，不要再做白日梦。"

她冷笑:"也许,不久之后,我就走了,这是我对你最后的告诫。"

阿衡诧异,却静静敛眉:"多谢。"

平静如水,温柔礼貌的模样。

思尔关门,嗤笑:"真不知道你和思莞闹些什么,两个人,跟一个模子刻出来的一样。"

是呀,不知为了谁。而这个谁又不知为了什么,人前人后两副肝肠。

阿衡淡笑,看着少女离去。

大半夜的,她被一通电话吵醒。所幸,那时除了学习不爱别的,若是看过《午夜凶铃》,那还得了?

"哪位?"她半梦半醒,鼻音很重。

"思莞吗?你丫把电话转到阿衡房间!"气势凌人的声音。

阿衡瞅了话筒半响,迟疑开口:"言希,我,温衡。"

"咦,我听错了?是你正好!"言希语速有些快。

阿衡有些迷糊:"嗯?"

"喂喂,阿衡,我问你个事儿,你老实回答,不准说假话,知道吗?"

"哦。"阿衡点头。

"我家老爷子和李妈去美国,你愿意搬到我家住吗?"少年的声音有些尴尬不自在。

人都走了,找她看门吗?住哪不一样。

"好。"她揉揉眼睛打着哈欠回答,却误解了少年的意思。

"老头儿,老头儿,听到了吧,不用你操心。你们走后,本少照样有饭吃,嘿嘿,阿衡做饭不是盖的!……"对方欢喜雀跃。

啪,电话挂了。

阿衡觉得自己在梦游,黑暗中闭上眼睛摸回床上。

## Chapter 29　无相总是有缘人

　　早晨醒了，阿衡暗自嘀咕，昨天做了一个奇怪的梦，言希竟然让我到他家看门儿，我竟然还答应了。随即脸红了，咳咳两声，低头喝米粥。

　　抬眼，思莞看起来脸色不错，红润红润的，从起床开始酒窝就一直挂在脸上，神清气爽。少年不似平常刻意避开眼光，反而看着她，笑眯眯的，绝对无比的善意。

　　阿衡小小地哆嗦了一下，缩回目光，啜着白白香香的米粥。

　　"阿衡，你什么时候收拾东西，我帮你。"思莞语气温柔亲切。

　　手一抖，粥梗在脖子里，烫出了泪花花。

　　莫非，要被退货，扫地出门了？

　　"为什么？"阿衡讷讷。

　　"什么为什么，你昨天不是答应言希搬去他家了吗？言爷爷不是也妥协了吗？"思莞冲她乐，笑容灿烂，比朝阳还刺眼。

　　温老沉吟，也开了口："阿衡，你言爷爷跟我说了这事儿。言希确实不想走，但家里没人做饭，请保姆怕那孩子挑剔，正好他吃得惯你做的饭，你去言帅放心。我看平日你们感情不错，咱们两家的感情，亲兄妹也是说得过去的。这事儿，不如就这么着吧，住不惯了，再回来也成。"

　　呆。昨天不是做梦？

　　可爷爷的态度为何变得如此快？昨天的语气，像是巴不得言希走的，今天，怎么说变就变了？

　　这次，反倒是温母撂了脸，皱眉："不成，阿衡是个女孩子，和阿希在一起，不方便！"

　　温老默默注视了阿衡一会儿，开口："蕴宜，这事儿，是你言伯伯亲自跟我说的。"

　　"爸，我知道，可是安国临走时跟我表过态，他不同意……"温母急了。

　　温老打断了儿媳妇的话，严肃了神色："前些年，不是言帅一力保举，那一起风波，我们一家都要搁进去了！没有言帅，温家哪有今天！"

"可是……"温母看了一眼思尔，思尔却看向思莞。

思莞朝她眨眨眼，她心中了然，脸上阴阳怪气的样子散了许多，浮出一抹放松的微笑。

她……不用离开家人了……

"何况当年，我被堵到包围圈里，是言帅带着人把我救出来的！这两桩，哪一个不够温家还一辈子？"温老的声音颇是沉静，掷地有声，让温母无法反驳。

"爷爷，我去。"阿衡默，一件小事，至于说到国破家亡、结草衔环的地步吗？

当然，后来的事实证明，是她小白了……

言帅、李警卫出国的当天，她就连人带包袱被扔到了言家。

"言希，我们阿衡可交给你了，你手下留情……"思莞提着行李包，欲言又止。

言希接过行李，猛踹一脚："行李到了，人到了，你可以滚了！"

随即，哐当，关门。

"喊！以为本少虐待狂呀！"言希狰狞着大眼睛，咬牙切齿，转头，对着阿衡，笑得春花灿烂。

阿衡抖了抖面皮，后退一步："言希，正常表情，就好。"

言希撇嘴："少爷我就这么不招人待见吗？小时候我可是全院公认的可爱宝宝呀，可爱宝宝……"

阿衡无语，我小时候还人见人夸一根含羞草呢。

"走吧，到你房间看看。"言希把手插进口袋，露了牙龈的小红肉，"我整理了好些日子，让人买了一些家具。"

## Chapter 29　无相总是有缘人

依旧是离走廊有些远的房间，和言希的隔了两个客房。不过，由于言家和温家所处方位不同，言希为阿衡选的这个房间，长年都是阳光充沛的。

"阿衡，你喜欢阳光。"他推开门，白皙秀美的指释放了满室的金光，极是肯定的语气。

阿衡愣，她以为，所有的人都认为她喜欢阴暗。

因为，在温家，她挑了树影最盛的房间。她自以为滴水不漏，但酒窖中那一番畏惧黑暗的样子，却被谁不经意记进了心间。

"你喜欢黑色白色冷色，讨厌粉色红色暖色，和我刚好相反。"言希微眯大眼，笑着如数家珍。

黑色的书橱，白色的衣柜，牛奶色的墙，散发着淡淡木香的家具，温柔而严谨的色调。

阿衡抬头，凝视着白墙上一连串醒目的涂鸦。

言希顺着她的目光，轻咳，小声嘀咕："抱歉，个人趣味，一时手痒，没忍住。你将就将就吧。"同他房间一样风格散漫的兔耳小人儿，细细的胳膊，细细的腿，大大的眼睛，占了半张脸，像极……

阿衡笑，凝视言希，皱着鼻子："好看。"

言希扑哧一声，拍拍阿衡的脑袋："笨孩子，什么都只会说好看。"

阿衡苦苦思索半天，又郑重地说了一句："谢谢。"

言希手背掩唇，大眼睛忽闪忽闪，偷笑，孩子气的语调："我还以为，你被我从温家强要来，会恼。"

"你是言希，谁敢？"阿衡糯糯回答。

"真是不厚道，就不能不说实话。"言希挑眉，轻轻用手臂挡住了窗外的阳光。

半晌，琢磨着，少年笑开，逗着趣儿："哎，既然你是温衡，又怎么会说谎。"

Chapter 30
## 少年风流总遭嫌

言老临行前一夜同阿衡聊了许久，出来时，两人脸色都有些奇怪。

第二日，言希和温家一家人送机时，李警卫拉着言希啰唆了一堆，眼圈都红了，生怕心肝儿上的肉照顾不好自己。

反倒是言爷爷，并未对宝贝孙子牵挂不舍，只是望着阿衡，欲言又止。

思尔站在远处，看着言老和阿衡，唇角笑意讽刺。

阿衡抽搐了嘴角，走上前，小声宽慰道："言爷爷，放心。"

老人瞬间亮了眼睛，笑得春暖花开，挥挥手，和李警卫登机离去。

"阿衡，你和老爷子背着我干什么了？"言希觉得背脊发凉。

阿衡沉默半天，低头："秘密，不能说。"

这话益发勾起了少年的兴趣，缠问了一路，阿衡只假寐，装作没听见。

思莞笑看言希，拍拍他的肩："你甭白费力气了。"一车人饶有兴致地望着他，言希顿时没了继续问下去的兴趣，掉转目光望向窗外。

蓦地，言希兴奋起来，使劲儿晃着阿衡："阿衡，G-H国道入口，你来京时看到了吧，刚修的，牌子很漂亮，油彩搭配得很好。"

阿衡含笑不说话，只是仔细看着言希眉飞色舞，听他唾沫乱飞地讲着色彩的搭配。

"言希哥，你懂得真多！"思尔开口，小小的笑语，不冷不热的语调。少年怔忡着漂亮的大眼睛，有些尴尬，闭了嘴，沉默起来。

思莞微不可闻地叹气。

言希自幼和尔尔相处时便是如此。尔尔待言希，言语中多藏几分刻薄；而言希待她，却总是忍让无措，并存着几分怯懦。

平日，两个人不接触不亲密，甚至连话都很少说。但是，印象中每次尔尔被院子里的男孩儿欺负排挤，他赶过去解救妹妹时，总是看到言希脸上青一块紫一块，安静地眨着大眼睛看着尔尔哭，偶尔递张纸巾。

他觉得神奇又觉得遗憾，自己的妹妹被欺负了，每次出头的却都是言希，饶是两家关系再近，也是颇伤一个做哥哥的自尊的。

可惜，尔尔似乎打心底不喜欢言希，她说自己每次伤心难过的时候，身边总有言希。

小孩子的记忆浅，总会误以为这个人便是欺负自己的人，存了不好的印象。再加上言希平日的做派，任凭他如何解释，尔尔似乎打定了主意讨厌言希。

阿衡最近有些麻烦，麻烦在于，她从没有见过这么麻烦的人。

喝牛奶只喝巧克力牛奶，但是巧克力的香味不能盖过牛奶的味道；煎鸡蛋只吃八成熟，糖心要刚好在正中间；看电视一个人要占一整个沙发，你不能坐他身边；洗澡用的沐浴露必须是宝宝金水婴儿装，其他的想都不要想——除非你想看着他过敏满身桃花开；画画打游戏时必须离他十步开外，但是他要你出现时，你必须在三秒内现身，否则会被哀怨的目光折磨死；洗的衣服要干干净净，整齐的程度像专卖店里的最好，如果不像，至少要香，而且必须是若隐若现勾人的香……

于是，出现在众人面前的，就是闪着金光、通身完美的少年和灰头土脸的阿衡。

"啧啧，言希同学，你该不会是狐狸精吧，专吸人精血。"Rosemary调侃。

"要吸也是先吸人妖的。"言希无辜摊手。

Rosemary笑得眼儿媚，上挑着凤尾，暧昧地凑到言希面前："Come on, baby. 你吸吧，我不介意。"

辛达夷手一抖，物理书拍到了肉丝脸上："妈的，言希要是狐狸精，你丫就是千年蛇妖，没胸没臀偏他奶奶的自我感觉忒良好！"

陈倦手指拈着书角，砸了回去，正中辛达夷脑门儿，眯眼："你还不是狒狒没进化完，在这儿充类人猿！"

狐狸，蛇，狒狒……

"要开动物园吗？"阿衡打着哈欠，半梦半醒。昨天半夜言希打完游戏又嗷嗷着叫饿了渴了，把她从睡梦中晃醒热牛奶煮泡面，于是，她有些睡眠不足。

"不行，还差一个。"言希正色。

"什么？"阿衡揉揉眼睛。

"再加上一个口吃的江南水龟就够了。"言希窃笑，牙齿洁白无比。

妈的奶奶的噼里啪啦的！

阿衡悲愤。

"阿衡，依我看，言希就是吃定了你好欺负。"陈倦坏笑。

阿衡笑，这都被你看出来了？

"谢谢夸奖。"阿衡从善如流，微笑，埋头，继续计算笔下的能量转换。

"阿衡，我为什么觉得你不大喜欢我？"陈倦玩味，"我得罪过

## Chapter 30 少年风流总遭嫌

你吗？"

原子笔轻轻顿了顿，阿衡抬头，轻笑："没有。"

"我们好歹是同桌，你对我这么生疏，不好吧？"陈倦向左侧身，十指交叉，微微勾动艳红的唇。

阿衡愕然："你知我嘴笨，平时说话……"

陈倦打断她的话，媚笑，凝睇："这不是借口。"

阿衡微微垂目笑了笑，她总不能说，我本能地觉得你不是良善之辈，所以堂而皇之地讨厌吧？

"你知道，我很缺朋友的。女孩子嫉妒我……"陈倦突地抓住阿衡的右臂，泪眼盈盈，明眸斜了辛达夷一眼，"而男孩子，总是想非礼我。"

此厢，辛达夷正挠着脑袋画受力分析图。

阿衡哑然。您抬举他了。


阿衡看着言希房间紧闭的门，揉揉眉心，有些伤脑筋。

辛达夷一早就来了，两人一直关着房门，无声无息，鬼鬼祟祟，不知在做些什么。

敲门，咚咚。

没反应。

第十次了。

阿衡有些小郁闷，她从开始煮晚饭到厨房里的绿豆粥变凉，将近两个小时，这俩毫无声息。

于是，推门。还好，没锁。

"啊啊啊啊啊！"

"哇哇哇哇哇！"

两声高分贝的尖叫，一个嗓门儿粗，一个音律高。

阿衡吓了一大跳，惊悚十分，探进头，屋内的电视正播放着 DVD，盘坐在地板上的两个少年看到她的出现，像是受了很大的打击，尖叫堪比母鸡。

"不能看，不能看！"辛达夷蹦了起来，伸臂挡在电视机前，眼睛瞪得贼大，脸红得快煮透了。

阿衡呆，望着辛达夷挡住的电视缝隙中若隐若现的女人白花花的大腿。

砰，一个抱枕砸了过来。

"流氓！"言希站在远处，红着瓜子脸，大眼睛占了半张脸，唾沫恨不得喷到她脸上。紧接着，第二个、第三个砸了过来，飕飕的风声伴随着电视中清晰猥琐的男女呻吟声。

阿衡僵硬地对着言希微笑，转身关了门。走了两步，又返回，开门，再度听到尖叫声。

"我只是，想问，你们什么时候吃饭。还有，继续，我不急。"

之后，吃晚饭的时候，辛达夷吞吞吐吐："阿衡，你别误会，我们这次，是第一次。"

第一次看 A 字开头的限量版？还是第一次集体公然传播淫秽物品？

阿衡但笑不语，脸色却铁青。

"牛虻！"言希抱着白瓷碗，缩着脑袋喝稀饭，只露出大眼睛，委屈而无辜，隐隐的戏弄和狡黠。

阿衡放了碗，眉眼温和，慢悠悠一字一句地说："我怎么流氓了？是参与了，还是，帮你 hand work 了？"

"真恼了真恼了！"辛达夷打了寒战，小声对言希耳语。让阿衡说出这样露骨的话，放在平日，比杀了她还难。

"废话，还用你对老子说！"言希挑眉，拿手挡嘴，低声骂回。

## Chapter 30　少年风流总遭嫌

"怎么办？"辛达夷抓抓黑发，觉得棘手。

"要不，你给阿衡赔礼道歉？"言希摸下巴，深沉考虑。

"为什么是我？"辛达夷急了，半个身子探到言希座位上。

"喊！你的东西，难道要老子背黑锅？"言希义正词严。

"要不是你丫说想看欧美的，老子会辛辛苦苦、东躲西藏带来吗？"辛达夷快抓狂了。

"呀，不管了，是你带的东西，你负责。"言希摊手，闭眼装无赖。

阿衡垂头，肩膀不停抽动，手中的筷子在颤抖。

"阿……阿衡，你别哭，那啥，我不是故意带那些东西来的，你别生气。"辛达夷吞吞口水，小声道歉，"都是我的错，你别哭了，我没见过女孩子哭，很恐……嗷嗷，言希，你丫踩我干吗！"

"咳，对对，阿衡，都是大姨妈的错。真是的，这孩子这么多年，光长岁数不长脑子！怎么能干出这么天理不容，这么猥琐，这么不少先队员的事呢！我帮你打他哈！"言希猛踩辛达夷，赔着笑脸。

阿衡听言，抬起头，双颊憋得通红，唇齿之间，俨然是温柔揶揄的笑意。

还好，不是哭。辛达夷松了一口气，但反应过来随即咬牙："阿衡！"

"抱歉，不是故意，要笑的。"阿衡弯唇，慢慢的、好心情的。

"呀！死大勺儿，死水龟！"言希怒，左手佯装要拍阿衡的脑袋，到了发顶，却轻轻落下，拍了拍，微凉柔软的掌心。

"喊，死孩子，还以为真恼了呢。"笑靥如花，龙眼般的大眼儿眯了眯。

Chapter 31
## 无福无寿真国色

言希喜欢视觉摇滚，阿衡是不意外的。

因为她清楚地知道，这少年有一颗敏感而宽阔的心，足以承载音乐最绚丽的变化，接受造型上最诡谲的尺度。

颓废，靡丽，喧嚣，这是她对那些带着金属质的音乐所能给予的所有评价。

言希是一个聪明的人。因此，他总是把别人演唱时所有细微的动作、表情模仿得惟妙惟肖，甚至包括嗓音流动的味道，只不过是跑了调的。

言希又是一个专一的人，许多年只听一个乐团的音乐，Sleepless。四个人的组合，其他三个只是平平，唯独主唱 Ice，是一个如夜色一般迷人的精致黑发男子。

Ice 喜欢站在舞台的角落，在灯光暧昧中，化着最华丽的妆容，用带着压抑狂暴的灵魂演绎自己的人生。

无法道明理由的，言希热烈地迷恋着这个乐团，或者说，Ice 这个人。

阿衡看过言希录的 Ice 演唱会现场，却着实无法生起热爱。因为这个叫作 Ice 的男子，有着太过空灵干净的眼睛，脱离情绪时，总是带着无可辩解的对世人的轻蔑；热情时，却又带着满目的热火，恨不得把人烧尽。

她看着舞台上的那男子，看得心惊胆战。转眼，却又胆战心惊地发现，言希把那男子的眼神模仿得炉火纯青。

这让她有一种错觉，如果给言希一个机会，他会放纵自己重复走向那眼神背后隐藏的经历。而这些经历，她即便不清楚却也敢打包票，绝不是长寿安宁之人会拥有的。

因此，当陈倦微笑着把一张传单递给言希时，阿衡隐隐皱了眉。

"什么？"言希有些怔忡。

陈倦笑："我以前听思莞说，你很喜欢视觉摇滚。今天上学路上有人发传单，好像是C公司准备新推出一个视觉band，正在选拔主唱。你可以去试试，言希。"

C公司是全国有名的造星公司，国内知名的乐团多数是由他们制造的。

言希愣，半响，开始偷笑："哎呀呀，如果本少被选上进入了演艺圈，以后是不是就能看到我偶像了？"

陈倦挑起眼角的凤尾，隐去笑，正色道："言希，我没有和你开玩笑。"

言希怪叫："谁跟你开玩笑？就是开玩笑，我能拿我偶像跟你开吗？喊！"

"言希，我记得你丫好像从两年前就念叨着要到小日本儿去看你偶像。"辛达夷插话。

"没办法，我家老头儿说我要是敢踏进倭国一步，就立刻和我断绝关系，尤其是金钱关系。"言希摊手，摇头感叹。

"别扯这些了，我正好认识几个玩儿乐队的，言希你要是乐意去，我可以请他们陪你练习。"陈倦打断少年偏题的话头。

"去，怎么不去！"言希笑。

阿衡坐在一旁，一直不置一词，心中却隐约有些烦躁。她心底期待言希把这事当作一个笑话，说说也就忘了。

可是，他放学以后就把自己锁在了房间里，关了灯，一个人一遍遍安静地重复观看 Ice 的演唱会实录，出来的时候，只对她说了一句："阿衡，我想试试。"

阿衡不说话，只是默默点了头。

她不知道 Rosemary 为何对言希的事如此关心，但他寻来的那几个人，每一个都是艺大的学生，对摇滚乐十分通晓。架子鼓、吉他、键琴，一应俱全。

"这是玩儿真的？"辛达夷对着阿衡咋舌。

"嗯，昨天言希报了名。"阿衡开口，目光却投在 Rosemary 身上，他正从完全专业的角度，认真挑剔着言希唱歌的发声。

阿衡没有忘记，思莞曾说过，陈倦的音乐才能有多么出彩。

当然，妈妈也曾说过，言希幼时跟随她学钢琴，整整一年，才能磕磕巴巴地弹出一首小舞曲。

天生长了一双弹钢琴的手，却对音乐的敏锐性出奇的差。因此，为什么会是言希？

Rosemary 分明是早就做好了准备，选定了言希，或者，他一开始的目标就是言希。阿衡甚至有一种错觉，他在不遗余力地把言希拉向这条路，那一套说辞，言希的兴趣、同学情谊，太过敷衍。

依言希平日的敏锐，他本该看出。可是，这少年流连沉浸在精神甚至灵魂的罂粟中，已然失去控制。

而 Rosemary 显然是清楚言希性格中的这一弱势的。他对言希很了解，这超出阿衡的设想太多，也太可怕，因为她从一开始就不清楚这诡异少年的目的。

从他的变装归国，对过去的只字不提，到思莞对他靠近言希的强烈排斥，一切的一切，都像化不开的雾色朦胧。

"这句是6/8拍，A大调，先起后收，唱错了。"Rosemary皱眉，指着乐谱。

"怎么又错了？"言希小声，瞪大眼睛看着乐谱，像要看出一个洞，表情是茫然无知的可爱。

阿衡收回神思，笑了起来，走到厨房，准备了几杯果汁。

"陈倦，谢谢。"阿衡把果汁递给那个一身女装的妖娆男子，微笑着打断他对言希的训斥。

"阿衡……"言希眼睛水汪汪地望着阿衡，可怜兮兮地伸出手索要果汁，像极嗷嗷待哺的卤肉饭。

"自己拿。"阿衡微笑，淡淡转身，拉着辛达夷向玄关走去。她留给他完全的空间。

不要遗憾，不要有遗憾……

选拔的日期在七月中旬，期末考试是在七月初。思莞是断然不会允许言希再次在高一混日子的，这厢思尔中考一过，他便驻扎在言家，每天主动给言希复习功课。

Rosemary对思莞的行为一直似笑非笑的，像是早就明白他会如此，也就知趣地应允，期末考后，再练发声。

"阿衡，你……"思莞对着阿衡欲言又止。

阿衡淡哂，她知道思莞想说什么，为什么不阻拦言希？所有人都觉得这样不妥，所有人都觉得言希日子过得太舒服，吃饱了撑的去玩乐团，更可笑的是竟然还要当艺人。依他的身份、权势和地位，哪一样不是手到擒来，何须如此？

还是，思莞认为，言希只能高雅到不沾染人世尘烟，类阳春似白雪，被人捧在手心？

虽然，她也是一直这样……期冀着。

可是，言希是独立的，自由的言希，是言希的言希，既不是思莞的言希，也不是阿衡的言希。只有当他心甘情愿地属于一个人时，才有被拘束却依旧幸福的可能。

但是，她生性如此的愚笨迂腐，在这样的人出现之前，又该怎样保证这少年的平安喜乐？

不能多一分，不能少一寸，实在伤脑筋。

期末考终于考完了，暑假正式开始。言家成了根据地，辛达夷、思莞整天泡在言家，吃吃喝喝，完全脱离了长辈的管教。

言希每天摧残着众人的耳朵。思莞有涵养，只躲在楼上不出来；辛达夷可不管这么多，言希一开口，势必捂着耳朵哎哟哟叫着表示自己的痛苦；卤肉饭大合唱，在主人脑门上绕来绕去地叫着"卤肉卤肉，不知所云不知所云"。

言希怒，连人带鸟，一齐往外扔。

选拔赛的前一天，连阿衡都觉得肉丝美丽同学快被折磨得只有出的气儿了，言希这厢才找准了调。配上姿势动作，仔细看来，似模似样，让人移不开眼。

"阿衡。"言希望着阿衡，他在寻求她的肯定。

阿衡舔舔干燥的唇，并不看言希："明天，要准备水、喉糖。"

言希轻轻呼吸，大眼睛望着阿衡。

辛达夷看着两人，觉得气氛尴尬，自觉地没有聒噪。

Rosemary 在一旁只是笑，眼角的凤尾流光尖锐。

## Chapter 31　无福无寿真国色

思莞站在二楼，肘倚着栏杆，笑着开口："阿衡，准备些排骨。"

阿衡微笑，点头说："好。"

第二日清晨六点，Rosemary 就带走了言希，说是带他去做造型，让阿衡他们直接去选拔会场。C 公司包下了市立戏院，大肆宣传，要将一夜成名的神话进行到底。

阿衡、辛达夷、思莞到时，只看到了满眼乌泱泱的人群，坐得满满的，甚至走道上都布置了塑料座椅。听着周围人的交谈，好像是候选人现在已经排了序，分发了号码牌，现在都在后台准备。

阿衡他们估摸着，这么多人，到了后台也不一定能看到言希，反而平白给他添了压力，于是就在前排走道找了位子坐等。

说实话，阿衡并不喜欢男子化着过分的妆容，如若相貌不够突出，化出来效果是惊人的恐怖，好比眼前的几位。场内大家的表情，除了那些选手的亲友，其他人都是青紫不定。

阿衡开始头疼，她知道言希的好看，却也担心依着这少年狂傲不羁的性子，不知又会化出什么前卫的模样。

场内摇滚重音震天响，他们几个坐在前排，思莞、辛达夷被聒得实在受不了，无奈捂住了耳朵。而阿衡，只看着场内缤纷不定的光线，一派沉静温和的模样。

后面倒也出来了几位模样好、唱功佳的，引起满堂喝彩。可是比起言希……阿衡轻轻叹气，微闭了双眸。

结局已经分明。

她只能如此了吗？

着实……让人不甘心。

再睁开眼,舞台上,那个少年已经站定。

场下一片欢呼,喧嚣至极,她却双手交叠紧紧贴住膝盖,摒弃了纷扬,耳畔一片清明。

言希站在一隅安静的角落,眉眼早已不是平日的样子,化得妖媚而华丽,分明是阿衡记得的演唱会上 Ice 的模样,熟悉清晰,惊心动魄。

黑色的披风,纤瘦的身姿,纯白的衬衣,解开的三颗纽扣,晶莹白皙的皮肤。

梳向后的一根根小辫子,漆黑的发,干净无尘的眸。

连微风吹起时,衬衣下摆的弧度……都一样。

阿衡胃有些绞痛,手心已经被汗湿透。她记得言希对她说过,Ice 早在 1998 年年初,便因为压力太大,从十三层公寓跳楼自杀。

他并非不想去日本看他的演唱会,只是那美人早已随风而逝,魂梦两散。

她记得,幼时,邻居的老人说,男生女相,无福无寿,最是红颜命薄。

她记得,言爷爷临行前,老泪横流,让她无论如何,要保住言希,让他健康无忧。

她不懂,什么都不懂,选择相信了所有的流言,却因为言希的渴望,而裹足不前。

蓦地,灯光熄了,全场哗然。

再亮起时,四周一片黑暗,灯光只照着舞台正中央。

那里却站了另外一个少年,化着烟熏妆,美貌魅人。

是 Rosemary!

他打了响指,音乐响起,是言希练习了千百遍的 Ice 的成名曲 Fleeting Time。

## Chapter 31　无福无寿真国色

流年。

少年富有磁性而带着强大爆发力的声音在舞台响起时，满场的震撼已经难以言喻。

陈倦拿着麦克风，声线华丽而张扬，是摇滚真正完美的样子。

他嘲笑着，望向舞台角落阴影里站着的那个少年。

阿衡盯着言希站着的角落，盯着黑暗中的那道黑影，看着黑暗中的那双大眼睛，慢慢变得黯淡，慢慢消失了光芒。

明明所有人的目光都在陈倦身上，明明所有人都已忘却黑暗中的那一抹存在，阿衡却看到了他慌张无措，甚至悲伤到愤怒的灵魂。

他站得笔直，那么美丽，却没有人再望一眼，再也没有。

阿衡觉得自己的血液在逆流，她有些困难地站起来，紧紧攥住了身下的塑料座椅，耳畔轰鸣，一步步向前走去。

多么奇怪的感觉，这么大的世界，这么喧扰的人群，却只能听到自己的脚步声。

"阿衡，你要去哪里？"思莞担心的声音被人群淹没。

她从一侧走上了舞台，用尽了所有的力气，把手中的座椅砸向陈倦。

她觉得自己，想要杀死他。

当音乐戛然而止，当所有人鸦雀无声，她伸出手，用力地抓住了舞台角落里的那个少年。

"言希，回家。"

少年站在黑暗中，看着她，来不及收起的是眸中模糊的疏离和猜忌。

蓦地，他笑了，姿态柔软地由她牵着手，抬头时，眼底却是一片，小心翼翼的冷漠和尖锐。

她回望着他的目光，一点点伤心愤怒起来。

有些珍惜的东西揣在胸口，踉踉跄跄，找不到出口。

她抓住言希的手，不再看他一眼，只是向前一直跑。脑中，当时，只回旋着一个念头：回家，快些回家。她要带言希回家。

当到了家，阿衡的动作却只余下一片机械。她直接把言希带到了浴室，打开了淋浴，拿起喷头，用手心试着温度。

冷的、热的、温的。

"阿衡，你在做什么？"言希一笑，脸上，是比平时还要明澈十分的美丽。

"闭上眼。"阿衡面无表情。

"噢。"言希乖乖地闭上眼。

她拿着毛巾，蘸了水，轻轻擦拭他面上精心雕琢过的妆容。

"疼。"言希开口，噘嘴。

"忍着。"阿衡冷着脸，面容带着怒气，手上的动作却更加轻柔。眉、眼、鼻子、嘴巴……缓缓地呈现出本真。

她擦拭着少年的额角，直到望见平日熟悉的那一撮有些稚气的绒毛，呼吸的紊乱才稍稍缓解。

过了许久，阿衡复又开了口："低头。"

言希乖乖低了头。阿衡皱眉，一点点解开少年头上的丝带。

"不好看吗？"言希开口，开玩笑的语气。

阿衡却不作声，望着自己满手的发胶和发卡，静静地取了洗发膏，轻轻用手心揉着少年湿了的黑发，揉了许久，冲干净了。柔软的黑发上依旧是发胶的味道，难闻的、令人窒息的味道。

第二次，第三次，依旧是去不掉的似乎带着印记的味道。

浴室里，安静得只剩下缓缓的水流声。

蓦地，一声巨响，那女孩扔了手中的喷头。

"到底哪里好看了？一个男孩子不好好地做你的爷们儿，学什么小姑娘，扎什么辫子，丑死了，难看死了！我从来没见过像你这么丑、这么难看的人！"

阿衡吼着、颤抖着，声音很大，大到近乎失控，全然不是平日的温吞和费力。

"知道了。"言希看着她，低头，垂眸，沉默起来。

半晌，她沙哑着嗓音，清晰质问："你知道什么！"

他抬起头，狼狈着，想要开口，却发现，那女孩已然皱着面孔，隐忍着发红的眼眶中的晶莹。

他看着她，把头小心翼翼地抵在她的颈间，安静依赖的姿态，像个孩子一般，带着无措："对不起。"湿漉漉的发，水滴安静地掉落。

阿衡轻轻推开了他，背过身子，深吸了一口气，却因为巨大的压抑，眼泪滚烫掉落。

"言希，在你学会不去猜忌温衡这个陌生人之前，不要说对不起。"


电话响起。

清晨六点钟，这个时候，会是谁？

阿衡拿着电话，开口："哪位？"

对方笑："我，陈倦。"

阿衡冷了音调："有事？"

"我还以为你会感谢我。没想到……实在太伤同桌情谊了。"陈倦声音带着戏谑。

"你哪里来的这么多的自以为是？"阿衡声音冰冷刺骨。

"难道不是吗？我取代了言希的演唱，没有把他推向 Ice 的后尘。我想你不会看不出言希和 Ice 性格中黑暗叛逆的部分有多么相似。"陈倦语气笃定。

"你一直恨言希,是吗?"阿衡深吸一口气,冷静开口。

"如果你是我,如果你迷恋得无可自拔的人深深地眷念着言希,你会怎么做?"对方依旧笑,像老友聊天似的轻松。

"所以,就报复言希?"她的语气变得益发冷硬。

对方轻笑:"起初我是这么想的,可是突然觉得累了,发觉事情不是我想象的那样,就想要停手了。

"后来的你都看到了,虽然言希未称心如意,但我也没做什么十恶不赦的事。"他觉得自己再理直气壮不过。

"毕竟,我没给言希造成任何实质的伤害,对吗?"

只是,却遭到差点毁容的待遇,实在让人郁闷。阿衡那一日的冲动,完全超出他的预想。这女孩一向理智,虽然比起那人的冷清睿智有所不及,但是,至少比起思莞,却是有过之而无不及的聪慧通透。

至今他还不知,阿衡那一日到底为何恼成那副模样,爆发的神情,像是欲杀之而后快。

连温思莞都未如此,究竟是他猜得过浅,还是她藏得太深?

电话彼端却一直是沉默冰冷,陈倦听得到那一端那人的呼吸,涌动的、压抑的,分明是阴暗中隐藏的无法见光的愤怒。

过了许久,她开了口,惊雷一般炸在头顶:"别告诉我你看不出来,言希最怕的不是像那什么狗屁 Ice 一样长埋地下,而是,被全世界抛弃!"

这少年握着话筒,无法动弹,无法言喻的……震撼。

这是他这辈子第一次听阿衡说脏话。

Chapter 32

# 平生不做伤情事

那一日,有个少年风风火火地跑到了言家。

"美人儿,咱不生气哈!老子已经替你揍了陈倦,丫个拆人墙脚的死人妖!"穿着黑T的俊朗黑少年,表情严肃,对着沙发上静默的那一个,慷慨陈词。

言希抬头,扑哧一声,喷了:"是你打了人,还是人打了你?"

这傻孩子的脸上青一块紫一块,嘴角肿了起来,脖子上还有许多道清晰的血痕,像个调色盘。

辛达夷抓着黑发,傻笑:"嘿嘿,你甭管这个,反正知道老子帮你报了仇,就成了!"

言希凝视着少年的面孔,干净正直、一望见底。片刻,琢磨着,笑了:"达夷,你说这个世界,是像你的人比较多,还是像我的多一些?"

少年愣了,皱着眉思索,坦诚道:"要是说脸,长成你丫这样的还真难找;要论个性,像您老这样变态霸道爱欺负人的就更不多了。"

"妈的!"言希笑,手中的抱枕砸了过去。

言家门前有一棵榕树,是言希过一岁生日时,言老亲自为孙子栽的,长了十数个年头，一直十分茂盛。

　　近几年，老人对军中的事务渐渐放了权，在家中闲来无事，就找人在榕树下砌了一个石棋盘，黄昏时，常常同一帮老伙计、老战友杀得难分难解。

　　阿衡喜欢那些老人们下棋时的眼神，那是睿智、桀骜和开阔，是被一枚枚功勋章浸润的明亮高贵。

　　这样的灵魂，于她，只能用满心的仰慕诠释。所以每每遇着，她总是要静静看上许久。

　　言老逗她："我看你是顶喜欢这青石棋盘的，干脆给我们小希做媳妇，嫁到我家，天天让你抱着看个够！"

　　阿衡自是脸红，讷讷无话，只是望着四周，生怕言希不小心出现听了去，自个儿可真是不用活了。

　　辛老笑言老："小希什么时候卖不出去了，要你这么费了老命牵线？也不怕老温骂你挤对人家的小孙女。"

　　言老一瞪眼："你懂什么！这孩子的老实温厚，便是找遍咱们部队整个文工团，也是再也没有的。甭看漂亮姑娘多，可没这个难得。"

　　辛老笑骂："呸！当你言老头儿存了什么好心，只专门欺负人家小闺女温柔，好迁就着你家的小霸王。"

　　这场景似乎还鲜活地在脑中跳跃，可是自言老离去，这棋盘，已经空了许久。

　　"阿衡，你在愣什么？"坐在石凳上的少年歪了头，问她。

　　阿衡轻轻扶正少年的头："不要乱动。"

　　依旧糯糯的语调，却有些冷淡。

　　阿衡把大毛巾围在少年颈上，系了个松结，眸光复杂地望向少年的一头黑发。

## Chapter 32　平生不做伤情事

　　这几日，言希头皮一直红肿发炎，医生推测是发胶中化学物质引起的毛囊发炎，怕伤了发根，便嘱咐少年一定要剃了头发，每天上药，等到痊愈才能蓄发。

　　言希纠结了几日，又不肯去理发店，就让阿衡在家中帮他剪了。

　　阿衡觉得自己很像万能的移动工具箱，做什么事虽然不精通，但总是会一些皮毛的。比如，修车；比如，理发。

　　她的头偏向夕阳，手轻轻触到少年的发，满洒的暮光带着软软温暖的气息温柔地扑向掌心，像是填满了什么。

　　阿衡眯着眼，慢悠悠地寻找少年的发际线，却看到了发顶小小的旋儿。小时候常听老人说，这里是聪明碗儿，长聪明的地方。想必，言希满脑子的古灵精怪，便是从这里而来。

　　言希笑了出声："阿衡阿衡，是不是被我的头发迷住了，不舍得下毒手了？"

　　看看，这自恋，兴许也是从那小窝中长出来的。她无奈，四处寻着发剪，一只白玉雕的手却从前方递了过来："给。"

　　什么时候，一不留神，又被他拿走了⋯⋯

　　阿衡接住，银色的发剪从少年的手心递过，还带着他的体温，强大的冰凉中微弱的温暖。

　　围着大毛巾的言希安安静静地望着大榕树，乖巧的模样。

　　他对她一贯猜忌，种种微末小事便可见一斑。他困扰着如何对待她这个邻家小妹妹，却又教邻家妹妹如何待他。这一段关系，究竟谁更为难。

　　她站在他的身后，微微倾斜了身子，一点点看着发剪从那满眼的黑发中穿梭。缓缓地掉落的，是一地的碎发。

　　"阿衡，我长头发，很慢的。"言希开口，声音有些低落。

　　"这样的长度⋯⋯"阿衡用手比了比他颈间。

"大概要几万年吧。"言希用正经的语气说着不正经的话。

"瞎说。"阿衡皱眉。

"阿衡,我有时觉得,你很不像个女人。"言希微微眯起龙眼般的大眼睛,流光乍泄,"要不然,我看到你,怎么不会害怕呢!"

女人,有什么好害怕的?好奇怪的话。她不理会他,只当这是少年抽风时说的火星语。

可是,许久后,又暗自难过,为什么不问个究竟。

这个世界,又有多少倾诉是没有前因的。他这时刻分明开启了心扉,想要认真地相信她,想要一个走出黑暗的理由,可她却由他平白错失……

她那时在做什么?只是笨拙地专心致志地跟言希满头的黑发做斗争,甚至,还为着他之前的猜忌怀疑而伤神,不想理会他的话。

又过了许久,少年的头发已经被削薄不少。

"阿衡,如果我和思莞掉进水里,你先救哪一个?"言希百无聊赖,懒洋洋开口。

这样无聊的问题。

"思莞。"

"那么我和达夷呢?"少年已经支起耳朵。

"达夷。"

"我和卤肉饭呢?!"他的声音开始有了怨气。

"你。"

言希猛地扭头,大眼睛哀怨地瞪着阿衡,把阿衡吓了一跳,赶紧收回发剪,生怕扎到他。

"阿衡,我虽知道思莞是你亲哥哥,达夷和你玩得素来投机,可你也不必这样坦诚吧!"

阿衡低头，回视少年，有了居高临下的感觉。看了半响，只觉得那张脸太过漂亮无瑕，眼睛太过纯洁干净，嘴噘得太高，扑哧一声，笑了出来。

她见不得言希委屈的模样，还是看他高傲目空一切的模样顺眼一些。

于是，妥协了，笑了出来，总觉得冷战像在同他拉锯。眼泪是起点，那微笑顺理成章是终点。

"你既然都知道，又为什么说出来？"阿衡望着他，满眼的温柔和无奈，"这样，比我还坦诚。"

言希噘嘴，随着阿衡手上的动作，微微低着颈，小声嘀咕："是你要我要坦诚的呀的呀的呀……"

他无限循环，无限埋怨，只是想着自己这么认真配合的认错态度竟没被她发现。那，自己的妥协，这样干脆讨好地放手让她去剪掉自己的头发，又为了什么？

"留了许久的呀。"他条件反射，轻声任性地开口，却全然忘了许久是多久，又是从何时开始的许久。

阿衡愣了，半响，意识到什么，脸微微红了，心中懊恼十分。

这些天，她不自觉地随着自己的性子走，蛮横地把自己心底隐晦的情绪带入到他人之上，如此失去控制，如此……让人困扰。

"言希，我很抱歉。这些天，这么任性。"她讷讷开口，心中理屈。

少年点头："是呀是呀，这么任性，让你帮我热牛奶都臭着一张脸，丑死了！"

"丑死了"三个字，是学着阿衡当日激昂的语气。

阿衡尴尬，轻轻咳，游移目光。

可，蓦地，他又狡黠偷笑，轻轻转身，满满地拥抱着那个呆着面孔的邻家小姑娘。

"阿衡，我真的很不喜欢女人。但是，这一辈子，第一次这么心甘情愿地拥抱一个女孩,所以你看,你多有福气。"

阿衡手足无措,僵硬着身子。半晌,松懈,拍了拍少年的肩,明净山水中缓缓流淌了清澈温柔的笑意。

"其实,你根本没把我,当女人,是不?"

"是呀是呀,你是我弟弟来着。"

"知道了,知道了,热死了!"阿衡装作嫌弃的样子,轻轻推开少年,摆正他的身子。

"你们在做什么?"远处传来一道熟悉的嗓音。

阿衡扭头,看到了思莞,他的表情有些不自在,眸子阴晴不定,在言希和她身上扫来扫去。

思莞和辛达夷因为察觉到她和言希之间相处的气氛有些不对劲,都很是知趣,不再到言家蹭吃蹭喝。阿衡已经有许多天没见到他们了。

言希微抬头,看到思莞手中拿着的几本硬皮书:"去图书馆了?"

思莞点头,面色不豫:"你们在……"

言希垂头,指尖到手心,缓缓贴放在膝盖上:"把你的那些心思都给我收回去。"

思莞停了单车,站定:"言希,你明知道的,我只是担心……"

他笑,眼中却只是一层黑色的浅浅的晕光:"所以,预备一天三遍地提醒我吗?"

飘落的嗓音,缓缓变轻,落至谁的心间,变成烙铁。

"言希哥……"思莞脸色瞬间变得难看至极,僵在原地。

阿衡握着发剪,听得迷迷糊糊。

是她同言希刚刚的举动被思莞误会了吗?

半晌,她想要解释,言希却缓了语气,微微闭上眼睛,嘲讽锋利的语气。

"思莞,你只有在惹我生气的时候,才肯喊我哥。"

"言希!"他是真的动怒了,眉毛皱成了一团,像是绕了千百个结。

"这种程度,就生气了吗?"言希凉凉开口。

"你!"思莞被堵得满肚子气,愤愤地踢了一脚榕树,抱着书,推着单车,掉头就走。

阿衡却被吓了一跳。她几时见过思莞如此对待过言希,实在是说不出的怪异。

"阿衡,你看你哥多关心我?"言希指着自己短了许多的头发,轻声嘀咕,"这样都看不出来还敢乱发脾气,胡乱怀疑,小孩子一个……"

小孩子?

前提是,在你面前。

阿衡微微思索了,想到想不到,思绪早已飘远,不做非想明白的姿态。因为这本就与她没有什么相干。

终于完工了。

少年剪了小平头,帅气清爽许多,一双眼睛看起来,比平日显得更大更干净。

阿衡松了一口气,总算不致难以接受。因为,照着言希的说法,从两岁开始,他可就不曾再裸过脑袋。

第二日吃午饭时,来了不速之客。

"你怎么来了?"阿衡见言希去开门,玄关却半天没有声响,过去一看,竟是 Rosemary 来了。

"不要和言希问相同的话。"这少年已经换回了男装。

清爽的淡紫色 T 恤,白色的休闲裤,面容比做女生时还要漂亮几分,不过是男孩子带着英气和棱角的极致气质,而非刻意做出的女孩儿妖娇的姿态。

只是,和言希站在两端,分外地剑拔弩张。

"怎么的,怕本少不记仇,专门过来,让我别忘了?"言希瞪着大眼睛,目光像是要杀了 Mary,牙齿咬得咯吱响。

"言希,如果我说我是专门来道歉的,你信不信?"陈倦摸摸鼻子,秋波潋滟,讪讪开口。

"你当我傻呀!"言希奇怪地瞅着对方。

"不信。"阿衡则是干脆利落,微笑,准备关门。

"等等等等……"陈倦漂亮的脸上笑容僵硬,修长的手挡住门,"同学一场,非得这么绝情吗?"

"好,既然咱们同学一场,啥都不说了,下跪道歉还是切腹自杀,你选一个吧。"言希皮笑肉不笑。

肉丝后退一步,冷汗倒流。

阿衡沉吟,想起了什么,谈论天气的语气:"你吃午饭了吗?"

"没有。"陈倦也是个精明的主,听了这话,凤眼亮了,从善如流,挤进玄关。

言希臭着一张脸,但望了阿衡一眼,并没有发作,只是默默回了座位,拿着勺子大口挖米挖排骨,挖挖挖……肉丝夹肉丝,他抢盘;肉丝喝汤,他抢盆;肉丝吃米,他抢……电饭煲。

"我家饭没了,你可以滚了吧!"少年嘴塞得满满的,饭碗一粒米都不剩,大眼睛水灵灵地瞪着陈倦。

陈倦目瞪口呆,叹为观止。

阿衡好笑,刚刚还是男子汉大度忍耐的模样,结果没撑一会儿,小孩子的怨气就暴露无遗,真是难为他了。

她抿唇，微笑像春日里的一朵花，起身从厨房盛了排骨汤，递给言希："喝完汤，再说话。"

"阿衡，我喝排骨汤都喝腻了，明天能不能做香辣排骨……"少年边喝边抱怨。

阿衡微笑着摇头："不行。你不能吃辣的，头皮会发炎。"

陈倦忍不住插嘴："言希头皮怎么了？"刚刚一看到言希的新发型，已经彻底雷住他了。

阿衡面无表情地看向陈倦，不咸不淡地开口："用了劣质发胶，得了皮炎。"

肉丝囧，闭嘴。

怪不得剪得这样秃，但是，全世界人民作证，他可没在美发店使坏。

"吃饱了吧，肉丝。"言希喝完汤抹抹嘴，大眼立刻瞪着陈倦，不耐烦地挥手，"快滚快滚！"

"真伤同学情谊。"肉丝摸摸鼻子，耸肩。

阿衡不动声色，笑得山明水净："言希，你先去把头发洗一洗，该抹药了。"

"哪儿还有头发？"言希哀怨地摸摸头，扎手的小平头。可终究还是乖乖起身，大眼睛带着敌意瞪向陈倦，弯腰在阿衡耳畔自以为小声地说话："阿衡，把他赶走！"

陈倦微微抽动了嘴唇。说得这样大声，到底是想让他听到，还是……想让他听到……

"Mary，你有什么话，说吧。"待言希离开，阿衡立刻敛了笑意。

陈倦"扑哧"一声，笑了："阿衡，你打也打过了，骂也骂过了，怎么，还没有消气？"

阿衡正色："Mary，我只是旁人，你不用这样。言希小孩子脾气，未必就把你放入心中。"

"我知道。"陈偍挑挑眼角。

"那你?"阿衡心平气和地望向他。

"阿衡,如果我说,我很喜欢你和言希,一直想要成为你们的朋友。你还能再相信一次吗?"陈偍有些尴尬。

阿衡诧异,回望着他不知怎样回答。忽然,细耳辨来,卫生间里伴着哗啦啦的水声,竟然传来那个少年嘶吼跑调的哼歌声。

哎哎,真是一刻都不让人消停的。

阿衡无奈,眸光偏向那远处望着,温柔了,低头,收回了目光,轻轻开口:"陈偍,你今年十五岁,比言希小两岁,是不是?"

自从那天,那样大声地骂过陈偍后,无论普通话说得好坏,她似乎开始愿意主动说话了。

陈偍愣了,点点头。

"陈偍,言希年纪虽比你大上一些,但是,他的世界这样狭窄,除了思莞和达夷,并没有许多知心的朋友。这个,你清楚吗?"阿衡轻轻叩指,温和问道。

陈偍又点头,收敛了脸上的笑意,仔细聆听。

"那么,陈偍,言希从不和不喜欢的人说话,不轻易同朋友以外的人吵架,不信任除了自己朋友之外的其他人。这个,你也知道吗?"

阿衡抬眼,语气一径温和,眸色却变得复杂。

言希,一直把陈偍当作真正的朋友。

陈偍震惊,苦笑:"对不起。"

"陈偍,我的年纪比你大上一些,总算多吃了些盐。虽然自幼在小地方长大,不懂得什么高深的东西,可也算知道,喜欢一个人,就算不能同那人厮守,就算做不到祝福,也总要光风霁月、干净磊落,不去做那些伤情之事。你年纪小，尚有时间去后悔，那么，他日，蹉跎了时光，又要到哪里，去挽回？"

陈倦微微叹气："阿衡，你说的，我现在都懂得。可是，当时，那么不甘心，就算平复心情，也需要时间呀……"

阿衡不插嘴，静静地望着他。

"言希眼中，一直有一种东西，很容易让人心生不舍。"陈倦叹了口气。

"什么？"她思揣，却不打断他。

"干净和纯真。我自负容貌不会屈于人下，只是，看到言希的那一双眼睛，会很不甘心，近似嫉妒的感觉。"陈倦描述着，眼睛中却涌现出一种复杂交错的感情。

"那个人，就是我对言希抱有敌意的原因。我以为没有人可能配得上他，于我，只要谦卑地爱着、信仰着就可以了。可是，言希的存在，是和那个人同样强大而平等的存在。好似他们站在一起，一个完美到孤独，一个孤独到完美，才应该是契合和相配的真正模样。"

"为什么，说这些？"

陈倦笑了："阿衡，看不出吗？我在寻求你的安慰呀。失恋的人很脆弱的，不是吗？"

"你也要边跑边哭吗？"阿衡微微一笑，心中有些释然。她知道，这番言语，代表陈倦总算是放下了。

"哈？"陈倦呆滞，"谁会这么没品？"

"达夷。"阿衡抿唇，想起了之前达夷为眼前的少年神伤的样子。

陈倦突地站起来，笑得夸张，反应激烈："对！辛狒狒就是这么没品的男人，丢人死了，哈哈哈……"

"你有必要，这么激动吗？"阿衡淡哂。

她承认自己坏心,故意勾起陈倦心底的一些细微的片段,点到他的软肋。

陈倦涨红了脸:"谁激动了?阿衡,我当你朋友才说的,那头狒狒根本没有一点绅士风度。面对我这么漂亮的人,竟然敢咬我,要不是思莞拦着我,老娘非咬死他不可!"

"你可以自称'老爹'。'老娘',就算了。"阿衡轻笑。

更何况,达夷的嘴已经被你咬得一片狼藉。

阿衡轻笑。

有些缘分,看来早已注定,只是这人,尚未看清。

Chapter 33
# 不若朝日吸血鬼

阿衡和言希虽然同住一个屋檐下，但是生活习性实在相差太大，除了吃饭，两人几乎碰不到一起。

言希本来就是不分白天黑夜的猫字辈生物，再加上放了假，更是无法无天。心情好了，放个摇滚，震得邻居们纷纷来敲门；心情不好，关了门拉上窗帘，沉默地坐在房间一整天，完全是正弦曲线的代言人。

而阿衡，则是晚上九点上床，早上六点起床，生物钟精确的乖宝宝。买菜、做饭、洗衣服、清理房间、看动画片，一天就这么过去了。当然，如果睡觉前听听收音机里知心姐姐、哥哥的殷殷教诲，生活基本完美得毫无缺憾。

他爱吃排骨，爱吃各种稀奇古怪的酱汁勾芡出来的口感浓郁的食物；她习惯吃青菜，习惯于用清淡的盐味诠释最平凡精致的味道。

他喝可乐，喝芬达，喝巧克力牛奶香槟伏特加，一切加工过的翻转过会呈现出美丽气泡的色泽温暖颓废的饮料；她只啜清水、清茶、清酒，不加雕琢清澈得能望到底的温和清润的流质。

他喜爱不专心地做着一切事，听着摇滚画夕阳，边吃垃圾食品边研究电视中各种美丽的女人不同的哭法，判断到底哪一种不会让他心生厌恶；

而她心思一向不够玲珑七窍，只知道如何坐得端正写出的毛笔字才更漂亮，只知道把双手放在膝盖上规规矩矩地看着动画片呵呵傻笑，轻易地忽视了周遭一切的变化。

……

总是在同一屋檐下交集，才会意识到自己的大集合中还有另一个人的存在。于是，无论多么容易生起新奇，但这新奇却尚未足够打破彼此完美的个人空间。于是，继续温和地容忍着谁的存在，轻轻把谁融入自己的惯性。

"阿衡……"言希睡眼惺忪，穿着猫和老鼠的长T睡衣晃到厨房。

"醒了？"阿衡拿勺子撇了一点鸡汤试盐味，忙忙碌碌，并不回头。

她知道他在，就成了。

"牛奶在微波炉里，自己去拿，少喝一点，一会儿要吃饭了。"味道刚刚好。阿衡微笑着放下汤勺。

"噢。"少年打了个哈欠，揉揉眼睛，声音中还带着刚睡醒的鼻音，"我刚把衣服放进洗衣机绞了，就是不知道洗衣粉的量够不够。"

阿衡有种不好的预感，关了火，冲到洗衣间，掀开洗衣机盖，脸色青紫不定。

"你放的洗衣粉……"

言希随手指了指洗衣机旁的一桶粉状东西。

"那是，漂白粉。"阿衡说话说得艰难。

言希惊悚，望向洗衣机，一桶衣服已经面目全非。

"阿衡，你为毛把漂白粉放在洗衣机旁？"言希拔了插销，捞起卷成一坨的颜色怪异的衣服，欲哭无泪。

"嗷嗷嗷，我的这一季刚上市意大利名模穿过的Armani粉格格衬衣，我的Calvin Klein白裤子，我的Givenchy黑T，我的……"

"你英语这么好,那么大的'Bleach'在桶上,没有看到?"阿衡打断少年,语气温柔,带着缓慢细致的揶揄。

"Bleach,毛?"言希眼睛水汪汪,可怜巴巴的。

"漂白剂。"阿衡无语望苍天。

"阿衡,那……怎么办?"言希满眼泪花花,装得特小白、特无助。

"还能怎么办,扔了。"阿衡轻描淡写。

这是对自诩大男人进不了厨房上不了洗衣房的人的惩罚。

"我的Armani,我的Calvin Klein,我的Givenchy,我的Versace……"言希捂脸,只露个小平头,号了起来。

阿衡不理他,走回厨房,少年跟在她身后,继续号。

吃饭的时候,号我苦命的花衬衣;看电视的时候,号我可怜的白色休闲收腿裤;吃零食的时候,号我如花似玉的小黑T……

傍晚,阿衡看《名侦探柯南》,案子的中间,黑暗的老旧图书馆中,缓缓上升的电梯夹层中出现一具尸体,极是阴森恐怖。

身后,有人哀怨地来了一句:"我的人见人爱的红格格衬衣……"

阿衡惊悚,扭头,又是言希。

"知道了知道了,吵死了!"阿衡嘴角抽搐,朝着少年,吼了出来,"买新的,行了吧!"

少年目的达到,欢天喜地。

言老怕言希乱花钱,所以,每月生活费固定转到只有阿衡知道密码的户头上。一切财政支出,由她"一党专政"。

言希虽千百个不愿意,可是银子里出政权,天高皇帝远,于是,只得悻悻作罢。天天磨着阿衡,缠到她头疼,想要的东西自然到手。

可是,有钱也不是这么烧的,再买一次,几万块眨眼就没了。

阿衡半夜翻来覆去,睡不着觉,想了老半天,摸黑跑到了垃圾箱前,把那一坨衣服捡了回来，又扔进洗衣机，洗了一遍，熨了三遍，仔细得连边边角角都没有放过。虽然依旧极像色彩斑斓的调色盘，但是崭新度却是有了极大的保障，于是，满意回房。

第二天，阿衡一起床，估摸着时间，差不多了，开始打电话。

"喂？阿衡？"对方打着哈欠，才睡醒的样子。

"达夷呀，昨天，言爷爷寄回了几件 Armani 限量版的衣服，结果，言希穿上，有点胖，想着，不如送给你。"阿衡微笑。

言希前一天喝的牛奶太多，被尿憋醒了，看到阿衡在客厅打电话，迷糊着凑了过去。

"阿衡，你在干什么？"

阿衡把指放在唇上，嘘了一声。

"嗯，你等会儿过来吧，衣服都准备好了。"八颗牙的标准微笑，灿若春花。

言希打了个寒战。

挂了电话，继续拨："Mary 吗？我跟你，说件事……"

同样的步骤，同样的话。

"你什么时候，把衣服全部捡回来了？"言希有些厌恶地看着一件件颜色怪异的衣服。

"言希，一起演场戏，怎么样？"阿衡笑。

"报酬。"言希伸出白白嫩嫩的手。

"Armani, Calvin Klein, Givenchy, Versace, 一样两件？"明净山水的眉眼，温和无比的面孔。

"好！"言希觉得自己可乖宝宝了，答应得利落。

不多时，门铃响了，辛达夷兴冲冲地飞进来。

"嗷嗷，阿衡，还是咱兄弟亲，衣服在哪，甭跟咱客气哈，只要是言希的，多少我都能穿下。"

嘿嘿，天上掉馅饼 Armani 是小事，但是吃言希的白食，占这小子的便宜，千百年不遇。

言希在一旁假惺惺地吼着："阿衡，你怎么能把这些衣服给大姨妈？限量版的呀，现在穿不上，等老子吃胖了再穿！"

辛达夷看到沙发上叠得整整齐齐的衣服，Armani 的标志，鲜活鲜活的，就是瞅着色儿，有点怪。

"等你吃胖了老子再还你！"辛达夷嘟瑟，抱起衣服，"是这些吧，你还别说，限量版的跟平常的不一样，看这颜色，多 Armani 呀，嘿嘿。"

言希转过身子，哀怨惆怅的样子，就是肩膀抖个不停。

阿衡微笑，抬起腕表，时间差不多了。

叮咚，门铃又响了。

陈倦走了进来。

四目相对，噼里啪啦。

"你个狒狒（人妖）怎么来了，没被老娘（老子）咬（打）够？！"两少年互指，异口同声，仇人见面，分外眼红。

"是阿衡让我来的好吧！"继续异口同声。

阿衡微笑，递给言希纸巾，用只有两人能听到的声音说："擦擦。"

笑得口水都喷出来了。

这厢，两人齐刷刷地看向阿衡。

阿衡远山眉弯得好看："达夷，是我请 Mary 来的。想着，这么多，反正你穿不完，不如分给 Mary 一半。"

"你不用想着了,老子(老娘)是不会和这个人妖(狒狒)分衣服的!"

两个少年,一白一黑,一妖艳一粗犷,但是站在一起,端的风景明媚。

阿衡笑,无辜至极:"那怎么办?"

陈倦从国外回来,前些日子又能轻易换下言希的演唱,想必是个财大气粗的,张口豪气万千。

"阿衡,咱们一场姐妹,这衣服是限量版的,我不让你吃亏,老娘出钱全包了!"随即,蔑视地看了辛达夷一眼。

辛达夷也是从小捧凤凰长大的主儿,什么大场面没见过,又怎么肯轻易折了面子。

"你丫个死人妖,暴发户,搁'文革',就是资本主义第二代,老子根正苗红,还怕你!阿衡,说,这衣服花了多少钱,老子掏了,全当孝敬言爷爷了!"

等的就是这个。

阿衡眸中笑意闪过,随即平静无波。

"非得要这么多?"阿衡皱眉,为难地指着沙发上的衣服。

"就要这么多!"二人对视,怒气冲冲,毫不退让。

"哦。"阿衡摸摸鼻子,走进洗衣间,又捧出相同数量、叠放整齐、颜色奇怪的衣服,笑颜温润。

"喏,还有一份,一人一份,不抢不抢。"

她昨夜特意好心把衣服分成了两等份,以免引起不必要的争端。

俩少年傻眼了。

言希笑得从沙发上跌了下来。

这件事,便是被辛、陈二人念叨了几千遍的温衡堕落的标志性事件。一提起来,便不胜唏嘘:"阿衡本来多好一孩子呀,自从跟着言希,就变坏了。言希红颜祸水呀祸水。"

"抽死丫的，你才祸水！你们全家都祸水。"言希挑眉骂道，"我们阿衡一直是乖孩子呀乖孩子，哪里堕落了？喊！一对狗男男！没我们阿衡，能成就你们的奸情吗？不识好歹！"

辛达夷、陈倦囿，无话。

总之，然后，再然后，言希幸福地穿上了新的 Armani、Calvin Klein、Givenchy、Versace，一式两件。

言希很懒散，闹着要画朝阳，可定了三个闹钟，摁坏一个，摔坏两个，依旧无法成全愿望。

阿衡说："我喊你起床吧。"

言希说："我要是不小心把你当成闹钟……"他欲言又止，忐忑而坏心眼。

"无妨。"阿衡笑，绽着小小微凉的春花。我是这么健全聪慧的人类，怎么会与你的无法逃跑的闹钟相提并论？不一样的造物，懂吗？这话是说在心中的，不是讲给他听的。

第二日，天蒙蒙亮，雾色像是绵软流长的絮，在无月无日的空中悠然等待自己的宿命。

她看着睡得酣然的言希，粉嫩的面孔，眉眼柔软，像极天使，不忍心下手。可那天使梦呓，来了一句："呀，阿衡，你怎么这么笨，太笨了太笨了……"无限循环，魔音贯耳。

这就是魔鬼与天使的距离，当年路西法堕天，当真不用原谅。

她走到他的床边，把在冷藏室冰了一夜的毛巾，搭在了这少年的脸上。一，二，三。

"啊啊啊啊啊！"

"醒了吧?"她笑,看着言希惊坐起。

言希大眼睛呆滞了半分钟后才反应过来,纤长的双手猛捶枕头,生不如死:"养女不孝哇哇哇!"

随即,咳咳两声,悲恸欲绝地倒在枕头上,大眼睛迅速合上,妄图继续勾搭周公。

阿衡吭吭哧哧搬起一盆水,晃悠在那刺头脑门上:"我不介意二十四孝彩衣娱亲。"

言希垂死梦中惊坐起。

她拉着他,让他陪她一起买菜,赶早市。

"我为什么要去?本少早起的神圣使命是画圣洁美丽的朝阳,而不是臭气熏天的菜市场。"他这样正经地对着她说。

"去吧去吧,就这一次。"她带着小小的讨好,手背在身后,微微红了脸,不习惯向人撒娇。事实上,哪里有人让她去撒娇。

"呀,好吧好吧,多烦人闹心的孩子呀。"可这少年,却随即骄傲地昂起了小平头,身为哥哥的自尊心被充盈到了顶点。


这样的早市,青菜还带着露珠,整整齐齐地码在桌上,新鲜而精神抖擞。

可是太阳尚未升起,微蒙蒙的雾色,看不清是否有隐秘的虫眼。阿衡拿起来,里里外外地翻看了几遍,卖菜的老爷爷都皱了眉:"这姑娘忒小心了,我老王头在东市卖了这么多年的菜,哪个不夸一声菜好价廉?"

阿衡笑:"爷爷莫怪,我没有别的意思,只是买菜,总要看一看的。"

言希嘟嘴,感慨万分:"这孩子,怎么这么不大气呢?奇怪,本少的家教,明明很到位的呀。"

阿衡抽搐着嘴角,装作没听到。

## Chapter 33　不若朝日吸血鬼

所谓家教，莫非就是整天拉着她打游戏，在她诚恳地跟他学京话时，一本正经地教她怎样骂人说脏话吗？

阿衡挑好菜，转身望向远处，却不经意看到蹲着的一个人，身旁搁着一个小笼子，笼子里是毛茸茸的一团东西。她拉拉言希的衣角，凑了过去，蹲了下来。

"姐姐，你要买小灰吗？"蹲在那里的还是一个孩子，八九岁的模样，胖乎乎的，穿着白背心小短裤。

"小灰，是它吗？"阿衡笑，指着笼子里灰色的小狗。这样的色泽，看起来脏脏的。

那小狗像是听懂了两人的交谈，微微抬起了小脑袋。长相着实普通，左眼圈一撮黑毛，有些傻气。只是，那双眼睛带着怯意和小心翼翼，隐约地惹人怜惜。

"我妈妈不让我养，她让我把小灰扔掉。可是，它还很小，没人喂会饿死的。"小孩子看着阿衡，清脆的语调有些伤心，"姐姐，我已经在这里好多天了，可没有人愿意要小灰。"

阿衡望着小狗，伸出手探到笼口，那小狗轻轻舔了舔她的食指，呜咽的声音。

她无法不理会，下了决心，打开笼子抱出了小狗，转身笑着举向言希："言希，卤肉饭需要一个小伙伴，是不是？"抬头，却看到言希的面庞变得僵硬。

"阿衡，我对狗毛过敏。"他僵硬着开口，大眼睛看着她，完全的无措。

阿衡"哦"了一声，默默又轻轻地放回了小狗。

"姐姐，小灰很乖的，吃得很少，从不乱撒尿。你把它放到门口，用一个小纸盒养着都行……"小孩子涨红了脸，认真地开口，带着恳求。

她抱歉地看着小孩子，却不忍心再看小狗一眼。

因为,它的目光,必定熟悉到连自己望向镜子都不必。这样熟悉,却不愿再看到……

阿衡胡思乱想着,微凉柔软的掌却落在她的发间。那个少年浅浅笑着,轻轻拍拍她的头,叹气:"阿衡,你不能让它靠近我的房间,不能让它不小心睡在我的牛奶箱中,不能让它和卤肉饭掐架,不能让它抢我的排骨,不能让它随地大小便。这样,可以吗?"

这样,可以吗?

这样不必对着他如此妥协的语气,可以吗?

这样被人怜惜着宠爱着认真对待着,可以吗?

阿衡一直点着头,却不抬头。

她抱着小狗,把它轻轻圈在自己的胸口,站起身时,第一缕阳光,正冲破云层。

"言希,快看。"她轻轻拉着他的衬衣袖口,指间,是微薄凉爽的风。

那少年抬起头,虔诚贪婪地望着天际。目光中是热烈和纯净,伴着初升的日光,像是要迸发出灵魂一般的明媚,是在朝朝暮暮的相处中,必须重新看待审视的模样,美得无法无天。

"那天早上我还没有变成吸血鬼,我最后一次看了日出。我完全记得它的细节,但是我已忘记之前的每个日出。我最后一次欣赏这壮观的景色,就好像我是第一次看一样。然后我就对阳光永别了,变成了我现在的这个样子。"言希喃喃开口,转身,笑得苦涩而淡然,全然是他拽着阿衡拉着窗帘看了一下午的电影《夜访吸血鬼》(Interview with the Vampire)中,吸血鬼 Louis 的表情和语气。

阿衡被唬得一愣一愣的。

言希背对朝阳,被灿然的金光镀了一层圣洁,一转眼,却换了另一副模样,弯了流转的眉,笑容恣意放肆:"本少走吸血鬼的路,让吸血鬼无路可走……"

言希伸直双臂,却是模仿着僵尸的样子,蹦到阿衡的面前。

中西合璧的吸血鬼?什么乱七八糟的!

"啊,神经病晚期不是一天两天三四天了……"阿衡头疼,咯吱着牙,脑子一热,把手中的小狗无意识地当作了抱枕,扔向少年。

少年泪奔,到底是家教中的哪一环出了问题,养女不孝呀不孝……

小狗泪奔,上帝如果再给我一次机会,我绝对不会在此女面前装可怜、博取同情。换主人,我要换主人……

那一日,阳光正好。

Chapter 34
## 我开始你的开始

当言希晃着黑眼圈,摇摇欲坠地晃到客厅时,阿衡摇头,觉得这人无可救药。

"画完了?"大抵又是一夜没睡,钻在了画里。

那一日看了初升的太阳,回到家,他就把自己圈在了房里,没了日夜。

言希点点头,复又,摇摇头。

"什么意思?"脚下有些痒,阿衡低头,小灰正偎在她的拖鞋上睡觉。笑,这样小的小狗,却贪睡得像是老态龙钟。

"总觉得少些什么。"言希若有所思。

"残缺也是美。"阿衡的声音软软糯糯的,"断臂维纳斯,不就是经典?"

言希啼笑皆非:"《向日葵》人人看不懂,还说经典呢。可本少是凡·高吗?"有那么强大的力量,随手一画就是不朽吗?

阿衡抱起小灰轻轻放回为它准备的小窝——铺着几层棉絮的纸箱子,笑着开口:"凡·高活着的时候,有谁知道,他就是以后的凡·高?"

言希从冰箱中取出纯净水咕咚咕咚灌下,嗓音退去了刚睡醒的鼻音:"然后,你是说,我变成糟老头儿的时候,也还只是寂寂无名。极有可能在风雪交加的晚上因为没有面包吃而开枪自杀?"

阿衡笑:"而且,死了,也不一定就能成为一画千金的言希。"

"所以,为什么还要画下去呢?"他思索着。

"所以,你决定不画了吗?"阿衡抿唇,明净温柔地回眸。

"没有啊。"言希摸摸鼻子,无比尴尬。

阿衡了然,笑:"所以,去刷牙吧,该吃午饭了。"

哪有这么多的所以。

最从容的结局,从来不是假设,而是生活。

有手枪却没有面包吗?没有禁枪令吗?把随意持枪自杀当成了早间新闻?

所以的所以,担心那么久,再伟大,再悲情,也不过是构想。

她整理言爷爷的房间时,发现了许多的老旧照片。

年头长的,早已泛黄,一张张,都是眼睛大大笑容恍若金灿灿的向日葵的小娃娃、小少年。满月的,百天的,一岁的,两岁的……直至十五周岁的。

每一张背后都是苍劲有力的钢笔字:吾孙言希,摄于××周岁。

那样好看的孩子,笑得这世间所有的落郁不满似乎都退却了脚步。恍然的一瞬间,如水般流缓的岁月伴着温暖的日光,惊艳了满眼。

还是小时候笑得好看一些。阿衡皱眉,这话语在心中是不假思索地呈现。

奇怪,同一个人,相片为什么和现实有着如此极端的差别?

她看到的言希,笑的时候永远是扬起半边唇角,冷漠平淡的样子。即使是恶作剧时,也只是添了狡黠的双眼。可是,嘴角永远不会消退的,是那一抹意味不明的讥讽,与今日相片中所见的一派毫无保留的粲然,俨然天差地别。

难道只是年龄的差距造成的吗？可是，容颜并无太大的变化呀……她的手指有些停顿。

之后，再往下翻看，却只望到突兀的空缺，塑料薄膜的苍白。

他的十五岁到今年呢？

整整两年，为什么会是一片空白？

那一抹笑，左的、右的、端平的、快乐的、还未尖锐的，为什么凭空消失了……

阿衡思索着什么，无意识地合上相册，却不小心摔到了地上。

拾起时，触到相册的硬质脊背，有粗糙的磨砺。她定睛，食指轻轻触过，是划出深痕的四个字母。

D-E-A-D

Dead。

已逝。

阿衡转身，那个少年正倚在门畔，笑看着她，目光灼灼。

"阿衡，饭煮好了吗？"他问她，左脚轻轻地，压在右脚之上。

随意的举动，看起来却有些奇怪。

阿衡微微眯眼，端凝这少年许久，波澜不惊的姿态，温和开口："就好。"

随手，将深深刻了那样触目惊心字迹的相册，放回了书架。

午饭后，阿衡接到家中的电话，爷爷让她回家一趟。

言希依旧在丰赡他的《朝阳》，沉默安静的姿态。

阿衡不便打扰，悄声离去。可蹑步下了楼，少年的房门却一瞬间关闭，锁上了，同她行走时一般的悄无声息。

## Chapter 34　我开始你的开始

明明，没有风。

回到家时，思尔正说着笑话，逗得母亲、爷爷大笑不止。阿衡也笑，站在玄关轻轻向开门的张嫂嘘了指。

这样的温馨，打断了，实在遗憾。

"妈，你猜怎么样？"思尔讲得绘声绘色。

温母好奇："怎么样？"

"我们老师说：'哎，温思尔，怎么这么长时间没见你哥了？回头你一定让你爸妈劝劝你哥，这么好的学生早恋不好，不要老是和四班的那个姑娘在一起，叫什么希来着……'"揶揄俏皮的语调。

哄堂大笑。

"爷爷、妈，我回来了。"阿衡微笑着走了出来，打断了思尔的话。

"哦，阿衡回来了。"温母起身，嘴角的笑意还是满的。

"在言家还习惯吗？刚刚正说着你哥和言希上初中的事儿呢，小希长得好看，惹了不少祸。"

阿衡点头，嘴角的笑意泛泛而毫无意义。

所谓祸事，究竟是因为长得比旁人好看一些，还是因为牵累了思莞？

"阿衡，明天你林阿姨做东，请我们一家去吃晚饭。你妈妈给你买了一件正式点的衣服，说让你回来试试，看合不合身。"温老笑着发了话，指了指桌上的精致礼盒装着的衣服。

"林阿姨？"阿衡重复，脑中却毫无概念。

这是谁？

思尔挽住阿衡的手臂，亲亲热热地解释："就是爷爷的老战友陆爷爷的儿媳，在维也纳留学的陆流的妈妈，最疼我们这些小孩子，很温柔很温柔的阿姨。"

很温柔很温柔……那是多温柔？很少见思尔这样称赞一个人的。

"比妈妈还温柔吗？"温母佯装生气，望向思尔。

有人扑哧笑出声。

阿衡抬头，思莞正下楼，随意宽松的运动装，清爽干净的样子。

"妈，你还吃林阿姨的醋呢？说实话啊……"思莞故意皱起眉。

"怎么样？"温母伸手，笑着拉住眼前这优秀美好的少年，依旧是母亲牵着小孩子的姿态。

"林阿姨要比你温柔很多呀！"思莞朝着思尔挤眉，两兄妹相视而笑。

"这怎么办？若梅比我温柔，她儿子又比我儿子好看，唉，伤心呀……"温母笑，点点思莞的额头。

这厢，思尔毫不迟疑地放下阿衡的手臂，挽住温母，娇憨笑开："林阿姨还没有女儿呢，您不是有我吗？"

阿衡看着自己被放下的手臂，有些好笑。

笨蛋，又在期待些什么……


"爷爷，妈，我要去趟超市买牛奶，明天，几点，去哪里吃饭呢？"阿衡抱起衣服，看向腕表，温柔白皙的面孔，姿态平静而谦和。

"啊，阿衡，我陪你一起去吧。"思莞望向阿衡。

阿衡点头，微笑说好。

一路上，一前一后，并无许多话。

做兄妹多久了呢？依旧这么生疏。

"言希，这些天，在画画，一幅据说命名为《朝阳》的名作。每天半夜三点睡觉，睡前两袋巧克力牛奶，十一点起床，醒后一杯热牛奶，经常听一首 Long Long Way To Go 的歌。一日三餐，无肉不欢，头发长得很快，就要遮住眼睛。"她平平叙来，不高不低的音调。

## Chapter 34 我开始你的开始

"我没有,问这些。"思莞扭头,有些尴尬。

"呵呵,抱歉,忽然想起而已。"阿衡微笑,从超市的玻璃旋转门走过。

她皱眉,看了货架许久,发现,言希爱喝的那个牌子,卖完了。

"草莓牛奶,可以吗?"思莞拿起相同牌子的粉色包装的牛奶,递给阿衡。

"我不知道。"阿衡老实开口,她想起言希唾沫乱飞吹捧巧克力奶的模样。

"换另一家吧。"思莞笑,想必也想起相同的场景。

周日,人很多,思莞拉着阿衡出去的时候,袖口的扣子不小心被挤掉了。

"等一等。"阿衡拾起纽扣,转身,走进人潮。

思莞坐在超市门外的长凳上等着,这女孩再出来时,手中拿着刚买的针线盒。

"拿过来。"她伸出手。

"什么?"思莞莫名其妙。

她指指他的外套。

思莞看着四处流走的人群,脸皮有些薄,犹犹豫豫地,半响才脱下。

阿衡低头,眯起眼,穿针引线,动作熟稔,双手素白,稳稳地。

半掩的夕阳,暖洋洋地照在她的发上,干净温暖的气息。

他望着她,许久了,却无法再望向这画面。他想起了陈倦说的话:"思莞,你会后悔的。她是女子。"

那是在陈倦知道他极力促成阿衡入住言家,挽留言希的时候。

彼时,这话,是遭了他的嘲笑和轻待的。现在望去,心却一下一下地被什么击中。

她是女子,所以,他一直无法填满觉得困难绝望的沟壑,会一瞬间,被她轻而易举地填平。

只因为,她是女子。

而他,却是个男子。

所以,他永远无法更深一步地去填补那个人的缺憾;而她,只要凭着身为女子的本能,就已能完整那人的生命,让他狼狈遥远到无法复制。

之后,他再也没有穿过那件外套,无论那袖口的针脚是怎样的严密和温暖。

阿衡见到传说中的林阿姨时,想起许多美好的词,最终,却被空气中缓缓流动的梅香淹没。

那女子穿着白色的旗袍,若隐若现的渲染的淡色的梅花,白皙的颈上和耳畔是价值不菲的钻石首饰。

思莞、思尔很喜欢她。那女子对着他们微笑,看起来好像满眼都是熙熙攘攘的星光。

"这算什么?你是没见陆流,要是那小子一笑,星星更多!"

达夷撇嘴,却并不和思莞、思尔凑到一起,他并不甚喜欢这女子的模样。

言希更加奇怪,站在那里,只是冷冷看着,表情厌恶到她无法形容。

"小希,阿姨不轻易回国,看到了不拥抱一下吗?"那女子笑颜若梅,大方地张开怀抱。

言希静静地看着她,后退了一步。白色的帆布鞋,左脚轻轻搭在右脚上,脚心和脚背依偎着,眼睛中,浅淡地泛着湖面一样的微光。

又是这样的姿势。

四周一片寂静,大家都有些尴尬。

"怎么了？"林若梅有些茫然地看着言希。

思莞笑："林阿姨，您不知道，言希这两年养了个怪毛病，不爱和人接触。连我和达夷离他近一些，都要闹脾气的。"

"尤其是女人。"言希随后，又淡淡地接了一句。

思莞的脸色有些僵硬。

林若梅却淡哂，眉眼和蔼，温雅开口："这样可不好。不接触女孩子，我们小希以后怎么娶媳妇？你小时候不是跟阿姨说，要娶比你长得还好看的女孩子吗？"

"是了是了，小希小时候常常这么说的。"温母也笑，把话题慢慢引到别处。

"这是阿衡？"林若梅指着阿衡，笑说，"蕴宜，像极了你年轻时候，我一眼就认出，长得秀气得很。"

"阿姨好。"阿衡有些拘谨，但总算不致礼数不周全。

林若梅拍拍阿衡的手，对着温老开口："温伯伯您是好福气呀，孙子孙女齐全，一个比一个优秀。"

"哈哈，三个也不抵你们家那一个。若梅，你是有子万事足。"温老心中虽高兴，但是话说得圆滑。

林若梅是个极善调节气氛的人，餐桌上气氛十分融洽。

言希却一直低着头，不停地吃着离自己最近的菜。

阿衡奇怪，言希什么时候喜欢吃蟹黄了？往常总说腥，连沾都不沾一口的。她夹了排骨，放入言希碟中。

言希微抬头，看到熟悉温暖的排骨。水晶餐桌下，左脚轻轻从右脚脚背移开，若无其事地咬起排骨，再也不碰眼前最近的蟹黄一下。

阿衡抿唇，叹气，无奈中微微弱弱漫开的温和。

"阿衡,你很喜欢吃排骨,是不是?"林若梅微笑,看向阿衡。

阿衡有些窘迫,望着那女子,脸上腼腆的笑意却一瞬间消失殆尽。明明是温柔,却隐藏了丝丝缭绕的冰意,让人不寒而栗。

阿衡皱眉,思索着怎么回答,贵宾房外,却响起了礼貌的敲门声。

走进一个男子,二三十岁的模样,沉稳干练,戴着一副金丝眼镜,斯斯文文的秘书模样。

"林董。"他走到林若梅面前,附耳过去小声说着什么。

这厢,清脆尖锐的响声,白瓷勺碎了一地。

言希的瞳孔急遽皱缩,那眸子,望向那男子,脸色瞬间变得苍白。

林若梅投过目光,嘴角是若隐若现的笑。而那男子看到言希,变得很是恐慌,可眨眼间又面无表情。

一旁的侍应收拾了残瓷,给言希换了一副新的碗筷。

少年又微微低了头,拿起筷子继续吃东西。

阿衡凝视着,却发现,他拿着筷子的右手,指骨一节节的苍白突出。

她低下头,那双白色的帆布鞋又重新交叠,紧密得无法分开的姿态。

那个男子离去,林若梅坐在主位上,继续温柔地笑着,继续杯影交错,继续流光溢彩的宴席。

"阿衡,蟹黄吃完了。"言希指着眼前空空的菜肴,笑了,干净得能溢出清酒的眼睛。

阿衡静静等着他的下文。

"我困了,想睡觉。"他打了个哈欠,眸中是乍泄的晶莹。

"我想回家。"

大家已经习惯了言希情绪的起伏,温母嘱咐了几句,便向林若梅做了托词,让言希回家。

阿衡静静地看着他离去,那伶仃着蝴蝶骨的身姿,穿着他们一起逛了好久买的紫红色 Armani 外套。

她隐约记得，自己当时更喜欢他穿着的那件黑色的模样，白皙修长的手，大大的眼睛，高贵无敌。不似这件，眉眼明媚，朝阳暮雪，灿若琉璃，千万般的好看，却淡化了他的灵魂。

她固执着自己选择的适当性，却选择了他的选择。

阿衡一点也不喜欢排骨，又油又腻，可是，排骨却是她最拿手的家常菜。家常家常，好像，有了言希才有了她的家常。

她一点也不喜欢这样一桌菜能吃掉几万块的所谓家宴，因为，她的家，不仅仅值这个价钱。

她开了天价，却是空头支票，只好拿着时光去挥霍，可是，却没有人陪着她一起挥霍。

她胡思乱想着，餐桌上却一片安静，他们转了目光，望向那据说镶了金玉的门。她转身，静静地把手放在膝盖上，眉眼细碎流转的是炫然的烟火。

那个少年跑了回来，大口地呼吸着，黑发被汗水打湿，紫衣下修长如玉的手抵着门框，指节是弯弯的弧，释放了所有的重负。

可是，那双眼睛黑白分明，只看向她，努力平复着呼吸："阿衡，你吃饱了吗？"

阿衡微笑，吸吸鼻子，点头。

"阿衡，你想和我一起回家吗？"

阿衡笑，山水晕开："啊，我知道了，是不是你一个人回家，会害怕？"

言希笑，伸出手，刚刚跑得太快，呼吸依旧有些不稳，带着无奈和纵容开口："是是是，我一个人，会害怕，行了吧？"汗水顺着这少年的指尖轻轻滑落，晕湿那据说价值不菲的法国地毯。

"就知道，太烦人太烦人了！"她却歪头傻笑着、雀跃着，牵住他的手。

是谁，心中暗暗抱怨着谁的孩子气、任性、不知礼节，却又对着那个谁，把自己的孩子气全然奉送毫无保留？

旁的人，有谁见过这样的言希？有谁见过这样的温衡？

你看你看，他们是如此的不合群，如果自生自灭，会不会好得多？

如果，放了他们，会不会……好得多……

Chapter 35

## 镜头下生日快乐

"阿衡……是吗？"对面的少女带了醉态，"如果诚心奉劝一句，不知道你会不会放在心上？"

"什么？"阿衡怔忡，四周一片喧闹嘈杂，被思莞和言希的老同学灌了几杯酒，意识有些迟钝。

今日，是思莞和言希初中同学聚会，见她在家中无聊，言希便把她也拉了过来。

本来以为会尴尬，但出人预料的，是一群率真可爱的人，在一起，喝喝酒、聊聊天，并无许多疏离。

旁边的旁边，言希和思莞低声耳语，两人不知说起什么，笑得正开心。

坐在她身旁的，是言希的昔日同桌，一个美丽干净的女孩，和言希开起玩笑，也是关系铁铮铮的。

"离言希远一点。"那女孩望着她，一声叹息。

"嗯？"阿衡喝过酒，带着微醺的鼻音。

"我是说……"那女孩附在她的耳边。

"和我们阿衡说什么呢，林弯弯？"言希微微扬起酒杯，打断了她。

"说说你初中那些光辉事迹呗,每次干完坏事都把罪证扔到别人桌子上,然后装小白、装无辜,害大家不知道被班头批过多少次!"林弯弯口齿伶俐。

"这么陈年烂谷子的事你还记得!"言希笑,"哎哎,我说林弯弯,你别是暗恋我吧!这么注意老子。"

"放屁!"林弯弯笑骂。

旁人笑:"咱们哥们儿,从初中时就特爱看这俩活宝掐,每次都能把人逗得没命。"

"不过那会儿还真有这事儿,言希你丫个不厚道的,当时被连累最多的是哪个倒霉蛋来着?"某一人遥想。

"丫的全废话,除了思莞还能有谁?"某一人怒。

言希踹两人:"滚滚,某某和某某你们别以为老子这么专一只欺负温思莞,还记得当年校花的那封情书不,那是写给老子的……"

"咱们兄弟还因为情书的归属问题打了一整个学期,原来是写给你丫的!兄弟们,上,灭了这祸水,为民除害!"

一群男孩子打起来,乱作一团,乌烟瘴气的模样,无法无天。

"阿衡,你权当看笑话。"思莞走到阿衡身旁,递给她一瓶果汁。

"温思莞……思莞,我敬你一杯酒。"林弯弯站起身,步履有些不稳,双颊是酒醉后不自然的红。

"林弯弯,你醉了。"思莞微笑,露出清爽的酒窝。

"老同学让你喝,你是喝还是不喝?!"林弯弯举起啤酒,递给少年,瞪大眼睛,嗔怒娇俏的模样。

"十一点了。"思莞望了腕表,缓了语气,"弯弯,你醉酒回家,伯母一个人会担心。"

## Chapter 35　镜头下生日快乐

"那你呢？温思莞，你呢？"林弯弯笑，喃喃的声音。

思莞淡淡皱眉，不作声。

阿衡望天，觉得自己听到了什么不该听的。

一阵风过，吹乱了她的黑发，她伸手想要撩向耳后，指间却是一阵温软的淡凉。

回头，是言希的笑颜，他拉着她的手走向另一侧，微微低头，小声开口："小孩子，做电灯泡会惹人厌的。"

阿衡默，点头。

转眼，那人却笑颜明媚，把她拉到一众老同学面前，得意骄傲的表情："看，看，这是我家阿衡，长得可漂亮了做饭可好吃了说话可可爱了人也可有趣了，怎么样怎么样？"

众人哄笑："言希呀言希，也可别噎死了，说这么一串话。"

言希龇牙："一群没文化的，懂得啥叫口齿伶俐不？"

"哎，阿衡不是说是思莞的妹妹吗，怎么成你家的了？"

"屁！这明明是我家闺女！"

言之凿凿，振振有词。

阿衡赧然，吼起来："呀！言希，吵死了！"

言希闭嘴，转身，歉然的表情："我们阿衡只是害羞了，平时还是很温柔的好孩子的。你们可别误会……那谁，别偷笑……丫的，对对，就说你呢，大胖，你丫别抖了，一身肥油都抖出来了。"

众人汗，齐声："我们阿衡……辛苦你了！"

阿衡软软糯糯地回了过去："为人民服务。"

众人笑喷，这孩子也是个活宝。

被叫作大胖的男孩子笑得尤其厉害："言希，自从你那年休学，我就没笑得这么开心过了。"

气氛，蓦地，变得有些冷场。

休学？谁？言希吗？

阿衡迷惑，望向众人，大家似乎想起了什么，表情变得有些微妙。

言希却笑眯眯的："你们还记不记得咱们隔壁班班花，当时迷老子迷得不得了，现在不知道怎么样了？"

众人讪讪附和："是呀是呀，好久不见了，不知道怎么样了，言少您一向魅力无穷的。"

"客气客气。"

言希寒暄着，带着阿衡，在酒酣耳热之际，微笑着从容离去。

走至酒店门前，思莞和林弯弯正在争执着什么。

"思莞，再这样下去，你会被言希拖累，你的人生会被他完全摧毁！"那女孩言辞激烈、掷地有声。

"林弯弯，你不了解阿希，不要乱说话。"思莞的目光有些冷然。

"他那种样子，就像是一颗定时炸弹，不知道什么时候就会爆发，到时候会伤害到你的。"林弯弯有些颓然，字字带着压抑。

言希站在不远处，目光浅淡，不可捉摸。

阿衡抿抿唇，干干净净的嗓音："回家吧。"

"你不想听下去吗？"言希的声音，带着浮云飘过的不真实。

"听墙脚，不是君子该做的事，对不对？"阿衡笑。

"阿衡，我休过学，初三那年。"言希把手塞进口袋，淡淡瞥过不远处依旧专注争执的两人，淡淡开口。

阿衡点头。

"因为……生了一场病，在家休养了很久，林弯弯无意间，看到过我生病的样子。"少年带着微凉的嗓音，微凉的语调。

"这样啊。"阿衡低头，路灯下，两个人的影子拉得很长很长。

"然后，医生说，这个病，会再犯的。"

"然后呢？"阿衡微微抬眼。

"然后，没了。"言希嘘了一口气，指尖轻轻垂下。

"哦。"她点点头，想起言老临行时对言希的不放心，琢磨着什么，皱了眉，复又松开。

"阿衡，我知道，林弯弯今天，想对你说什么。"路灯下，稀稀疏疏的行人，他凝视着远方，想起了什么。

"什么？"阿衡笑。其实，她不怎么想知道的。

"言希是一颗裹着毒药的糖果，有多香甜，就有多恶毒。"言希的嗓音异常冷静。

"你怎么知道？"阿衡吸吸鼻子。

"她对我说过，刚刚，吃饭之前。"言希手轻轻握成拳，放在唇边，微微笑开。

阿衡轻轻揉了揉心口，不知是不是那里有些不舒服，清脆的撕破纸的声音，她觉得自己隐约听到。

"为什么告诉我？"

言希转身，顿住了脚步，依旧是大大清澈的眼睛，望入深处的暖暖的灯光。

"你的脏话是我教的。"

阿衡窘迫，前些日子，陈倦把那日她说脏话的情景绘声绘色地描述给了言希。

"所以，关于我的坏话，只有我才能告诉你。"

笑。

这又是多骄傲的事,还值得如此郑重其事。

阿衡摇头,带着服气。

七月份,天已经十分炎热,小虫子晃来晃去,伴着蛐蛐儿的鸣叫,倒也热闹。

本来说打车回家,但是俩人掏了口袋,加在一起,还不到十块钱。

两人出门,如果不是特定目的,都没有带钱的习惯。

怎么办?

言希抓着皱巴巴的几块钱,看着前面亮着灯的干净面摊,笑:"走,吃面去。"

阿衡疑惑:"够吗?"

言希伸出一根指头:"一碗够了。"

阿衡点头,一副"我就知道"的表情:"你吃着我看着是吧?"

言希黑线:"我在你心中就这觉悟?老子好歹是个男人好吧,喊!"

阿衡笑:"哦?那我吃你看着。"

少年没了底气:"我们一起吃。"

阿衡抿唇微笑嫌弃:"不要,你这么爱喷口水……"

言希怒:"我什么时候爱喷口水了!"

阿衡退后,表情凝重:"现在,以你为圆心,水分子正在扩散……"

少年恼羞成怒:"我丫就不该教你说普通话,个死孩子,说话可真是顺溜了!"

阿衡不买账,摊手:"我自学成才的,跟您无关。除了妈字奶字开头的,您还教什么了……"

言希甩手,愤愤:"吃面吃面,老子饿死了!"

练摊煮面的是一个年纪不大的姑娘,看起来十四五岁的模样。

## Chapter 35 镜头下生日快乐

"这姑娘是童工吧？"言希对着阿衡耳语。

"呸！怎么说话呢，你才童工，你们全家都童工！"小姑娘鄙视。

言希撇嘴："你到十八了吗？身份证户口本营业证卫生许可证都拿出来！"

"我凭什么给你看呀，你谁呀你！"

"我凭什么给你说我谁呀，你谁呀你！"

"大半夜哪来的神经病，你丫是不是踢摊的！！"小姑娘抓狂了。

阿衡上前，笑："小妹妹，一碗面，不放虾米，多煮些酥肉。"随即斜睨言希。

多大点儿的小姑娘呀，丫的还能跟人吵得风生水起，完全的心智不健全。

言希却眨巴着大眼睛，无辜地吹口哨望天。

这厢，小姑娘狠狠瞪了言希一眼，转身，开始煮面。不一会儿，晶莹剔透的面，齐全的配料，一旁咕嘟着的骨头汤，麻利地入了锅。

"好香。"又过了会儿，阿衡嗅到四周弥漫的面香，漫开笑意。

"不是我吹，咱做的面可是我们这条街最好吃的。"小姑娘得意扬扬，端着面，放到阿衡面前。

"这么厉害呀，今天要好好尝尝了。"阿衡含笑，顺手把汤勺和筷子递给言希。

小姑娘极有眼色，又端过一副碗筷，临走时，不忘用鼻子朝言希哼了一声。

"招人烦了吧？"阿衡讥笑。

言希用筷子卷面，铺到勺中，一根根，莹润的色泽。

他把勺子伸给阿衡，漫不经心开口："这个小丫头，和林弯弯小时候贼像，一样的凶巴巴。"

阿衡愣了愣，半晌，才接过勺子，无意识地放入口中，筋道香浓的面，鲜美可口。

他也低了头，呼哧呼哧吃面，微弱灯光下的侧脸，投过淡淡的影，面容有些不清晰。

阿衡蓦地，觉得这场景似曾相识。

哦，是了，她在巷口的早餐摊前，第一次见到他，也是这样的侧脸。

只不过，那时，这少年头发还长，几乎没了颈，眼下，只在耳畔，短而削薄。

"哎，又吃头发上了。"阿衡叹气，掏出手帕，擦过言希额角碎发上的汤汁。

"头发多真是麻烦。"言希抬起光洁的额，扬起笑，从碗中夹过一块酥肉，放到阿衡唇边，"吃。"

阿衡笑，谨慎地用另一双筷子接过肉，才敢放进口中。

"喊，本少的筷子有毒吗？"

"……有口水。"

"……"


这几日，言希在阿衡身后，欲言又止，晃来晃去，像个尾巴。

"你有事？"阿衡尽量心平气和。

"衡衡呀……"笑容灿烂。

"好好说话！"阿衡掉了一地鸡皮疙瘩。

"呃……阿衡，你应该知道后天是什么日子吧？"正经了一分钟。

"什么什么日子，当然是返校领成绩单的日子！"阿衡振振有词。

"毛？我怎么不知道后天领成绩单？"言希惊悚了。

阿衡吸吸鼻子："我记得你当时正撕书叠飞机。"

"这个世界对我是如此的残忍,竟然在大喜的日子让老子知道这样的噩耗……"言希飙泪。

"什么大喜的日子?你订婚还是结婚?"阿衡凑了过来,炯炯有神。

"屁!老子生日!"言希揉头发,怒指,"身为本少的女儿,你丫竟然不知道本少的生日,太让本少痛心疾首了!"

"哦,那你到客厅痛着吧,别堵在厨房,热死了。"阿衡笑得云淡风轻。

"衡衡啊!我的天杀的女儿温氏衡衡呀!"

"滚!"

领成绩单,哦,据说还是某人生日的那天,班里的同学围了一群,嘀嘀咕咕:"哎哎,你们说,今儿言大美人儿这么哀怨,是因为没考好还是失恋了?哥们儿,快过来下注!快快!"

"我押一个馒头,失恋!"

"老子押一包子,没考好!"

"一糖堆儿,失恋!"

"俩奥利奥,没考好。"

"那咱仨鬼脸嘟嘟吧,肯定是失恋。你们没看见言希和肉丝之间的暗流汹涌若隐若现吗?"

肉丝穿着高跟鞋,冷笑而过:"老娘四个透心凉老冰棍儿,坐庄,通吃!"

"一帮缺心眼儿、没眼力见儿的,不知道今儿言妖精生日,有人没送礼物吗……"某肉丝恨铁不成钢,说"有人"的时候,凤眼微微瞟向阿衡。

"哦。"众人作鸟兽散,别人的家务事,又不是艳史野史,还搅和个屁!

"阿衡,你真没准备?"言希头顶一片黑云。

"哦,不好意思,一不小心忘了。"阿衡软软回答。

辛达夷一旁窃笑。

"笑毛!"言希怒。

辛达夷不忿:"嘁!你丫这么有出息,怎么不朝着阿衡吼?亏老子还送你丫游戏机呢,攒了两个月的零花钱说没就没了!"

言希凉凉接嘴:"你丫注意汉语的正确使用哈,明明是你把老子的游戏机给玩坏了,这个是'赔',不是'送',知道吗?"

"小气劲儿。"辛达夷蓦地想起什么,开口,"陆流她娘今天在香格里拉摆了一桌,说给你过生日,让你早点去。"

登时,言希拉了脸:"不去,阿衡做了中午饭。"

阿衡悠悠哒哒开口:"家里米没了,今天没做……"

思莞也刚领了成绩单,走了过来,笑:"走吧,言希,林阿姨精心准备好几天了。"

阿衡淡淡看了言希一眼,跟着思莞一起向前走。

言希默,不情愿地挪了步子。

到了香格里拉,排场丝毫不输上次的酒宴,甚至有过之而无不及。林若梅依旧一身白色旗袍,艳红挑着银丝的梅花,白润的海珍珠耳钉,温婉而高贵。

"寿星来了。"她笑着起身,迎向言希。

阿衡刚抬起左脚,言希却挡在她的身前,浅浅笑道:"林阿姨,今天麻烦你了。"

思莞、辛达夷都有些诧异。

林若梅望向言希,余光恰好从阿衡身上瞄过:"今天你过生日,言伯父去了美国，阿姨怕你们两个小孩子在家里做不好饭，所以让这儿的主厨做了些你爱吃的。"

两个？言希扫了思莞一眼，思莞比了口型：我妈说的。

辛达夷看了四周，皮笑肉不笑："哟，林阿姨，您吃饭还带着保镖呢。"

林若梅淡晒，挥挥手，领头的秘书带着一群黑衣墨镜的健硕男子走了出去。上次见过的那个模样斯文的秘书似乎姓陈，离开时深深看了言希一眼。

阿衡下意识垂眸，言希的左右脚，又是那样交叠相依的姿势。

众人入座，服务员布菜的空当，林若梅笑着对思莞开口："瞅瞅，瞅瞅，阿衡真是个美人坯子，相貌可是集中了你爸妈的优点。"

思莞望着妹妹，笑："是呀，爷爷、爸爸妈妈都宝贝她宝贝得很。"

阿衡微笑："哪里哪里，林阿姨您客气了。"

上了蛋糕，思莞、达夷点了蜡烛，言希许了心愿。

林若梅笑得暗香温柔："宝贝儿，跟姨说你许了什么愿。"

言希抓起奶油一把砸在林若梅脸上，笑得恣意："我呀，我许愿，在我疯之前让我多活几年。林阿姨，你说这愿望好不好？"

思莞、辛达夷呆了，不知所措地看着高雅雍容的林若梅满脸奶油，滑稽可笑。

"宝贝儿，这愿望不好。"林若梅不怒却笑，轻轻揩去奶油，眉眼俱是温柔，"你从小就是个疯孩子。"

宝贝儿，你的行为就像个幼稚的娃娃，拙劣的恶作剧。

思莞见林若梅没恼，心中不停地想要压下一些让他惧怕的东西，欲盖弥彰着将错就错，抓起奶油，开始砸大家。

辛达夷是个缺心眼儿爱闹的，不一会儿就把整个包厢闹得天翻地覆，奶油砸得四周都是。

言希是寿星，蛋糕又是三层的，于是最后几乎成了雪人，头发脸上甚至睫毛上都沾了很大一坨奶油。

阿衡笑得直不起腰来，却被言希用手抹了一脸黏糊糊的甜腻的东西。

包厢的门开了，陈秘书拿着一个黑色的相机走了进来。

"小陈，你看看这群孩子，闹成什么模样了，给他们拍张照，留个纪念。"林若梅笑，点了一支女式凉烟，指向一群人。

小陈有些惊疑不定，望向林若梅，迟疑了几秒才开口："是，林董。"

"啊，言希，老子貌似很久没有跟你一起照相了，是不是？"辛达夷搭上言希的肩。

思莞微微皱了眉："我记得，阿希好像有两年没拍过照了，却总是给别人拍。"

言希笑："是两年零七个月。怎么拍？"

他站在那里，融化的奶油一滴滴滴下，覆盖在白色之下的面庞，除了隐约的轮廓，如同雕塑一般，眉眼是空荡荡的苍白。

"坐下，行吗？"他坐在沙发上，微微抬起头，笑，"这样，可以吗？"

"小陈，你拍照技术一向不错，今天一定要拍清楚一些，不要平白浪费了我们言希的好相貌。"林若梅吐了一个烟圈，唇色若梅，满目的星光曼丽。

小陈拿着相机的手却在颤抖。

"给我。"阿衡淡淡开口，站在小陈对面。

"什么？"这个男人在强装镇定，她站在他的身旁，能强烈感觉到他气息的慌乱。

"相机，给我。"她不笑不怒，不温不热，不懦不坚。

小陈望向林若梅,林若梅却笑,无所谓的姿态:"由她。"

阿衡拿过相机,透过镜头,轻轻叹气。

那少年,小小地定格在其中,左脚右脚,踩着难道就会安心许多吗?是很艰难的艰难吧,才宁愿用左脚的灵魂去拯救右脚的灵魂,却不敢轻易相信了别人。

"言希,抬头。"

少年有些艰难地直起脖颈,望见的,却不是如同黑洞般恶意嘲弄的镜头。

那个少女,薄唇含了笑,眸中是丝丝缕缕从容漫向远方的温柔,随意得像是没入清水中一点点化开的黛墨。

他有些迷惑。

她望向他的眼睛,笑得山水同色:"言希,镜头,镜头,对,这样看着镜头。"

言希一瞬间也笑了,眼睛回望入她的眼。

她眨了眼,同时,咔嚓按了快门。

那相机对着的是,桌面三层奶油蛋糕的铭牌——言希,生日快乐。

后来,相片洗出来,阿衡把相片递给言希:"喏,迟到的生日礼物。"

言希,莫名出现的言希,说着奇怪的话的言希,会在别人欺负她的时候爆发的言希,会温柔地对她说着"我知道"的言希……

因为一定会继续快乐下去,所以起初不想说这四个字的,言希……

生日快乐。

这份生日礼物,你又是否满意?

残缺不全的奶油蛋糕,由于镜头离得太近模糊不清的字体,被他一不小心藏了一辈子。你说,他这又是否算作满意?

Chapter 36
# 雨后初结一小陌

言希的《朝阳》完结了。

然后，他把它封在了顶层的小阁楼上。

"做什么，镇邪吗？"阿衡笑眯眯地道。

言希无所谓："那幅画，画得很奇怪，好像跑题了。"

彼时，新客小灰正趴在阿衡的拖鞋上睡觉，日光穿梭，正是明媚。

所谓小灰，是很小的一团，缩起来，像个毛巾。它很喜欢言希，总是悄悄潜入少年的卧室，在他一早起来时，睁开眼总是和那样一团丑丑的小东西对视，然后，僵硬，尖叫，恨不得把整个屋顶掀翻。

再然后，小毛巾模样的小灰，会在卤肉饭幸灾乐祸的表情中，泪眼汪汪地被扔出来。

啪，锁门。

"阿衡，管好你的狗！"

阿衡不无感叹，抱起小灰："他又不喜欢你，还总爱向前凑，唉，笨狗……"

言希的生日已过去一些日子，阿衡回家时，思莞说起："阿衡，那一日，你对林阿姨太失礼了。"

阿衡眯眼，怔忡："我说什么了？"

思莞笑："正是什么都没说才不好。你不觉得，对她的敌意太明显了吗？"

阿衡装傻："我普通话总说不好，怕惹林阿姨不高兴。"

"阿衡，你总是在情况对自己不利的时候，才会说自己普通话不好。"思莞笑，手中的苹果削得一圈皮未断，递给阿衡，"你兴许不知道，爷爷以前的老部下，离了职从商的，大半的产业和陆家……千丝万缕，陆伯伯得病去世得早，陆家现在是林阿姨管着家……"

这话说得够含蓄，够明白了。她只想着爷爷一辈子清廉刚直，却还是免不了这些念想。可，只要是人，又怎么会没有几分欲望？更何况爷爷百年之后，温家的去向，他还是要顾及的。

阿衡拿着苹果，微微点了点头。

"相比起尔尔，还是你比较适合做温家的女儿。"思莞的语气平和。

这个……因为她对一些不够干净的东西接受得太过干脆乖觉吗？是夸奖还是不喜呢？

思莞见阿衡思索了半天，生怕她想多了悟出什么，笑着开口："你和她处不来，以后少接触就行了。林阿姨贵人事忙，本来和咱们也就没有多少交集。"

"尔尔会怎么做？"阿衡本来在心中想着，却不曾想，话念了出来。

"什么？"思莞诧异。

"对不喜欢的人。"

思莞看着阿衡，有些不自在："尔尔吗？如果不喜欢，会很明显地表现出来。"

"哦。"

很明显,像对她和言希吗?

她一直不明白,尔尔为什么那么讨厌言希,就好像,不清楚言希为什么总是对尔尔迁就到近乎宠溺。

八月份,饶是北方,雨水也是十分的充沛。

那一日,傍晚时本是燥热,却一转眼变了天,乌云大作,狂风不止,不多时已是大雨倾盆。

阿衡本是到书店买复习资料,看到一些有趣的小说就翻了翻。再抬起头时,落地窗外已变了另外一番景象,雨水滴滴砸落,顺流成股,窗外一片黑沉。

这里这么偏僻,出租车平时都没有几辆,更何况雨天。

伤脑筋,怎么回去……

看看时间,刚刚七点,还早。她出来的时候已经做好了晚饭,晚些回去,应该没事,至少言希饿不着。

阿衡想了想,拾起刚才的书继续看下去,决定等雨停后再回去。

书店里放着 Michael Jackson 的 You Are Not Alone,阿衡跟着哼了几句,十分的惬意。

大雨、书香、情歌,还有什么样的孤单会比现在让人感到舒适?呵呵,要是有紫砂壶的碧螺春就好了,她已经被言爷爷留下的好茶惯坏了胃。言希那个家伙大概又在玩游戏,仗着眼大就不怕近视吗?

偶尔她会被轰然的雷声吓一跳,抬起眼,窗外是越下越大的趋势。

相似的情形重复了几次,夜已经黑得彻底,阿衡淡淡皱眉,有些失算。

又等了许久,书店墙上的挂钟敲了十一下。

"老板,离这里最近的地方有旅馆吗?"她结了账,问书店老板。

砰!身后是一声巨响。

## Chapter 36　雨后初结一小陌

　　阿衡吓了一跳，转身，却看到了一个满身雨水的少年。他的脚下，是一把被摔落泄愤的雨伞。

　　"言希？"阿衡迷惑。

　　这家伙眼瞪这么大做什么，谁又惹他了？

　　"啊，言希，是不是今天晚上做的排骨太咸了？"她脱口而出，有些愧疚。傍晚急着出来，炒菜的时候，火候似乎拿捏得不怎么好。

　　他冷冷地瞪着她，雨水一直顺着黑发滴下，身上的粉色T恤被雨水染得深一块浅一块，白色帆布鞋溅得满是泥污，手臂中紧紧抱着一把干净的伞，看起来十分滑稽。

　　言希转身，平淡地开口："回家。"却并不望向她，只是把手中干净的雨伞递给她，自己弯腰默默捡起刚刚恼怒地摔落的满是泥的雨伞。

　　阿衡跟在他的身后，静静凝视着少年有些伶仃的背影，开口："言希。"

　　言希并不回头："嘘——"

　　他在前，她在后，沉默着，行走在雨中。

　　阿衡低头，只看着言希的帆布鞋，那样的白色，她刷了好久呢。明明知道下雨，为什么还要穿呢？

　　她甚至还清楚地记得言希觉得这双鞋颜色单调，想要添些油彩的时候，自己说的话："言希，这是我刷了很久的鞋，知道吗？"

　　刷了很久，真的是很辛苦之后，才还原的本真。

　　她微微叹气。他生命中的一切，她不停地还原，他不停地打乱，以她平素的性格，还能强忍压抑多久……

　　满眼的雨，满耳的雨声，鼓噪着生命中的许多东西，引诱而来想要去释放，终究还是一点点推回，小心翼翼地封存。

　　他们到家的时候，借着门口的路灯，言希用右手抹了左腕在雨中模糊不清的电子表面,凝视了几秒,轻轻松了一口气:"还好。"

"嗯?"阿衡皱眉望着他。

"没到十二点。"言希小声嘀咕,眸中存了天真。

他伸出手,粗鲁地在裤子上蹭干净,瞪大眼睛,认真地拍了拍她的头,凶神恶煞:"阿衡,辛德瑞拉必须在十二点前回家,知道吗?"

"为什么?"她笑,轻轻拿下他的手。

她和他,只有六厘米的差距。

"喊,不是格林兄弟说的,如果晚上十二点不回家的话会从公主变成沾满煤灰的丫头吗?"他提高了语速,声音带着理直气壮的赌气。

"我会变成沾煤灰的丫头,是因为一个爱指使人的后母,不是因为时间的改变。"阿衡笑,揉揉在雨中有些酸涩的眼睛,打开门。

言希冷笑:"如果我是后母,那你还是学着去做辛德瑞拉恶毒的姐姐吧。因为不会有一个后妈会在雨天跑了四个小时,去找一个沾煤灰的丫头。"

他故意语气恶毒,收伞换鞋,径直朝浴室走去。

阿衡放松,叹气,轻轻把头抵在雪白的墙壁上,闭了眼。半晌,才缓缓淡淡地维持微笑。

走到餐厅时,阿衡发现桌上的饭菜一口未动。

言希洗完澡走出来时闻到了饭菜的香味。

阿衡坐在餐厅,看到他出来,笑眯眯地打招呼:"言希,吃饭。"

言希的脸色不大好,可也没说什么,坐下来,挖米饭,挖排骨,塞了满嘴。虽然一直没有什么表情,可是米饭却吃得一粒不剩。

最后,他故意拿阿衡刚洗的睡衣袖口抹了嘴,孩子气地瞪了阿衡一眼,转身上了楼。

阿衡笑了许久,趴在桌子上差点儿岔气,可平息了又茫然起来,不知自己刚刚笑的是什么。

过了凌晨的时候,雷声轰隆起来,震耳欲聋。阿衡睡得迷迷糊糊,却下意识地想起了什么,从梦中惊醒。

打开房门,走到了隔壁房间门口,犹豫了许久,阿衡轻轻地推开了房门。言爷爷曾经拜托她,如果可以的话,不要在下雨天,留下言希独自一人在黑暗的房间。

"言希?"她走了过去,床上只是一片平坦。

环顾四周,她有些迟疑地走到墙角。

在黑夜中,那只是一团漆黑,静静待在那里,一直未有动静,甚至很奇怪地用被单把自己埋藏。

阿衡伸手,轻轻掀开被单。

那个少年,坐在墙角,双手环抱着膝盖,赤着双脚,眼睛紧紧闭着。

"言希?"她轻轻蹲在他的身旁,不确定这少年是否是不小心熟睡在了这里。

他毫无动静,呼吸还是淡淡的若有似无的微弱的存在感。

她伸出手,小心翼翼地探了过去,半途,却被带着微凉的手轻轻握住。他睁开了眼睛。

那是阿衡第一次在言希眼中看到那样的表情。

空洞、痛苦、绝望,以及无尽的撕裂的黑洞。

那双眼睛看着她,努力地想要恢复平日的温柔高傲,却在望到她的眼睛之后,瞬间涌出了眼泪。

"阿衡,下次一定要在十二点之前回家,知道吗?"他哽咽着,带着孩子气的无可辩解。

阿衡静静看着他。

"嗯？"他认真地看着她，认真地想要听她说一声好。

少年的黑发，不知何时被汗水润透彻底。

阿衡眸中是山水积聚的温柔，她蓦地伸出手，狠狠用力地拥抱着他，把他的眼睛埋在自己的肩头，冷静开口："没什么大不了的，言希，这个世界，没有什么大不了的。"

"多么肮脏也没关系。"她听到他喉头压抑的巨大痛苦，字字念得清晰，"这个世界，有我在，没什么大不了的。"

她知道，言希能听懂。

即便她不知道两年前发生过什么，但是，无论如何，他已无法回头，即使伤口会渗出血，也只能向前看。

"可是，阿衡，终有一日，你也会离我而去。"他无措着，泪水却烫了谁的肩头。

阿衡凝视着黑暗中的墙角，不知道什么样的话语是带有强大的安慰的能力的。

"阿衡，连你都不知道，你会离我而去。"他说着，带着嘲弄，"可是你看，我知道，我连这些，都能预料到。"

"如果我离开，不能试着挽留吗？"

言希苦笑："辛德瑞拉的后母只是辛德瑞拉的，却不是她的两个姐姐的。"

挽留，他又……怎么舍得。

"言希，我不喜欢……水晶鞋。"她笑着叹气，轻轻松开双手，却不敢回头。

无论是做辛德瑞拉还是恶毒的姐姐，她都不喜欢那种脆弱的磨脚的东西。

"言希呀，如果我离去，会对你说对不起的。"阿衡想了想，皱眉下了结论。

"阿衡,第一次说'对不起'的时候,我以为这辈子都不会离开的人,离开了我。"言希仰头,倒在纹理分明的地板上。

"那么,'谢谢你的照顾'呢?"她依旧面向墙壁。

"第一次说'谢谢你'的时候,我觉得自己,几乎从这个世界消失。"

阿衡把手放在他颈上,微笑着擦去了他眼角的泪:"我离开时,必须是因为,有个比温衡好上千百倍的人,陪在了你身边;或者,我在你身边,你依旧觉得孤单,那我的离去对你而言,只会是一种解脱。"

她说:"言希,我四岁时,阿爸让我一个人去买盐。那时候,我也觉得这世界十分可怕,四周都是不认识的人,大人大声地吐一口痰,我也能战战兢兢半天。到后来打醋时,我能一路喝回家,还觉得这一路太短。言希,惧怕是人类的一种本能,可是当惧怕得多了,反而发现,这世界再无所畏惧。"

言希握住她的手,发现那双手,上面是大大小小的茧子。轻轻放在自己的脸上,他低声喃喃:"阿衡,我们都欠你太多。在还清之前,我会努力克制自己,不去……"

他将被单蒙在两人身上,一扫刚才的阴郁,淡淡笑了,他向自己认命:"阿衡,你终将长大,也终会明白怎么做才是正确的。"

而我,虽不知何时停止生长,但被你遗忘时,也将欢欣庆幸。

女子可以柔弱,但不可以软弱;

可以温柔,但不可以卑微;

可以泛舟自在,但不可以随波逐流;

可以品尝寂寞,但不可以沉浸黑暗;

可以体格瘦小,但不可以没有一身铮铮铁骨。

我总想着,

有一天我终会成为一个比现在要温和、正直、善良的人。

可是,更希望,

你们长大后能成为这样的女孩:

招人喜爱,活泼灵气,举止有度。

我说我期许你们长大,

这是最真的真话。

——写给以后的我

和随我一起长大的你们